講談社文庫

# ガラスの麒麟

〈新装版〉

加納朋子



講談社

目次

# ガラスの麒麟

# ガラスの麒麟

# 1

カタカタと、ペンケースが通学鞄の中で固い音をたてた。闇は次第に濃さを増していく。冷たい風に背を押されるように、少女はふいに小走りになった。彼女の筆記具がたてる音も、その歩調と共に小刻みになる。バス通りを折れて、細い脇道に差しかかったとき、よいしょ、と彼女は鞄を持ち替えた。手袋をはめた手に、いつにもましてその荷物は重い。主な原因は、無闇と分厚い英和辞典と古語辞典だった。明日は二月二十二日、出席番号に二のつく彼女が当てられる確率は、極めて高い。どうしても予習をしておく必要があった。

どこかで犬の吠える声がした。だが、少女がびくりと立ちすくんだのは、そのためではない。道の右端に寄せてあった車のドアが、ふいに勢いよく開いたのだ。

「ねえちょっと」

変に甲高い声でそう言いながら出てきたのは、長身で痩せぎすの男だった。髪に軽くパーマをあてている。まだごく若そうだった。

「ちょっと道を聞きたいんだけどさ」

そう言いながら、男は性急な足取りで近づいてきた。

そのとき、少女の頭の中では危険信号が激しく点滅していた。だが、まるで石像になったように、ぴくりとも動けない。あっと思う間もなく、相手は目の前にやってきた。胃の中がかっと熱くなり、次の瞬間には氷を呑んだみたいに冷たくなった。

少女の胃の辺りから、わずか数センチのところに、ナイフの鋭い切っ先があった。ぼやけた街灯の光を反射して、薄暗闇のなかで青く鈍い光を放っている。

男は無言で、車に乗れというような仕種をした。

(でないと……)と男の目が言う。

刃渡り十五センチ程もあるナイフの先端が、制服の紺色の服地に触れた。

「殺すよ」

先刻とは別人のような、低い声だった。細くつり上がったその眼には、何の光も無かった。薄い唇だけが、かさかさとした笑いを浮かべている。

少女はようやく半歩だけ退いた。だがそれが限界だった。固い葉を持つ植物の、ざわりとした感触を背中に受け、彼女は総毛立(そうけだ)った。伸び放題の生け垣(いがき)の、埃(ほこり)っぽい匂いが鼻をついた。その生け垣の家は、空き家になって久しい。生け垣から突き出た柚子(ゆず)の枝が、少女の髪をすくい上げた。鋭い棘(とげ)が頬(ほお)に触れたが、痛みは感じなかった。ありとあらゆるすべてが麻痺(まひ)したような一瞬が流れた。

「どうした？　叫んでみなよ。一突きだぜ」

かすかな笑いを唇にのせたまま、抑揚(よくよう)のない声で男が言った。確かにそのナイフは、少女の薄っぺらな体を貫(つらぬ)くのに、十分な長さと鋭さを備えていた。少女は細かくふるえ始めた。喉がからからにかわき、心臓は今にも爆発しそうだった。そして、身体(からだ)中の関節は熱を持ったみたいに熱くなっていた。

彼女は自分の腹部に押し当てられた刃物を見、それからそっと視線を上げた。

「やめて」

そう言った声はかすれていた。少女は腹筋にぐっと力を込めて、もう一度、言った。

「お願いだから、やめて」

その声はもうかすれもふるえもしていなかったが、それを口にした瞬間、激しい自己嫌悪が彼女を襲った。お願いだから、だなんて。どうしてお願いなんかしなければならない？　私の命が、どうして見も知らない男の手に握られなきゃならない？　そんな理不尽なことが、どうして現実に起こる？

どうしようもない脱力感と、言いようのない憤りとが、一度に沸き起こっていた。男の言いなりになって車に乗せられてしまえば、その後どうなるか、わからない年齢ではなかった。同じ殺されるのなら、いっそ今すぐここで殺されてしまった方がいい。

彼女は心を決めた。

逃れようと少女が身をよじるのと、男がナイフを振りかざすのとは、ほぼ同時だった。

## 2

季節を問わず葬式とは嫌なものだが、ことに二月のそれときたら最悪だ。容赦なく身を切る寒さは、人の心まで凍えさせる。真っ昼間の太陽ですら、オブラートでくるんだ豆電球のように弱々しい。冬の葬式は、それでなくとも気持ちの萎えた会葬者には酷だ。

ましてや亡くなったのが、たった十七歳の少女とあっては……。どうにもやり切れない思いばかりが先に立つ。

角を曲がると、そこにも『安藤家』と書かれた札を掲げた黒服の男が寒そうに立っていた。これで四人目だった。ポケットから使い捨てカイロがちらりと顔を覗かせている。男は私の服装に視線を走らせ、低い声で「あちらです」と言った。私は軽く会釈を返し、男の示した方へ歩いて行った。前方に寺が見えてきた。

立ち止まって煙草を一服したい……。ふとそう思ったが、己の吐き出した真っ白な呼気と一緒にその誘惑を追いやり、寺の門をくぐった。喪服の女性が二人、受付をしている。片方は眼鏡をかけた老婦人で、もう一人はずっと若かった。私は懐から取り出した袱紗を、かじかんだ手でもどかしく開いた。「このたびは……」とおきまりの言葉を口の中でつぶやきながら香典を差し出すと、若い方の女性が何かはっとしたふうに私を見た。二重の大きな目が美しく、印象的な顔立ちだが見覚えがない。軽く頭を下げておいてから、そのまま奥へ向かった。

それなりの覚悟はしていたものの、安藤麻衣子の葬儀は実に陰鬱で、居たたまれない雰囲気に包まれていた。あちこちで、低いとぎれとぎれのささやきが交わされている。

（可哀相に……まだほんの子供だってのに……運が悪いとしか……それにしても物騒な世の中だ……警察は何をしている……）

原因がなんであれ、十七の少女が死んでしまうなんていうことは、それだけで異常な出来事には違いない。まして、安藤麻衣子は殺されたのだ。一週間ほど前、路上で血まみれになって倒れているところを、通行人に発見された。死因はナイフによる刺殺である。新聞発表によれば、警察は通り魔による犯行との見方を固めているらしい。

これほど理不尽な命の終わり方が、あっていいものだろうか？　たった十七歳。死んでしまうには、あまりにも早過ぎる。

安藤麻衣子の父親は、ずっと面を伏せたままだった。彼に向けられる、心からの同情を込めた視線には、自分たちの娘でなくて良かった、妻や恋人でなくて良かったという安堵と、事件がふたたびくりかえされるのでは、という不安が微妙にブレンドされている。私とて同類だ。同じ年齢の一人娘を持つ父親としては、もし殺されたのが直子だったらと考えただけで身の毛がよだつ。そうでなかったことに安堵し、心のどこかで喜んでいると言われれば、否定することはできない。

やがて焼香が始まった。会葬者が順番に立ち上がる。私の番になった。その時になって初めて、少女の遺影をまともに見た私は、思わず声を上げそうになった。写真の中で、安藤麻衣子は愛らしく微笑んでいる。長い真っ直ぐな髪と、切れ長の眼をした、美しい少女だった。だが、その利発そうな顔立ちの中に現れている表情は、どこかアンバランスだった。顔だけは、最上級の笑みを浮かべているが、この子は心から楽しんではいないのではないか？　それどころか……。そんなふうに思わせるところのある、どこか安定を欠いた笑顔だった。

まったく同じ表情に、私は確かに出会っていた。

安藤氏が不審そうに私を見ているのに気づき、慌てて焼香をすませた。やり切れない思いばかりが、澱のように沈殿していた。

深々と頭を下げると、遺族席から力の無いお辞儀が返ってきた。惰性めいた動きである。安藤氏はふたたび面を伏せていた。

突然、入口近くでざわめきが起こった。最後列にかけていた女性が、立ち上がりざま、折り畳み式の椅子を倒したのだ。椅子は派手な音を立てて床に転がった。

「麻衣ちゃん」その四十年配と見える女性は、悲痛な声で叫んだ。「麻衣ちゃん、麻衣ちゃん、麻衣ちゃん……」

駄々をこねる童女のように、彼女はただその名前だけを繰り返した。読経の声が一瞬止んだが、すぐにまた続けられた。

やがて彼女は周囲の人間にそっと手を引かれ、泣きじゃくりながらその場を後にした。あれが安藤氏の別居中の奥さんだよと、幾人かのささやき声がそう言っていた。

ひどくささくれた感覚が後に残った。やはり来るのではなかった。そう後悔しながら建物を出た時、ふいに傍らから名を呼ばれた。

「失礼ですが……」と、その女性の声は言った。「二年二組の野間直子さんのお父さまでいらっしゃいますか？」

入口脇にひっそりと佇んでいるのは、さっき受付にいた若い女性だった。ごくシンプルなデザインの喪服が、ほっそりとした体によく似合っている。真ん中分けにした長い髪を、首の後ろでひとまとめにし、黒いリボンで結んであった。北風が吹くたびに、リボンと後れ毛が寒そうに揺れる。

「コートを着たらいかがです？」

私は彼女が腕に抱えている、鮮やかなブルーのコートを指さした。「ずっと外で受付をなさっていたんだ。冷えきっているでしょう」

彼女はやや驚いたようだったが、素直に言われたようにした。私自身、なぜそんなことを口にしたものか、ひどく当惑していた。

コートを着た彼女は、軽くうなずくような会釈をした。

「突然、失礼いたしました。私、花沢(はなざわ)高校の養護教諭をしております神野(じんの)と申します。直子さんはお嬢さんでいらっしゃいますよね」

「そうですが、よくおわかりですね」

自分のくたびれたコートをはおりながら、私は答えた。

「お香典の表書きを拝見しましたから」

事もなげに相手は言うが、野間という名字はさほどありふれているわけではないにせよ、たいして珍しくもない。首を傾(かし)げていると、神野先生はかすかに笑った。春の木漏(こも)れ日のように、柔らかな笑顔だった。

「お嬢さんはクセのない、とても綺麗な文字を書かれますね。いつも書いてもらっているんでしょうか？」

ようやく合点(がてん)がいった。

「親父が悪筆なものでね、万一に備えて、いつもまとめて書いておいてもらっているんですよ」

重宝(ちょうほう)しています、とつけ加えかけてやめておいた。慶事ならばともかく、不幸事に備えるなどとは縁起でもない、ということに思い至ったのだ。相手は特に気にしたふうもなかったが、話題を変えることにした。「しかし大したものですね。生徒一人一人の筆跡をご記憶とは」

「直子さんのは特別。校内の書道展では常連ですもの。私もひどいクセ字だから、羨(うらや)ましいわ」

そう言って神野先生はもう一度微笑んだが、今度はどこか義務的な笑顔のように見えた。

「直子さん、ここのところお休みですよね」

ふいを突かれ、どきりとした。

「ご存じでしたか」

「ええ。どこか具合が悪いんでしょうか？」

完全に養護教諭の声になっていた。私は懸命に言葉を捜した。

「あ、いや……大したことはないんですがね、ちょっと調子が悪いらしくて……大事をとって休ませているんですよ」

「確か今週はずっとですよね。風邪をこじらせましたか？」

「ええ、まあそうです」

私は額にこぶしを当て、出てもいない汗を拭った。神野先生は、大きな眼でじっと私を見上げた。

「あの事件があった日からじゃありません？　直子さんが登校しなくなったのは」

私はごくりと唾を呑み込んだ。怪我をして膿み始めた傷口に、いきなり触れられたような気がした。

あの事件、とは無論、安藤麻衣子が何者かに殺された出来事を指している。事件が起きてから、もう六日経つ。二月は残すところ、あと一日だけだ。検死結果を待たねばならなかったため、なかなか葬儀の日取りを決められなかったと聞く。仕方のないことだとはいえ、こうしたペンディングは遺族にはさぞ辛かったに違いない。

ともあれ神野先生の指摘は正しい。直子に異変が起きたのは、安藤麻衣子が殺された、まさにその当日のことだった。

「ええ」と私は短く答えた。そんなことで嘘をついても始まらない。

神野先生は何か考え込むような顔をしていたが、ふと思いがけないことを言った。

「お宅は確か桜台団地でしたよね……途中まで、ご一緒してよろしいでしょうか」

「はあ」

私は曖昧にうなずいた。さては俺に個人的興味を抱いたのだな、などと虫の良いことを考えられるほどには私も若くない（馬鹿くない、と直子なら言うところだ）。まして相手は若くてきれいな女性である。ただただ、怪訝なばかりだった。

こちらの戸惑いにはかまわず、神野先生は先に立って歩きだした。肩を不安定に揺らす、少しぎこちない歩き方を眺めながら、それならそれで良いかもしれない、という気になった。誰かに確かめてみたいことがあった。それは多分彼女でもいいはずだ。

「あの、神野先生……」寺の門を出たところで、話しかけてみた。冷たい風が顔に当たった。「亡くなられた生徒さんは、お気の毒なことでしたね」

ええ、本当に、と彼女はうなずく。

「麻衣子さんはきれいな少女だった。自分がきれいだってことを、ちゃんとわかっている子でしたね。彼女の外見に惹かれて集まってくる人間を、少し、なんて言うのか見下したようなところがありませんでしたか？」

「違う、とは言えませんね。安藤さんは小さな貴婦人だったわ……良くも悪くも」

ごく控え目に、神野先生は肯定し、私はうなずいた。

「そうですね、みっともないことは決してしない。誰に対しても屈伏しない。絶対に自分からは折れないんです」

「ええ、そうですね……」

「そして喜怒哀楽をあまり表に表す方じゃない。不安や苛立ちは、髪をいじったり、スカートをぎゅっとつかんだり、爪を噛んだり、そんな細かな動作になって現れる。彼女はいつも不安定で、可哀相なくらい緊張していた。ぴんと張った脆い糸のように」

神野先生は不審そうに私を見た。

「あの子のことをそんなふうに思っている人はいないと思います。ご両親も含めて」

「違いますか？　麻衣子さんはそんな女の子じゃなかった？」

むしろほっとして尋ねたのだが、相手は首を振った。

「いいえ。おっしゃったことは恐らく当たっています。でもどうして、野間さんがそんなことをご存じなんですか？」

「勝手を承知で言いますが、私としてはまず、なぜ神野先生がそんなに麻衣子さんのことをご存じなのかを教えていただきたいですね」

「……生徒によっては、病気や怪我のためじゃなくて保健室に来る子もいますわ」

私は軽くうなずいた。個人的な相談に訪れる、ということなのだろう。そして安藤麻衣子もその一人だった、と。

「ご質問にお答えする前に、もう一つだけ教えて下さい。麻衣子さんが好んで吸っていたのは、キャスターでしたか？」

神野先生の目が、大きく見開かれた。それは肯定したも同然だった。

私は唐突に立ち止まり、傍らの女性の顔を正面から覗き込んだ。寒さのためか赤く染まった頬と、澄んだ黒い瞳がそこにあった。

「神野先生。もし私が、安藤麻衣子さんを殺した犯人がどんな人間で、どんなふうに彼女が殺されたのかすっかり知っていると申し上げたら、信じていただけますか？」

## 3

……その世界は、なにもかもがうす青く、とうめいで、いつもまばゆい光にみちていました。そこにすむ動物もみなすきとおり、たべるものはガラスの草やガラスの木の実、そしてのむものはガラスの水でした。

そこはあらゆるものすべてがガラスでできた、とてもふしぎな世界だったのです。

そのガラスの世界のガラスの野原に、いっとうの麒麟がすんでいました。その麒麟はいつも、ながい首をまっすぐにもたげ、どこかとおいところをじっとながめていました。そのまなざしは、かたく、つめたく、そしてとうめいでした。ガラスでできたそのからだと、まるでおんなじように。

＊　＊　＊

私は小さくため息をつき、その薄い紙の束を作業机の上に投げ出した。代わりにスケッチブックをひろげ、茶色のコンテでクロッキーを試みる。力強く固い線、脆くて繊細な線、リズミカルでシャープな線……。輪郭に関してのイメージは、さほど迷うこともない。だが、ここにどんな色を載せようか……そう考えた途端、ぴたりと手が止まってしまった。

さてどうしたものか。私は顎を撫でた。不精髭が指でつまめるくらいに伸びている。こざっぱりとしておかないと、また直子に叱られるな、と一人苦笑しつつ、菓子入れからミルクキャンディを一つ取り出して、ぽいと口に放り込んだ。傍らの灰皿の中に、吹き寄せられた落葉みたいに溜まったセロハン片を数えかけ、十枚まででやめにした。

その菓子入れは、その場の勢いで幾度目かの禁煙を宣言した私に、バレンタインデーの贈り物がてら、直子がプレゼントしてくれたものだ。

『お父さん、今度こそ、禁煙頑張ってね。口が寂しくなったら、これでもつまんでて。ぜーったい吸っちゃ、駄目よ』

と言いながら差し出したのは、熊の形をした、やけに可愛らしいキャンディボックスだった。もっとも、もらったばかりの時は中にぎっしりチョコレートが詰まっていた。これはいつの間にやらなくなってしまい、これまたいつの間にやら飴が詰められていた。

『キャンディなら、チョコみたく、むしゃむしゃ食べらんないでしょ』

得意そうにそう言う目の前で、ガリガリと無頓着に飴をかみ砕いてしまったものだから、直子は鼻の頭に皺を寄せ、

『お父さんが肺癌になるのは嫌だけど、ブタになる方がもっとやだわ』

と深刻めかした口調でつぶやいてみせた。

それからもう一週間ばかり経つ。我ながら感心なことに、禁煙は今のところ守られている……まあ、大体のところは。ともあれこれからは、一日一日が、新たなる記録

の樹立だ。

記録達成のご褒美に、一本くゆらせたって罰も当たるまい、などと不埒なことを考えた瞬間、まるでタイミングを計ったように、けたたましいベルが鳴った。作業机から半分ばかり宙にはみ出し、絶妙のバランスを見せてそこにとどまっている電話機の、コードをつかんでずるずると引き寄せた。コードレスホンなどというお洒落な代物は、我が家とは当分縁がなさそうだ。

「どうです。描けますかね」

こちらが〈もしもし〉と言い終えないうちに、電話の相手は言った。せっかちな男である。『幻想工房』の小宮だった。声だけは年齢不相応に若々しいが、昨年、二人仲良く四十路に向かってダイビングした。このまめな男ときたら、三ヵ月ほど遅れた私の誕生日当日にわざわざ電話をよこし、

『いやあ、これで君もいよいよ不惑の域に達しましたなあ。めでたい、めでたい』

と嬉しそうにほざいたものである。

ちなみにこの男、本当の名は大宮というのだが、身長が百六十センチそこそこしかないものだから、皆から小宮と呼ばれている。彼の奥さんがまた、奴に輪をかけた小柄な体格で、茶目っ気たっぷりの可愛らしい女性だ。初対面の人にまで、けろりと

「小宮の家内でございます」などと挨拶をしているところを何度か目撃している。私の妻が亡くなった当初は、彼女にもずいぶん世話になった。

ともあれ小宮とは、学生時代からだから実に二十数年、ある時は仕事に、別な時にはプライベートにと凸凹コンビでつきあってきた。絵に描いたような腐れ縁である。

電話の用事は、仕事の方だった。

『幻想工房』は童話や詩を専門とする月刊誌である。いまどきこんな地味極まる雑誌は流行らないと思うのだが、廃刊に追い込まれもせずにどうにかこうにかやっている。摩訶不思議としか言いようがない。

『ひとえに編集長の人徳のおかげだな』

と小宮はよくうそぶいている。念のために言いそえれば、その人徳篤き編集長とはご当人のことだ。

『低コストで馬車馬のように働く健気なイラストレーターの存在も忘れんでくれよ』

すかさず私はそう言うことにしている。そしておきまりの毒舌の叩き合いの後、二人して、申し合わせたようにため息をつくのが常だった。

——メルヘンじゃ、なかなか飯は食えんなあ……。

言葉にならない、そんな思いが互いの底にたゆたっているのである。

小宮の電話は、それを半ば予期していたとはいうものの、私を苦笑させた。小宮から原稿のコピーを手渡されてから、まだ二時間と経っていないのだ。

『幻想工房』では童話賞を設けていて、年に一度、一般公募をしている。と言っても賞金も何もない。優秀作品については『幻想工房』誌上にイラスト入りで掲載されるというだけの、いたってささやかな賞だった。それでも毎年数百編は軽く集まってしまうというのだからすごい。

『子供の数は年々減っているっていうのにさ』と小宮は苦く笑う。『いや、むしろそのせいかもしれない。未来に夢なんてないことに気づいた大人たちが、その夢を子供たちの世界に還元しようとして、必死であがいているのかも、な』

『幻想工房』の読者はそのまま、書き手志望である例が多いのだという。

『ガラスの麒麟』と題された小品は、特別賞とやらを受けることにほぼ内定しているそうだ。前年まではそんな賞なぞなかったから、察するところ、『ガラスの麒麟』を引っ張り上げるための策であるらしかった。つまり優秀作にするほどではないが、打ち捨てるのは惜しいという、小宮自身の思い入れがそうした特殊な措置をとらせたのだろう。

その思い入れのある作品のイラストを描かせてもらえる、というのは、紛れもなく光栄な話ではあるのだが……。

「どうだった、あれ。わりといいだろう？」

最初の質問に答えないうちに、小宮は性急に次の質問をかぶせる。

「字が難しい」

「は？」

「いまどき麒麟を漢字で書くか？　ビールや相撲取りじゃあるまいし。まして子供相手だ、ひらがなか、カタカナにした方がいいな」

「おいおい、感想はそれだけかよ」

不満そうな小宮の声を聞きながら、スケッチブックの余白にコンテで麒麟、と書いてみた。やたらと字画が多い上に、字がまずいものだから、あのスマートなキリンのイメージからは程遠い。せいぜい言って、けむくじゃらのブタである。

「せっかちな奴め」私はコンテを放り出して言った。「おまえさんに会って原稿をもらったのは、ついさっきじゃないか」

「さっきってこたあないだろう？　ほんとなら一時間前にはその家にたどり着いてなきゃ、ならんところだ。おおかたどっかで油売ってたんだろうが」

私はちょっと黙り込んだ。奴と会って帰る途中、車のタイヤが溝にはまって往生していた、などとは口が裂けても言えない。

「……色が、ないんだよなあ、あの話」

ぼそりとつぶやくと、それだよ、と膝を打つような返事が返ってきた。

「童話や絵本は色が命ってのが、日頃のおまえの意見じゃないか？　さて、物が素通しのガラスなだけに、そこにどんな色をつけるつもりなのか、ちょっと面白いと思ってな」

妙に嬉しそうな声で言う。にやにや笑っている顔が目に浮かぶようだ。

「今、少し描きかけてたんだが……いっそクロッキーのままの方が良くはないか？」

「馬鹿言え」私の控えめな提案を、小宮は一言の下に却下してくれた。「カラーだカラー。総天然色だからな」

人を困らせるために言っているとしか思えない。私はううむとうなり声を上げた。

「ところでナオちゃんは元気にやってるか？」仕事の話は済んだとばかり、小宮は話題を変えた。「うちのも気にしてたぜ。最近ナオちゃんに会ってないわねえって」

夫婦ともども、直子のファンなのだそうだ。女の子を持たないせいかもしれない。

私の妻が亡くなってからはいっそう、何かと直子のことを気にして可愛がってくれる。

「ああ、元気だよ。最近、塾に行ってるから帰りが遅いけどな」

「ああ、ナオちゃんももうじき三年だもんなあ、早いもんだよ」言いながら、腕時計でも見たらしい。「八時か。まだお勉強中だろうな、ナオちゃんも大変だ」

「いや、今日は家にいる。昨日の夜から熱っぽくてな、学校も休ませた」

「全然元気じゃないじゃないか、馬鹿野郎」

そう言えばそうだ。

「大丈夫だよ、風邪らしい。今、薬を飲んで眠ってるよ」

送話器の向こうで、何やらぶつくさと言う声が聞こえてくる。

その時私の反対側の耳は、別な物音を拾っていた。遠くからだんだん近づいてくる、けたたましいサイレンである。それは救急車とパトカーの、不安なデュエットだった。そして、その直後に聞こえてきたのは、細く高い悲鳴だった。

家の中からだ――。

そう思った瞬間、私は受話器をフックに叩きつけ、仕事部屋を飛び出していた。

駆けつけた部屋の中央に、パジャマ姿の直子が、両肩を抱くようにして立ち尽くしていた。

「どうした、直子？」

尋ねる私の声にかぶさって、間近に迫ったサイレンの音が頭のなかで反響し合った。

直子はかすかに笑った。どきりとするような、皮肉な微笑みだった。

「——今頃来たって、もう遅いんだから。もう間に合わないんだから。道の上に、たっくさん血が流れたわ。すごく痛かったんだから。お腹が、まるで焼けるみたいに熱くて……」

「直子。何言ってんだ、おまえ……」

「真っ暗な道に、車が停まっていたの。中から急に男の人が出てきたわ。ナイフを持ってた。果物ナイフみたいにちっちゃくないの、もっとずっと長くて鋭いナイフ。その人、『殺すよ』って言ったわ、笑って言った。車に乗んないと殺すって。でもあたし、そんなのやだもの。逃げようとしたわ。でも、逃げれなかった。あいつ、刺したわ、あたしのこと。道の上に、たっくさん血が流れたわ。すごく痛かったんだから。お腹が、焼けるみたいに熱くて……」

まるで壊れたレコードのように、直子は同じ言葉を繰り返し始めていた。ほとんど恐怖に駆られた私は、そっと近づいて直子の肩に触れた。直子はびくりと体を震わせた。

「あたし殺されたの。刺し殺されたの。死んじゃったのよ……どうして？　もっと生きていたかったのに……」

そう叫ぶなり、直子の身体からくたりと力が抜けた。私はあわてて娘の背に腕を回した。糸の切れた操り人形のように、直子は気を失っていた。

瞬く間に遠ざかったサイレンの音が、いつまでもいつまでも耳の奥で共鳴していた。

＊　＊　＊

……ガラスの森のなかで、麒麟はすっかり迷子になっていることにきがつきました。けれど麒麟はほこりたかいものですから、自分からそんなことをみとめたりはしません。

「なんだかへんてこりんなところだなあ」

わざと元気な声でそういいます。

「いっぽあるいたら首が木の枝につかえるし、もういっぽあるいたらこんどは足が草のつるにひっかかる。ここでゆっくりすごせなくても、そんなにざんねんってわけじゃあないなあ……」

　もっとも、おしまいのほうはすこしだけ、こころぼそい声になってしまいましたが。そのときとつぜん、足もとから声がしました。

「そんなにここからでたいんなら、首をきってしまいなよ。そのながい足もじゃまだな。ちょんぎってしまえばいい。そしたらかんたんにでられるよ」

「そんなことしたら、うごけないじゃないか」

　びっくりして麒麟はさけびました。

「そんなことはないさ。ちゃんとうごけるよ、ほらね」

と言いながら、するすると草のあいだからでてきたのは、いっぴきの蛇でした。蛇はじろじろと麒麟をみて、ちろりとほそながい舌をだしました。

「どうやらきみはこの森にはむいていないらしいね。ついておいで。あんないしてやるよ」

　そういって、さっさとさきにあるきだしました。

＊　＊　＊

歩きだすってのは変だな、蛇には足がないんだから……そんなことを考えている自分に気づき、はっとした。

現実逃避もいいとこだ。

私はこの日——零時をとうに回っているからすでに昨日だが——一体何が起こったのかを考えてみた。突然、異様なことをわめきだし、叫び声を上げ、挙げ句に気を失ってしまった直子。おろおろとうろたえるばかりだった自分。娘をベッドに戻し、布団をかぶせてしまうと、後はもうどうすればいいのかわからなかった。

どうやら私にも蛇が必要らしい。『案内してやる』と言って、先に立って歩きだしてくれる存在が。私はすっかり途方に暮れていた。今までに、こんなことは一度だってなかった。三年前、妻が死んだ時だって、直子は取り乱したりはしなかった。それどころか、私のことを心配し、思いやりさえしてくれた。

夜風が、ガラス窓をきしませる。車のエンジン音がしばらく聞こえていたが、やがて静かになった。

多分、と私は思いなおした。そんなに心配するようなことではないのだ。風邪をひいて、少しばかり熱があったせいなのだ。直子は嫌な夢を見て、それで混乱したのだろう。そんなに大したことじゃない。朝になればまた、いつもの笑顔を見せてくれるに違いない。すっかりいつも通りの朝がやってくるのだ……。

スケッチブックの端に描いた、ガラスの蛇が少しずつ目の前に近づいてきた。ガラスでできた蛇は、どうやって動くのだろう？　そんなことを考えながら、いつの間にか眠ってしまった。

「おい、さっさとついてこいよ、のろま」

蛇に、そう叱られている夢を見た。

翌朝、居間から聞こえてくる大音声(だいおんじょう)で目が覚めた。どうやらテレビがついているらしい。私はぼんやりと、前夜のことを思い出した。我ながら呆(あき)れたことに、いつの間にかしっかり布団の中にもぐり込んでいる。人間の習性とはこんなものかと、おかしなところで感心した。

コマーシャルソングらしい能天気な歌を聞きながら、私はほっと胸をなで下ろしていた。テレビコマーシャル。これこそ茶の間の日常そのものではないか？

私は目をこすりながら起きだした。冬の朝は暗い。明かりをつけず、手さぐりでドアを開けたが、予想に反して居間も薄暗かった。テレビ画面だけが異様に明るく、ちらちらと不規則な光を狭い空間に投げ出している。
「何だ、電気もつけないで……」
スイッチに手を伸ばしかけ、どきりとした。こちらに背を向けてソファに座ってい
る少女が、まるで知らない人間のように思えたのだ。
もちろん、振り向いたのは間違いなく直子だった。
「見てて」ぽつりと直子は言った。「今からテレビであたしのこと言うわ」
「何だって？」
テレビはいつの間にかニュースに変わっていた。明るいグレーの背広に身を固めた
ニュースキャスターが、生真面目な口調で何か言っている。
〈……昨夜、女子高校生が何者かに襲われて死亡するという事件がありました。亡く
なったのは同市内にある私立花沢女子短期大学付属高等学校に通う安藤麻衣子さんで
……〉
私ははっと息を飲んだ。直子と同じ学校だった。
「知り合いか？」
「知り合いって言うのかしら」直子は唇だけでかすかに笑った。とんでもない勘違い
をしている人間を前に、苦笑しているようでもあった。「あたしが安藤麻衣子なんだ

けどな」

「え？」

直子の言葉の意味がまるで理解できない私の耳に、アナウンサーの冷静な声が聞こえてきた。

〈……警察は殺人事件と見て捜査を開始しています……〉

「どう見たって殺人事件じゃない。ねえ聞いてる？　昨日の夜よ。あたし、知らない男の人にナイフで刺し殺されちゃったの」

事実をありのままに述べる、といった淡々とした口調で直子は言った。

小宮から電話があったのは、その夜のことだった。

「おい、例の仕事は進んだか？　昨日はいきなり電話切っちまいやがって」

「勘弁してくれよ。今それどころじゃ……」

ない、と言いかけるのに覆いかぶせるように、小宮は露骨に安堵したような声を上げた。

「やってないんだな、そりゃ良かった。あの話はもうなしだ。忘れてくれ」

「……何だって？　おまえが言ってるのは、あの『ガラスの麒麟』のことだよな」

「ああそうだ。プラスチックの豚でもアルミの河馬でもない、ガラスの麒麟の話だ」

どこかやけっぱちな口調だった。

「何かまずいことでもあったのか？」

「大ありさ。今日の新聞見たか？」

「ああ」

それは目の前に大きく広げられていた。つい今まで、ある一つの記事を幾度も幾度も読み返していたのだ。

「女子高校生が殺されたって事件が載っていたろ、通り魔だかなんだかに刺されて……」

「通り魔と決まったわけじゃない。その可能性もあるということで……」

「そんなことはどうだっていいさ。問題は、その殺された女の子が『ガラスの麒麟』の作者だってことなんだよ」

一瞬、頭のなかが空白になった。小宮の早口が続く。

「な、まずいだろう？　俺は安藤麻衣子って子の、現時点での若さと将来性を買ったんだ。おかしな注目を浴びるのはうちの編集方針に反するし、第一、遺族だって気の毒だ」

「……安藤麻衣子が作者だってことは、間違いないのか？」

「同じ町内に同い年で同姓同名の他人がいるんでなきゃ、間違いないさ」

ずいぶん長い間、私は押し黙っていたらしい。小宮の気づかわしげな声が耳を打った。

「おい。どうしたっていうんだ？　まさか怒っているってわけじゃないだろう。もともとおまえ、この仕事には、大して気乗りしない感じだったしな」

「小宮」私は大声を上げ、相手はびくりとしたようだった。「小宮。助けてくれ。俺はもうどうしていいのかわからない。何が起こったのかもわからない」

送話器の向こうで、小宮が何か言ったが耳には届かなかった。私は一人、ただわめき続けていた。情けないことに、目尻に薄くにじむものがあった。

「助けてくれ、小宮。直子の様子がおかしい。普通じゃないんだよ……」


「――ねえ、やっぱり幽霊だと思う？」と静香(しずか)さんはささやくように言った。彼女にはそんなふうに疑問形で会話を始める癖(くせ)がある。答えられずにいる私に、彼女は軽く首をすくめて見せた。「非現実的なことを言ってると思ってるんでしょ。だけどそうとでも考えなきゃ、ナオちゃんがあんなに変わっちゃった説明がつかないわよね」

彼女は小宮の奥さんで、私とのつきあいも長い。前日の話に仰天（ぎょうてん）した小宮が、朝から自分の妻を送り届けてよこしたのだ。彼女は山のような食料品と共に現れるや否や、恐縮するだけの気力もない私を尻目（しりめ）に、まず溜（た）まった洗濯物や洗い物を征服にかかった。それが済むと、やおら直子の部屋のドアを叩いた。

小一時間程で出てきた彼女は、私以上に途方に暮れていた。

「信じられる？　ナオちゃんたら、煙草なんて吸っているのよ。うちの馬鹿息子じゃあるまいし、どうして煙草なんか……」

「何を吸っていましたか？」

「キャスターよ。さすがにあまり吸い慣れてるって感じじゃなかったけど」

禁煙に挑戦する以前、私が吸っていたのはマイルドセブンである。かつてキャスターが家の中にあったことはないはずだ。いったいいつの間に持ち込んだのか……。それ以上に、直子が現に煙草を吸っているという事実は、いかにも奇態だった。伝道するイエスの使徒よろしく、今までさんざん、煙草による害について私に説き続けていたのだから。

「やっぱり安藤麻衣子って子の幽霊よ。救急車がすぐそばを通ったんでしょ？　その時ちょうどナオちゃんが熱を出して寝込んでいたものだから、殺された子の霊が、えいやって乗り移っちゃったのよ。それにしても物騒な世の中ねえ……」

静香さんのいう〈物騒〉が、幽霊のことを指しているのか、それとも通り魔のことを指しているのだかははっきりしなかったが、それを確かめる気にもなれなかった。私の知る限り、彼女は一切の超常現象に対して懐疑的な意見の持ち主である。その静香さんが熱心に幽霊説を唱えれば唱えるほど、私はどんどん不安になっていった。

もし彼女の言うことが事実なら、安藤麻衣子は何をしたがっているのだろう？　直子に何をさせたがっている？

そして、いつ直子は解放される？

私は迷子になった子供のように、すっかり途方に暮れていた。

深夜になり、小宮から電話が入った。

「まだ生きてるか？」それが小宮の第一声だった。「うちのからおまえが今にも死にそうな顔してるって聞いたぞ」

「昼は奥さんに来てもらって、助かったよ。どれだけ救われたか……」

それぐらい、と小宮は鼻を鳴らした。

「それより聞け。昨日言ってた友人から、ついさっき電話があった」

そう言えば前夜小宮は、新聞記者をしている友人に、安藤麻衣子の事件について詳しいことを聞いてみると言っていた。

「で、どうだった？」

尋ねると、相手はしばらく言いよどんでいたが、

「今日な、お前には言わなかったかもしれないが、うちのがナオちゃんからいろいろ聞き出したんだよ。ナオちゃんが……いや、麻衣子さんが殺された時の様子をな。両方を突き合わせると、正直言って少々気味が悪い。まず凶器だが、刃物部分の長さが十五センチくらいの鋭く尖ったナイフで刺されたってのは、検死結果とぴったり一致する。それから犯人が乗っていたっていう車だが、現場近くで不審な車を目撃したという証言があるらしい。ナオちゃんが言っていた車とまったく同じ車種だ」

「新聞にはそんなこと、載っていなかったぞ」

「当たり前だ、伏せてあるんだからな。第一、それが本当に犯人と関係があるのかどうかも確かじゃないしね。問題は、いったいどうやってナオちゃんがそんなことを知り得たか、ということだ。その場にいなきゃわからないようなことをな」

小宮の声の調子は私を不安にさせた。

「おい、まさかおかしな想像をしているんじゃないだろうな。直子はあの日、風邪で学校を休んでいるんだぞ。ずっと家にいた」

「だけどお前、一度家を空けたろう？」

「ああ、お前との打合せでね。帰りに、俺は現場の近くを車で通ってる。後で思えばぞっとするくらい近くをね。たぶん、事件が起きる少し前の話さ。家に帰った時には、もちろん直子はちゃんと自分の部屋にいたさ。現場に行けたはずはない」

いきなり小宮が、小さな身体に似合わぬ大きな笑い声を立てた。

「お前ね、何を一人で先走ってんだよ。俺が何を疑ってるって？　ナオちゃんがずっと家にいたのは知ってるよ」

「何だって？」

「あの時、お前と電話で話した三十分ばかり前にも一度、電話しているんだよ。お前はまだ帰っていなかった。だから言ったたろ、どこで油売ってたんだってさ」

体からどっと力が抜けた。

「あん時は……タイヤが溝にはまってたんだよ」

「脱輪か。何でまた」

小宮はまた笑い声を上げた。

「慣れない道を通ったんで、標識を見落としたんだ。近道を行ったつもりが一方通行でな。慌(あわ)ててバックしてるうちにガクンと」

「なるほど」

「狭い道だったからまるっきり通せんぼした恰好になっちまってさ、前からクラクションを鳴らされるわ、どこかの小娘には馬鹿にされたように見られるわで……」

ふいに心臓がドキンと跳ね上がった。あの時の少女の皮肉な笑顔。直子の表情に突然現れるようになった表情と、気味が悪いくらいに似てはいなかったか？

車の窓から顔を出して詫びる私に、少女は〈仕方ないわね〉というように肩をすくめ、別な道を選んだのだ。——早すぎる〈死〉の待ち受ける暗い道を。

心臓はもはや疾走する馬のひづめにも似た音を立てていた。私はあの少女に会っていた。

恐らくは、殺される直前の安藤麻衣子に。

＊　＊　＊

……やがて麒麟の目のまえに、ふたつにわかれた道があらわれました。あんないしてくれた蛇は、ほそながい舌をちろちろだしながらいいました。

「おれがあんないできるのは、ここまでだ。どっちへいくかは自分できめるんだな」

そしてあっというまに、どこかへいってしまいました。ひとりのこされた麒麟は、とてもこまってしまいました。いったいどっちにいけばいいのか、わからなかったからです。

「そうだ。ぼくの首はながいんだから、うんとせのびしてみれば、道の先がどうなっているかわかるにちがいない」

そこで麒麟は、せいいっぱいせのびをしました。ところが、どちらの道もくねくねとまがりくねっていて、先がどうなっているのだかちっともわかりません。

そこで麒麟は、べつなことをおもいつきました。木の枝をひろってきて、道のまんなかでたおしたのです。棒は右をさしてたおれました。ねんのために、もういちどやると、こんどは左をさします。さんどめには今きたばかりの道をさしました。

「これはだめだ。ぼくがきめなくっちゃならない」

麒麟はそうつぶやきました。そしてゆっくりと、あるきはじめたのです。棒がはじめにえらんだ、右の道にむかって。

＊　＊　＊

「そっちへ行っちゃ駄目だ」

そう叫んだ自分の声で目が覚めた。ガラスの麒麟は、間違った道を選んだのだ。魔物の住む、恐ろしい道を。そして選ばせた木の棒は、私だった。

ガラスの森の中で、迷子になった麒麟。迷子になった麻衣子。

『……もっと生きていたかったのに……』

数日前の、直子の悲痛な叫び声が耳にこだまする。あれは本当に、麻衣子の叫びだったのか？　だとしたら……いや、だとしても。

「お願いだ、麻衣子。直子を俺に返してくれ。お願いだから……」

私の声はかすれ、夜のなかに虚しく吸い込まれていった。

## 4

「――私が殺したも同じだ。私のせいで、あの子は死んでしまった」

私は苦くつぶやいた。

「そうかもしれません」

神野先生は静かに答えた。あまりにも穏やかに受け止められ、いささか拍子抜けして私は立ち止まった。目の前に児童公園があった。寒さにもかかわらず、数人の若い母親が幼い子供を遊ばせていた。

「少し、休んで行きませんか。疲れました」

そう言って彼女は傍らのベンチに腰を下ろした。少し離れて私も座る。

「ねえ野間さん。キリンってどう書くんですか？　私、漢字で書けないわ」

私は落ちていた小枝で、地面にその文字を書いて見せた。彼女は覗(のぞ)き込み「わあ難しい字」と少女のように無邪気な声を上げた。

「ねえ野間さん。人の心って、とても難しいと思いませんか？　まるですごく難しい漢字みたいに」神野先生は小枝を拾い、そっと地面の文字をなぞった。「私、おかしな歩き方をしますでしょ。私の足が悪いことは、とっくにお気づきですよね？」

小首を傾げるように彼女は尋ね、私は曖昧(あいまい)にうなずいた。確かに彼女の歩き方は少し奇妙だった。それが右足をわずかに引きずっているためだということには、一緒に歩き始めて間もなく気づいていた。

「五年前にね、車の事故で怪我をしたんです」そう言う彼女の口調は朗(ほが)らかだった。「私は助手席にいたんですけど、大した怪我じゃありませんでした。なのに運転していた人は即死。普通は助手席の方が死亡率が高いのに、変ですよね。私たち、ただ信号待ちをしていただけなんです。信号が青に変わって、動きだそうとした時に、正面から対向車が飛び込んで来ました。加害者はまだ十八歳の男の子で、無免許で、おまけに少しお酒も入っていたっていうわ。その事故で少しでも救いがあるとすれば、その子が奇蹟的に無傷だったたってことくらいかしら」彼女は爪先で、地面に書かれた文字を消してしまった。「でも私、そのことを素直に喜べなかったわ。私たちは運が悪かったんだって、そう思うこともできなかった。ただ、どうしてあの時、海を選んでしまったんだろうって、そればかり考えていました」

「海？」

「ええ。あの人が『海にしようか、山にしようか』って言った時、私は本当にどちらでも良かったの。〈山〉って答える確率だって、同じくらいあったんです。でも私は海を選んで……事故に遭ったのは、目的地に着く直前でした」

「……その時亡くなった方は、あなたの恋人だったんですか？」

「結婚するはずの人でした」そう答え、笑えるはずなどないのに、彼女は微笑んだ。

「あの時〈山〉と答えていたら、私も今頃はあんなふうに子供を公園で遊ばせて……時々そう思います。今でも諦めていないんです、私。もうすっかり治っているはずの右足が言うことをきかないのは、私の心があの事故を引きずっているから。それは自分でもわかっているんです。人間の心って、難しいですよね」

変な話をしてしまいました。と言って彼女はまた微笑んだ。ひどく切ない微笑だった。

それから彼女はふいに話題を変えた。

「今、直子さんはどうしています？　一人で残してこられたわけじゃありませんよね」

「ええもちろん。また静香さんが来てくれています。直子は朝からずっと、絵を描いていました。いったい何を描いているると思います」

「……犯人の顔、ですね」

「よくおわかりですね」

驚いて相手を見た。神野先生は真剣な面持ちで私を見返した。

「私もお宅にご一緒してよろしいでしょうか。その絵を持って、直子ちゃんを連れていかなきゃ」

「連れて行くって……病院にですか？」

小宮には厳しく言い渡されていた。いいか、二月一杯だ。それまでに直子ちゃんが元に戻らなかったら、病院に連れていくんだぞ、と。

だが神野先生は大きく首を振った。

「病院？　いいえ、とんでもない」

「ではどこへ？」

「もちろん、警察です」

言うなり彼女はすっと立ち上がった。

「何を考えてらっしゃるんです。殺人事件の被害者の霊が、私の娘に宿りましたなんて話、警察が信用すると思いますか？」

「信用しないでしょうね」

「ではどうして」

「野間さんは勘違いをなさっているわ。警察に行って話すのは、安藤さんの事件についてじゃありません。もう一つの出来事、直子さん自身に起きた事件のことです」

「直子自身に？」

神野先生はふと遠くを見るような目をした。その視線の先には、元気に遊ぶ子供たちの姿があった。

「……野間さんや、それに五年前の私と同じなんです。間違った道を選んでしまったっていう後悔の中で、直子ちゃんは溺（おぼ）れかけているの。取り返しのつかない結末を見てしまったら、誰でもそんなふうになってしまうわ。きっかけは、いつも、どれも、嫌になるくらいに些細な事ばかりなんですよ。見落としてしまったたった一つの道路標識、ドライブの目的地を決めた一言、そして直子ちゃんの場合は、ほんの少し勇気が足りなかったばかりに、言えなかった言葉」

「直子が何を言えなかったとおっしゃるんですか？」

神野先生がすっと身を引くまで、自分が彼女に詰め寄るような恰好になっていることに気づかなかった。私ははっとして一歩退き、彼女の返事を待った。神野先生はまるで吐息をつくように言った。

「直子ちゃんは誰にも……お父様にも言えなかったんです。あの日――二月二十一日、に、塾の帰り道で、車から出てきた男に、いきなりナイフを突きつけられたことを」

――そういうことだったのか。

私は呆然とその場に立ち尽くした。

なぜ、そんなことに気づかなかったのだろう？　私の馬鹿さ加減ときたら……。私は呆れ返るような思いで、目の前のほっそりとした女性を見つめた。

すべては辻褄が合うのだ。理不尽な凶行は、連続していたのである。安藤麻衣子が殺された、二月二十二日の事件と、その前日、二十一日の事件と。最初に狙われたのは、直子だった。

直子は自分の身に降りかかった異常な出来事を、誰にも言うことができなかった。恐らくはあまりの恐怖心から。そして神野先生の言うように、少しだけ勇気が足りなかったばかりに。代わりに直子は熱を出し、混濁の世界へ逃げ込んだ。その夜も、そして翌日も。その結果が何をもたらしたか、直子はさらに翌朝のニュースで知ることになる。途中で大事件でも起きない限り、ニュースは同じ内容をただ繰り返す。私が起きる前に、直子はすべてを知ってしまったのだ。

その時の直子がどれほどのパニックに陥ったか、想像に難くない。前夜、パトカーや救急車のサイレンを耳にしただけで、あれほどの混乱ぶりを見せた直子である。直子が死ぬほど恐れていたことが、現実になってしまったのだ。

二月二十二日、犯行は繰り返されていた。前夜、直子が直面した悪夢そのままに。ビデオテープを再生したように繰り返される、そっくり同じ場面。同じ犯人の同じセリフ、同じ車、同じナイフ。異っていたのは、その凶器の刃先にさらされた少女と、彼女の辿った運命だった……。

もし私に言いさえしていたら、警察が捜査に乗り出し、付近一帯に注意が呼びかけられていたなら、あるいは避けられたかもしれない事件――。

　神野先生は穏やかに話し続けていた。

「……もしかしたら、直子さんは安藤さんに憧れに近い気持ちを抱いていたのかもしれません。安藤さんみたいになりたいと思っていたのかも。直子さんを見ていて、そんなふうに思ったことがあります」

　ごく常識的な直子。平凡な直子。その平凡さこそが愛しい私の娘。あの子の瞳に、高慢な美少女、安藤麻衣子の姿は、いったいどんなふうに映っていたのだろうか？

「……安藤さんがよく私のところに来ていたのは、煙草を吸うためでした」

　神野先生の言葉に、私は思わず眉を上げた。

「保健室で煙草を？」

　神野先生は軽く首をすくめた。

「一本だけなら許すから、その代わり絶対に余所では吸うなって。放課後に時々、来ていました。いろいろ、おしゃべりしたり」

「直子はそれを知っていましたか？」

「ええ。あの子も〈常連〉の一人ですから。保健室に集まってくる子たちには、共通点があるんですよ。みんなとても、寂しいんです」

言ってから、彼女は気づかうように私を見た。確かに私は傷ついていた。

「それは、母親がいないせいでしょうか？」

「無関係ではありませんが、そればかりじゃないですね。あの年頃の女の子たちは、信じられないくらいデリケートで高慢で、脆いんです。ちょうど、お話にあったガラスの麒麟のように。いつも精一杯首を伸ばして、背伸びをして、だからとても不安定で壊れやすくて、いつも何かに迷っているの」

彼女の言葉を聞きながら考えた。人間はいつになったら、正しい道を選択できなかったという負い目から、自由になれるのだろう？

やがて私たちは家に着いた。神野先生は怪訝そうに見守る静香さんに笑いかけ、一人直子の部屋に入って行った。そしてずいぶん長い間、二人きりで話をしていた。

5

その夜、寝つけないままに天井を睨んでいると、軽いノックの音がして、直子が部屋に入ってきた。

「眠れなくて……」

おずおずと直子が言い、私は体を起こした。

「俺もだよ。眠れなくて、困っていたところだ。待ってなさい、今部屋を暖めるから」

急いでストーブを点(つ)ける私の手元を、直子はぼんやりと見守っている。

「今日中にね、お父さんとお話しなさいって」

「神野先生がそう言ってたか」

こくん、と直子はうなずく。そのままストーブの前に座り込んだ直子に、毛布をかけてやった。ストーブに点(とも)った火が、赤々と直子の横顔を照らしている。

「私ね、すごく怖かったの。死にたくなかった。でも乱暴されるくらいなら、死んだ方がましだと思ったわ。だから逃げたの」

「無理に話すことはないさ」

ううん、と直子は首を振った。

「お願い、聞いて。今からでも……。私、走ったわ。もう走って走って、運動会だってあんなに必死で走ったことはなかったわ。胸が痛いくらいに苦しくなって、吐き気がして……口の中に苦い味が一杯になって、喉が焼けるみたいだったわ。ああこれが胃液の味なのかって、私、変なことを考えてた」

私は毛布ごと、娘の体をきつく抱きしめた。掛けがえのないその命を、こうして腕の中に抱きしめられるという事実に、心から安堵していた。

「ねえお父さん。どうして私が逃げられたと思う?」私の腕の中で、直子が言った。

「あいつにね、刺す気が無かったからなの。ホントに殺すつもりじゃなかったんだわ。だから助かったの」

「しかし麻衣子さんは殺されてしまった……」

私の言葉に、直子はぶるっと震えた。

「麻衣ちゃん、すごく悩んでいたの。お父さんとお母さんが離婚しかかってて、でも二人とも麻衣ちゃんを欲しがっていたの。麻衣ちゃん、お父さんのこともお母さんのことも、すごく好きで、でも同じくらい嫌いで……もう三人では一緒に暮らせないことも分かってた。だけど、どっちのことも選べなかったの。どうしたらいいのか分からないって、そう言ってた。そしてね、いっそ、消えていなくなってしまいたいって」

「消えて……」

私は繰り返し、はっとした。ガラスの麒麟。透明な心。虚(うつ)ろな心。

ガラスの森で迷子になった、麻衣子。

彼女もまた、分岐点を前にして、立ちすくむ一人だったのだろうか？　父と母とを選びかねた彼女は、代わりに生と死を天秤にかけたのだろうか？

「ねえ、ホントにそうだったと思う？　麻衣ちゃんが死んじゃったのは……」

「そんなことはないよ」

柔らかく、私は遮った。そう、本当にそんなはずはない。

なぜならば、『ガラスの麒麟』の中で、キリンはちゃんと帰ってくるからだ。ガラスの草原に。そこで力強く疾走するために。

「神野先生が言ってたよ。人の心はまるで難しい漢字みたいだって。書けなかったり、読めなかったり。とにかくひらがなや、カタカナみたいなわけにはいかないんだ。だけどその分、強くなれるんじゃないかな。いろんな読み方ができたり、いろんな意味を持ったり、さ」

我ながらたどたどしい言葉だったが、言いたいことは汲んでくれたのだろう、直子はまたこくんとうなずいた。それから直子はふっと小さく笑った。

「今日で二月も終わりだね。二月は逃げるってホントだなあ。あっという間に過ぎて行っちゃった」

「いや、今年は閏年だから、二月は明日までさ」

その一日の猶予(ゆうよ)が、直子を救ったように思えてならなかった。まだ二月は終わっていない。事件がまだ解決していないように。

だが、すべては時間の問題だ。

直子は再び小さく口許(くちもと)をほころばせた。

「そっか、忘れてた。春は一日だけ、お預けだね」

面白い言い方だ。すっかり明るくなった娘の顔を見ていて、ふとおかしな考えが浮かんだ。

「今、変なことを考えたよ」

「変なって?」

「ひょっとしたら直子は、すごい女優になれる素質があるんじゃないかと思ってさ」

直子は少し拗(す)ねたようだった。

「私、自分が演技してるなんてつもりは、全然なかったんだから」

「……わかってるよ。わかってる」

つまらないことを言ったな、と思った。しばらくして、直子がふいに悪戯(いたずら)を思いついた子供のような顔をした。

「ねえお父さん。神野先生の名前って、知ってる? ナオコっていうんだよ、菜の花が生える子って書くの」

「いい名前だな」

「でしょう？」直子はくすくす笑って言った。「私もね、今、変なことを考えた」

「変なこと？」

「お父さんと神野先生が結婚したらね、先生と私と、二人ともおんなじ名前になっちゃうなってこと。もしそうなったら大変だね、何て呼ぶの？」

自分が呆れるほどにうろたえていることに気づき、いっそう狼狽してしまった。

「本当に変なことだ」

そう答え、ごほごほとわざとらしい咳払いをした。

私の腕のなかで、直子はおかしそうに笑い続けていた。

# 三月の兎

# 1

昨夜から降っていた雪は、早朝にはみぞれに変わっていた。三日前に降った時には積雪十センチほどに達し、交通ダイヤは揃って乱れた。東京ではまとまった雪はむしろ、三月に降る。大雪を歓迎していたのは、少女の頃の話だ。

駅の階段を降りるとせせこましい商店街がしばらく続き、道路一本を隔てて住宅街になる。そこここに小さなケルンのように積み上げられ、固く凍りついた雪の固まりを、みぞれがぐずぐずと溶かしにかかっていた。

「小幡センセー、お早うございまーす」

紺色のスクールコートに身を包み、同じように二つに分けて髪を編んだ生徒たちが、ぱたぱたと兎（うさぎ）のように駆けて来た。寒気に揃って頬（ほお）を赤く染め、彼女たちはまるで姉妹のように見える。挨拶（あいさつ）を返してから、中の一人を軽くにらみつけた。

「こら、そのマフラー、校則違反でしょ」

きゃあ、お見逃し。少女はふざけたようにそう叫び、赤いマフラーをひらひらさせて逃げて行った。きゃあきゃあ笑いさざめきながら、他の少女たちも後を追う。鈍色（にびいろ）の空の下で彼女たちのさす傘（かさ）だけが、花が咲いたように鮮やかだ。

高校生にもなった少女たちに揃いの制服を着せ、ボタンをきちんととめているか、指定通りのネクタイを締めているか、いちいち干渉（かんしょう）し、その上でさらに靴からマフラーからヘアアクセサリーにいたるまで、細かく取決めや禁止事項を設けることへの、疑問がないと言えば嘘になる。昨年、ようやく傘に関する規定がなくなった。前々から生徒会を通して要望があり、あれこれ紆余曲折（うよきょくせつ）の末に決まったことだ。とたんに雨の日の通学路が華やかになった。ところがほぼ同時に、傘の盗難事件が数件起きた。とられたのはいずれも、高価なブランド物の傘である。

それみたことか。幾人かの教師はそう言った。以来、雨が降ると気が重くなる。

歩道に積もった雪がシャーベット状になり、溶（と）けだした水が靴跡や自転車の轍（わだち）に冷たく溜（た）まっている。凍えた爪先がじん、と痛い。そのまま大通りに沿った方が本当は近いのだが、ふと思いついて路地に折れてみた。目当ての家があった。古びた板塀に囲まれた、ごくささやかな敷地に、やはり古びた木造の家屋と、二坪ほどの庭がある。数本の庭木が植えてあった。あまり日がささないためか、どれもひょろひょろとした貧弱な木だ。

（あれはコブシよ）

塀越しに見える一本を指さし、そう教えてくれたのは、同僚の養護教諭である。彼女が細い白い指で示したその痩せた木を、その時はさしたる感慨もなく眺めた。彼女はこちらに向かってかすかに笑い、独り言のように言った。

（うんと早い春にね、白い花が咲くの）

ただそれだけのことだ。きれいよ、とも、その花が好きだ、とも言わなかった。だが無性に、その花が見てみたくなった。

昨年の暮れのことだ。

そろそろ咲くころだと思いながら、いつもと違う道を通るゆとりさえないままに、慌ただしく日々が過ぎていた。もう遅いかもしれない。早春の花だと言っていた。

傘を斜めに傾げ、見上げた枝の先に、しかしその花はまだ咲いていていた。確かに少し遅かったのかもしれない。コブシの花は恐らくは一番美しいであろう時期を過ぎ、あとは散るばかりになっていた。みぞれまじりの水滴を、白い花弁は重たげに支えている。長い渡りに疲れた鳥たちが、枯れ枝で羽を休めているように見えた。

正面からやってきたサラリーマンとおぼしき男性が、こちらには目もくれず、急ぎ足に傍らを通り抜けて行った。毎朝この同じ道を通っているのだろうか。早春に咲くこの短命な花の存在を、彼が知っているとは思えなかった。路傍の花に目を止めるには、勤め人はあまりに忙しいから。

一月は行く。二月は逃げる。そして三月は去る——。

そうして月日は瞬(また)く間に過ぎて行く。十年一昔と言うけれど、ことティーンエージャーに限ってしまえば十年は大昔だ。このあたしだって、十年前には——十年と少し前にはぴかぴかの高校生だった。あたしにしてみれば、この十年はあっという間だった。それでいて、あの頃のあたしたちと、今の子たちとでは唖然(あぜん)とするほどに違っている。物の考え方に価値観、そしてそれ以前の問題として、一般常識までがまるで違うのだ。

冷たい風に、耳たぶがちりちりと痛む。蘇(よみがえ)ったのは、数日前の自分の声だ。

「——とにかくあの子たちはね、宇宙人なの。何考えてるんだか、全然わからない。

なんて言っても……」

「いまどきの女子高校生だから?」城山愛子はすまして終いを引き取り、人の悪い笑みを浮かべた。「もうそれって康子の口癖ね」

あたしは苦笑いしつつ、そっと肩をすくめた。悔しいが、まるっきりの図星である。

こと話題が自らの仕事内容に及んだとき、ついついそんな愚痴めいた言い方をしてしまう。自分でもとうに気づいてはいた。わかっちゃいるけど……というやつだ。

ここのところ、気が滅入るような出来事が多い。どう見ても内部犯の盗難事件が起きたり、一部の生徒がデートクラブに所属していることが発覚したり。髪を茶色く脱色してしまった子もいた。万引きで補導された子もいた。そうしたことがすべて、「何考えてんだかわからない。いまどきの女子高生ときたら……」に収斂されていくわけだ。

もちろん、校長などに言わせれば〈非常にデリケートな問題〉であるからして、学校内部の出来事について、そうそうあちこちで触れ回るわけにはいかない。その点で、愛子は安心して打ち明け話ができる希有な存在だ。口が固いということにおいても、学校とまるで無関係であるという点でも。

しかし愚痴というものは、たとえ親友といえども聞きよいものではない。反省したあたしは唐突に話を変えた。

「……そう言えば、康子ちゃんは元気？」

親友の愛娘の名前を口にするとき、いつもくすぐったい思いが先に立つ。自分と同じ名、というのは照れくさいものだ。もちろん偶然そうなったというわけではない。学生時代、当時は木村という姓だった愛子から『もし私が女の子を生んだら、康子の名前をもらうわね』と言われたときは、てっきり冗談だと思っていたし、なんとまあ先のことをと呆れもしたものだ。ところが実際のところ、当の本人は大真面目だったわけだし、別段先のことでもなかった。彼女ときたら在学中に結婚し、その半年後に出産するという偉業をなし遂げたのである。あたしたちが二十一歳の時のことだ。

驚嘆と当惑と失望。それが当時の正直な気持ちである。あたしにとって愛子は、親友である以上にこの上ない好敵手だった。勉強でも、他のことでも、彼女にだけは負けたくないと思っていた。だがあたしが苦労して、努力の末に越えたハードルを、愛子はいつも楽々とクリアしているように見えた。

その愛子が瞳を輝かして将来は教師になるのだと語ったとき、あたし自身の未来が決まったような気さえする。だから彼女の行為は手ひどい裏切りだった。少なくとも当時のあたしにとってはそうだった。

『康子ちゃんは元気？』

『ええ、元気よ』

あれ以来、二人の間でいったい幾度その会話が交わされてきただろう。赤ん坊だった康子ちゃんも、今では小学生だ。あたしと同じ名を持つ少女のことを話題にするたび、自分の内に沸き起こるアンビバレンツな感情を、否応なしに意識させられる。

もちろん、愛子は今でも大の親友だし、その娘はとびきりに可愛い。愛子を相手に愚痴をこぼしたり打ち明け話をしたりするのは、あたしにとってとても大切な時間だ。

辛いのは、愛子ならばあたしなんかよりずっといい教師になっていたに違いないと思うこと。ひょっとして自分は、教師にまるで向いていなかったんじゃないかと思うこと。

あたしの複雑な内心を知ってか知らずか、若々しい母親はいつものように、ごく陽気にうなずいた。

「ええ元気よ。元気すぎて困るくらい。近頃じゃ、すっかり生意気になっちゃってまあ、たいへんなんだから。子育てもラクじゃないわよ」

「とは言っても敵はたった一人じゃない。こっちが相手にするのは四十人よ」

笑ってそう言ってしまってから、はっとした。瞬間、胸を鋭く突き抜ける痛みがあった。あたしは片手で顔を覆い、力なくつぶやいた。

「……違った。四十人じゃなかったわ」

「え？」

「三十九人……一人、殺されちゃったから」

## 2

安藤麻衣子が亡くなってから、もう半月近く経つ。まだ半月にしかならない、と言うべきか。教え子が死んだ、それも殺されたのだと聞かされた時、自分がいったい何を言われているのか、まるで理解できなかった。通り魔に刺殺されたらしいと聞くに及び、あたしの思考回路は完全にショートした。

安藤麻衣子は飛び抜けてきれいな子だった。彼女ならモデルやタレントになっても充分やっていけそうだったし、事実その種のスカウトを多く受けてもいたらしい。それもさもありなん、と思う。生徒たちの中には『彼女は近くタレントデビューするらしい』などと自信たっぷりに噂する子雀もいたが、それはあくまでもある種の希望を交えた単なる推測でしかなかったようだ。

『あたしたちのなかでデビューできそうなのって、麻衣ちゃんだけだもん。友達に芸能人がいたら、すごいもーん』

口を揃えて少女たちは言う。

『どうすごいの？』

と尋ねると、いとも明るくこう答えるのだ。

『だってー、芸能人の住所とか、電話番号とか、わかるじゃないですかー。そしたらー、キムタクとかゴロー君とかに電話しちゃったり、ねー』

まことに何とも他愛ないのだ。

少女たちにとって、〈美〉とは絶対的な信奉の対象である。本来、少女期から大人になろうとする十六、七の頃は、健康的ではあっても彼女たちが望むようには美しくないし、最も太っている時期でもある――ごく一部の、幸運な例外を除いては。そこで彼女たちは、涙ぐましいまでの努力で少しでもきれいになろうとする。この熱意を勉強に向けてくれたらとため息をつくこともしばしばだが、自分でも覚えのあることだから、滑稽と笑うことはもちろんできない。

もっとも、美しくさえあれば世の中のあらゆる〈いいもの〉を手に入れることができるという彼女たちの思い込みは、誇張ではあっても決してまるきりの錯覚とは言えない。たとえばあたしは自分がきれいじゃないと知っている。それはやっぱり女として不幸なことだ。

安藤麻衣子はとびっきり幸運な星の下に生まれついていると、きっと誰もが思っていた。彼女が殺された、二月二十二日その日までは。

あれから様々なことがあった。警察の人が何人も来た。殺された生徒の担任として、いろいろなことを聞かれた。マスコミの人間は、もっと大勢来た。スポーツ新聞の類には、〈美人女子高生殺人〉だの〈夜道で通り魔に刺殺〉だのといった、ことさらにセンセーショナルな見出しが躍った。ワイドショーのリポーターは校門の前で甲高い声を張り上げ、生徒の誰彼なく捕まえてはマイクを突きつけていた。テレビスタッフの一人は、殺された生徒の机に花を飾れと要求した。

『その方が感じが出ますから』と。

無神経な言いぐさに腹を立てる気力もなかった。眠れない夜が続き、食事もひどく喉につかえた。わずか一週間の間に四キロも痩せた。

『殺された安藤麻衣子さんは、いったいどういう人物でしたか？』

言葉を替え、人を替え、多くの人達が発してきた質問は、とどのつまりはこの一点に集約される。あたしの返事も、判で押したように決まりきっていた。

『頭がよくてまじめで、他の生徒たちからもとても人気がある子でした』

本質的なことは何一つ知らないと、自ら告白しているような陳腐な答えである。担任でいながら、生徒のことをまるでわかっていない。改めて、そう思い知らされてしまった。

だが、同じ質問に対する生徒たちの返事も、あたし以上にバラエティに富んでいるとは言えなかった。彼女たちもまた、まるで申し合わせたように同じことを答えたのである。

『すっごいきれいな子でした』

結局、あたしの安藤麻衣子に対する認識と、さして変わらないことになる。

不可解だったのは、少女たちが一様にひどく腹を立てているように見えたことだ。盛大に泣き、哀しみ、そして怒った。犯人に対してならばわかる。だがどうもあたしには少女たちの怒りが、安藤麻衣子その人に向けられているように思えてならなかった。

「――何度も言うようだけどね、あの子たちは絶対に宇宙人よ。エイリアンだわ。地球を侵略に来たの。全然理解できないし、できるとも思えないし。正直言って、なんだか嫌になっちゃった。教師になって、いいことなんかほとんどなかったわ。とにもかくにも、女子校の教師になんてなるもんじゃないわね」

冗談めかしてはいたが、半ば以上は本気だった。もう辞(や)めたい、辞めたいと、ここのところずっとそう思っていた。

ふいに、友人の柔らかなてのひらが、そっとあたしの頭に触れた。そのふわりとした感触は、あたしを軽く叱るように、そして励ますように、しばらくそこに置かれていた。

「……とにもかくにもね」幼い我が子に対する母親そのままの優しさで、彼女は言った。「私はなれなかったわ、教師になんて」

「愛子……」

「子供を持つとね、一年のうち、そうね、三百六十四日くらいまでは怒ったり怒鳴り散らしたり、そんなことばっかりよ。理想と現実はかくも違うかって、ほんと自分が嫌になる。でも、でもね、一日か二日は、本当に心から嬉しくて、ああ、子供を持って良かったって思うの。そんな瞬間のために、人は親になるんじゃないかって思う。ね、康子にだってきっとあるよ、そういうこと。教師になって良かったって思う瞬間が」

あたしは愛子の顔をまじまじと見つめた。ふいにまぶたがじわっと熱くなり、何かが頬を伝って行った。

わからない。理解できない。

そんなもどかしさが心にふたをして、ずっと泣けずにいた。ようやく出口を見つけた涙が、自分でも呆れるくらい盛大にこぼれ落ちてきた。

「……もう少しだけ」そうつぶやき、あたしはかろうじて微笑んだ。「もう少しだけ、頑張ってみる」

そうだ、愚痴なんかこぼしている場合じゃない。頑張らなければ。自分自身のために。少しも嫌な顔を見せずに、常に弱音を聞いてくれる友人のために。そして何よりも、たった十七歳で死んでしまった、安藤麻衣子のために。

今はまだ、逃げる時でも去る時でもない。

あたしは心細く濡(ぬ)れたコブシの花を後にし、学校に向かって歩き出した。

花はただ、黙ってそこに在る。人がそれに気づかないだけなのだ。

## 3

「小幡先生、ちょっと……」

教室のドアを細めに開けて、新田先生がそっと手招きをした。生徒に英作文を命じておいて廊下に向かう。今教えたばかりの構文をちゃんと使ってくれれば良いのだが、何しろ彼女たちときたらニワトリ並みに覚えが悪い。

「校長が呼んでます。すぐ来いって。私も今呼ばれて……二年の担任全部に招集かけてるみたい」

ぽっちゃりとした丸顔に、不安そうな色が浮かんでいる。

「リアリィ？」とこれは英語科の教師同士の癖で思わずそう返し、小声で相手に詰め寄った。「何考えてるのかしら、授業をおっぽりだせって言うわけ？」

「しょうがないから私はおっぽりだしましたけど」

吐息が口をついて出た。こうしたことは、何も昨日今日に始まったことではない。

校長は、まてしばし、のきかない人だ。加えて人には長期的展望なんてものを押しつけておきながら、自分じゃ二、三年先だって見えていない人でもある。

彼が直接あたしたち現場の教師を巻き込んで、様々な〈改革〉の陣頭指揮を行うようになったのは、つい最近の話だ。具体的には英語教育の充実、国際化の推進、パソコンの積極的導入……などなど、今はどこの学校でも考えているに違いないことを、いまさらのように企画している。できる限り低コストで、しかもすぐさま実現を、などと無理なことを言うものだから、実務に取り組むあたしたちはたまったものじゃない。校長のボルテージは上がる一方、こっちはしらけるばかりだ。

要は経営の方が思わしくないのである。ここ数年、入学志望者は減少の一途を辿っている。もっともこれはうちだけの問題ではない。そもそも、子供の数が決定的に減ってきているのだ。何かの雑誌で、あと何年か先には予備校が全て潰れるだろうという予言をしていた。大学の総募集人員が、受験者数を上回る事態が訪れるのだそうだ。もっとも現実にはみんなが入学したいのは有名大学であって、大学であればどこでも良いというわけではないし、受入れ側としても募集人員自体を減らしもするだろうから、すぐさま予備校が潰れるようなことにはならないだろう。だが、目下のところ相当な危機感を抱いてはいるはずだ。

同じことはあらゆる私立の教育機関に当てはまる。いわゆるベビーブーム世代の子が就学年齢に達した頃と比較すると、その激減ぶりは目を覆わんばかりだ。

が、だからと言って『君みたいな適齢期の女性が結婚しなくなっちゃってるからねえ』などと厭味たらしく言われる筋合いは断じてない。人を馬車馬のようにこき使って、デートもままならなくさせているのはどこのどいつか、である。

『座して死を待つよりは、討ち死にして果てる気構えで臨もうじゃないですか』

元社会科教師で歴史小説が大好きなこの校長は、そんな大仰な表現であたしたちに檄を飛ばす。やなこった。あたしは内心で舌を出す。誰が好き好んで、血だらけになりながら、もがき苦しんで死にたいもんか。どうせ死ぬならあたしは畳の上で、美しく安らかに死にたい。

あたしは新田先生に先に行ってもらい、生徒たちに自習の指示をしてから言った。

「あまり時間はありませんが、何か質問しておきたいことは?」

はーい、と手を挙げたのは成尾さやかだった。そらきたぞ。あたしは密かに身構えた。この子の素っ頓狂ぶりときたら職員室でも話題になるほどだ。授業とまるで関係のない質問をしばしばしては、担当教師を困惑させるのだ。本人にはまるで悪気がなく、いつだって真面目そのものなのが余計に始末が悪い。

果たして今回も、しごく真剣な面持ちで彼女は言った。

「小幡センセー、センセーはどうして、結婚しないんですかあ?」

そんなこと、こっちが知りたい。

指定された会議室に入ると、皆の視線が一斉にこちらに集まった。いささかたじろぎつつ、空いた席に着く。校長がちらりとあたしを見やり、かなりわざとらしい咳払(せきばら)いをした。太縁の眼鏡(めがね)の向こうにあるのは、妙に女性的な、常に相手を値踏みしているような細い眼だ。いつだったか生徒たちが〈スケベオヤジとドケチオババのハーフ系のカオ〉などと、わかったようなわからないような形容をしていたことを思い出し、わずかに溜飲(りゅういん)を下げた。

「……では全員集まったようなので」厭味(いやみ)たらしく言ってから、校長はまた咳払いをした。

「実は非常に遺憾(いかん)なのですが、付近の住民からうちの生徒に対して、あるクレームがきましてね」

「また横並びですか」性急な口調でそう言ったのは、保健体育の石田(いしだ)先生だ。頭蓋骨(ずがいこつ)に筋肉が詰まっているような単細胞だが、決して悪い人じゃない。だがもちろん、〈悪い人じゃない〉ということと、〈いい人〉とは残念なことに必ずしも一致しないのである。

「あれは前々から注意しているんですがね」

いまいましげに彼はそう言った。

お宅の生徒たちが狭い道や歩道いっぱいに広がって歩くから、通行の邪魔になってかなわない——そういうクレームは、確かに過去何度となく受けていた。その都度生徒たちには注意し、相手もはあいと神妙にうなずくが、一向に改善される様子はない。

だが、もしその件ならば、何も授業中に呼び出すほどのことではないし、第一、二年の担任ばかりというのも変だ。

案の定、校長は素っ気なく首を振った。

「今回はその件じゃない。もっと、ずっと悪いことです。今朝、都電から降りる時に、うちの制服を着た生徒が七十歳のお年寄りにぶつかって、謝りもせずにさっさと行ってしまったそうです」

「まあひどい」教頭が叫び、「許せんな」と学年主任が腕を組んだ。まるで出来の悪い芝居を見ているような気になってくる。生徒たちから共に〈怪獣系のカオ〉と評されるこの二人は、いつもはいたって仲が悪い。いつだったか誰かが、〈ゴジラ対ギャオス〉と表現していた。うまいことを言うものだと笑ったが、自分とて〈オバタリアン〉などと呼ばれるのは決して愉快な気分ではない。もっともこちらの方は外見ではなく、単に〈オバタ〉という姓に由来する——のだと信じたい。

「あの……」恐る恐るあたしは言った。「それだけのために、わざわざお呼びになったんですか？」

「それだけ？」校長はじろりとあたしをにらんだ。「相手はか弱いお年寄りですよ。きわめて卑劣(ひれつ)な行為じゃありませんかな」

「もちろんおっしゃる通りですが、今は授業中です。学校として最も大切なはずの授業を放棄するからには、何かもっと別な事情がおありかと……それにどうして二年の担任ばかりをお呼びになられたのか、それも今のお話からだけでは納得がいかないのですけれど」

「さすが国立を出られた才媛(さいえん)は違いますな」

相手はことさらに皮肉っぽく、口をゆがめた。

「問題の生徒が二年だって言うのは、間違いありませんよ。そのお年寄りがちゃあんと、制服のネクタイの色を覚えていらしたから……えんじ色だったそうです」

どうだ、と言わんばかりに校長はぐるりと皆を眺め渡した。そしてあたしのところでぴたりと視線を止め、ゆっくりと付け加えた。

「それから、大変困ったことがありましてね……そのご婦人は手荷物を持ってらしたんだが、ぶつかったはずみでホームに落として、中身が壊れてしまったんだそうです」

「何が入っていたんですか？」

新田先生が蚊(か)の鳴くような声でつぶやいた。

「代々伝わる古伊万里(こいまり)の壺(つぼ)で、時価百万は下らない品物だ、とのことです」

# 4

うちの学校の制服は紺色のダブルのジャケットに、タータンチェックのひだスカートというもので、一昔前に比べれば数段垢抜(あかぬ)けたデザインである。ジャケットの下には学校指定の白のブラウスを着て、最初から結んだ形に出来上がっているネクタイをホックで留めるようになっている。タイの色は学年毎(ごと)に違い、現在は三年がオレンジ、二年がえんじ、一年がモスグリーンである。それは年ごとにずれていき、生徒たちは入学時に指定された同じ色のネクタイを、三年間身につけることになる。面白いことにどの学年も、ことネクタイに関しては自分たちこそ〈ハズレ〉だと感じているようだ。

ともあれ困ったことになった。

問題の老婦人は、事と場合によっては訴訟も辞さないというほどの憤りようだという。それもしごくもっともだとは思うが、それにしても何だってそんな高価な物を持ってうろうろしていたのかと、恨み言のひとつも言いたくなってくる。まずいことに、保険にも入っていなかったらしい。

『いいですか。とにかくすぐに、すぐにですよ、やったのは誰なのかつきとめて下さい。そうしないことには、何も解決しないですからね』

いつものごとく無造作に、校長はあたしたちにそう命じた。一刻も早く問題を〈学校対個人〉から、〈個人対個人〉にスライドさせたいらしい。後は当事者同士、納得がいくまで話し合って下さい、というわけだ。

会議室を出た時、まるで申し合わせたように皆の口からため息が漏れた。

「私、てっきりこの間書かされた、レポートのことかと思ったわ」新田先生が小声で話しかけてきた。「だからびくびくしてたんです」

例の長期的展望や、学校運営に関する忌憚のない意見を書いてくるように――校長にそう言い渡されたのは、期末テストの問題作成や入学試験の準備で、皆がてんてこまいしている真っ最中のことだった。

「びくびくって、どんなことを書いたんですか？」

新田先生はきまり悪そうにうつむいた。

「それは、あの、思うところを正直に……」

「批判的なことを書いちゃったわけ？」あたしは思い切り顔をしかめた。「馬鹿ね、そんなの向こうの思う壺じゃない」

校長の方針は極めてわかりやすい。自分に追従する者については重く扱い、批判する人間はとことん粗略に。レポートなんてようするにキリシタンの踏み絵だ。

「もう思う壺でも何でも、はまっちゃいたい気分だったんですよお」

悲壮な顔で相手はそう言い残し、自分のデスクへ戻って行った。

彼女の気持ちは痛いほどよくわかる。それにしてもとんだ壺騒動だ。

時計を見るとまだ休み時間までは少し間がある。ひとまず授業の続きをすることにした。

階段を上っていく途中からもう、女の子たちの盛大なおしゃべりの声が聞こえてきた。何しろ二年生全員が野放し状態だ。我が二組だってもちろん、蜜蜂(みつばち)どころか、くまん蜂の巣をつついたような騒ぎである。いきなりガラッと開けてやろうとそっとドアに忍び寄った時、ひどく明瞭な会話の断片が聞こえてきた。

「そんでさー、そのバアさんったら、すっげえコワイ眼でこっちにらむわけ」

伸ばしかけた手が、ふと止まった。

「しょうがないじゃんねえ、わざとじゃないんだしィ……だいたいあのオヤジがいけないのよ。あったまくるったらもう」

そのややハスキーな声の主は、すぐさま川島由美だとわかった。ひどく乱暴な口のききようだが、今の子たちには決して珍しいことではない。それよりも……。

胸の鼓動が、自分でもはっきりわかるほど速くなっていた。たった今、聞いてしまった話はひょっとして……。

「朝っぱらからむかついちゃったよ、もう」

「そんなこととよかねえ、由美ちゃん」うきうきとした口調で話しはじめたのは、あの成尾さやかだった。「あのねえ、前に話したでしょ、毎朝電車で会う男の子のこと。今朝もまたねえ……」

深呼吸をしてから、思い切ってドアを開けた。途端に教室の中は、しんと静まり返った。三十九本のえんじ色のネクタイが、真っ直ぐ、こちらを向いている。

川島由美を問い詰めるなら、今しかないということはわかっていた。だがどうしてか、言葉が出てこなかった。あたしがあまりしげしげと見たからなのだろう、川島由美は不思議そうにこちらを見返した。その眼には何の邪気(じゃき)もない。スポーツが得意な、大柄な少女だ。ごく平均的な、サラリーマン家庭の娘。上にやはり私立の大学に通う兄がおり、教育費の捻出(ねんしゅつ)や住宅ローンに四苦八苦している……。

「みんな、テキストを開いて」

川島由美から視線を逸(そ)らせるのには、少々努力が必要だった。あたしはつとめてクールな口調で言った。

「――授業を続けます」

## 5

それから数日は何事もなかった。逆に言えば、何事もなかったのはわずか数日に過ぎなかったわけなのだが。

その時あたしは鉛筆を削っていた。ひろげたティッシュペーパーの上で、カッターナイフを使い、一本ずつ丁寧(ていねい)に削っていた。

電動鉛筆削り機があるのにわざわざそんなことをしていたのは、単なる逃避行動以外のなにものでもない。嫌な仕事をしなければならないとき、思わず単純作業に没頭してしまうのはあたしの悪い癖だ。

あたしの時間割にも一応、始まったばかりのビンゴゲームみたいに幾つかの空間がある。その貴重な空き時間が休憩のために使えればいいのだが、もちろん世の中そんなに甘くはない。いつだって、その時間内にやってしまわねばならない仕事が山積みだった。そして目下の急務は、学期末に生徒たちに渡すべき通知表の記入である。

これがどうにも億劫だった。芳しくない成績というものは、それをもらう当人と同じくらい、裁定を下す側も気が重いということを、生徒たちはちゃんとわかっているのだろうか。

できれば百本だって削っていたかったのだが、生憎とシャープペンシル全盛のご時世に、そうそう何本も鉛筆は使っていない。最後の一本を丁寧に削っているとき、窓の外を何かがひらひらと舞っているのに気づいた。窓辺に近寄ってよく見ると、窓枠のところに花びらが数枚載っている。濃いピンク色で、中心部分が白い。

どうしてそんな物が降ってくるんだろう？

中庭がコンクリートで固めてあるのを幸い、上履きのまま、こっそりと外に出た。あたしの鼻先を、やはり数枚の花びらが風に吹かれてひらひらと舞い落ちて行く。

見上げると、二つの校舎に挟まれた空があった。細かくちぎれた淡い雲が、よどみにうかぶ木の葉のように漂っている。雲の流れを眼で追ううちに、あたしはぽかんと口を開けた。

屋上の手すりから、ひらひらと風になびくタータンチェックのひだスカートと、そこからにょっきりと生えた二本の脚とが見えた。

まったく唐突に、さきほどの花びらが、正面玄関前の花壇に咲いている、サイネリアであることを思い出した。この花は可愛らしく丈夫だが、病気見舞いには禁物だ、ということも。

サイネリアは別名シネラリアとも言い、〈死ね〉に通じるからだ。

この不吉な連想は、あたしに最悪の事態を想像させるには十分だった。あたしは声にならない叫びを上げ、次の瞬間、何か考えるより先に校舎に飛び込んでいた。

階段を一段抜かしに駆け上がりながら、パニックのあまり涙が出そうになった。ようやく屋上にたどり着いた時、心臓は爆発しそうだった。呼吸を整える間もなくドアノブに手をかけると、普段ほとんど使われていない蝶番(ちょうつがい)が、飛び上がるような音をたててきしんだ。

真正面、十メートルほど先の手すりの上に、一人の生徒が向こう向きにちょこんと腰掛けていた。ほとんど花びらをむしられた花が、彼女の手のなかにあった。ドアの音に驚いたのか、軽く上体がかしいだ。瞬間、肝が冷える思いを味わったが、相手はちょっと振り返り、あたしを認めて小さく微笑んだ。

「小幡先生。どうしたんですか？」

まるで公園のベンチにでも座っているようにくつろいだ様子である。

「どうしたのってあなたね……」

あたしは言葉を失ってしまった。

そこにいたのはなんとうちのクラスの生徒である。野間直子という名で、成績は中の上くらい、今まで何の問題も起こしたことがない、学校側にとっては極めて〈いい子〉であるはずの子だ。

「野間さん。何をやっているの。今は授業中でしょ？」

授業中かどうかはこの際あまり重要な問題ではないはずだったが、あたしの口からまず出てきたのは、そんな言葉だった。

「ねえ先生。私がここから飛び降りちゃったら、困る？」くすりと笑い、畳みかけるように少女は繰り返した。「ねえ、困る？」

そう言っている間にも、残った花びらを一枚ずつむしっては風に飛ばしている。その仕種は花占いに似ていたが、少女が恋を占っているようにはとても見えなかった。

〈スキ、キライ〉の代わりの言葉はいったい何だろう？

シヌ、シナナイ？　それとも、トビオリル、トビオリナイ？

自分の想像にぞっとした。

「飛び降りたり、しないでしょ？」

あたしはそろそろと近づいていった。まるで二人の間にぴんと張られた、細いロープの上を渡っているみたいな気がした。

「……ホームに電車が入ってくるときね、もし線路の上に飛び下りたらどうなるだろうって、時々思います。あと、歩道橋の上を歩いてて、川の水みたいに車がどんどん流れて行くのを見た時とか。なんとなく、ですけど」

「死んじゃおうなんて、思うわけないよね」

あと五メートル。

「麻衣ちゃんは、どうして死んじゃったのかな」

花の茎をもてあそびながら、ぽつんと少女が言い、あたしはびくりと立ち止まった。

「安藤さんは自分で死んだんじゃないのよ、殺されたの。犯人はそのうちきっと、警察が捕まえてくれるわ」

「そうですね。でも、おんなじですよ。殺されるのも、自殺しちゃうのも、どっちもただ消えてなくなるってことだから」

大人びた口調だった。消えて、なくなる。少女の言葉を口の中で繰り返してみた。悲嘆の中に、かすかな羨望（せんぼう）が混じっているように感じたのは、あたしの思い過ごしなのだろうか？

子供たちはどんどん減ってゆく。ナイフで細く細く、尖（とが）らせてゆく鉛筆のように。見えているのは、先細りの未来だ。

ぽきんと折れるな、という方が無理なのかもしれない。

それは社会に出てからあたしが感じた心細さに少しだけ似ている。一つの組織で働き続けるということは、ピラミッド形をした山をじりじりと登って行くようなものだ。少しも休めず、何か考える間もなく、ただしゃにむに登り続けて行く。苦労して登った先に、ひょっとしたら自分のための席なんかないのかもしれないと危惧しながら。

あたしはじっと、手すりの上に危うく座る少女を見つめた。思いの外（ほか）落ちついた、穏やかな眼をしていた。

「ごめんなさい、先生」彼女はほとんど萼だけになった花の茎をひょいと放った。

「飛び降りる気なんか、ないんです。死ぬのってどんな感じかなって思っただけ」

そう言って、少女はぴょんと飛び降りた。遥か下方の地面にではなく、屋上の、固い平らなコンクリートの上に。

あたしは思わず、へたへたと座り込んでしまった。

「ねえ、先生。どうして私たちには聞かなかったの?」

目の前にぺたんと座り、小首を傾げるようにして少女は尋ねた。

「……何のこと?」

「割れちゃった壷のこと。他のクラスの子はみんな、担任の先生から聞かれたって言ってたよ。私たちに聞かなかったのは、やったのはうちのクラスの子じゃないって信じてるから? それとも……」

「どっちだと思う?」

逆に尋ねたのは本音を悟られたくないせいだ。しかし少女はかすかに首を振った。

「先生がどう思っているかはわからないけど、うちのクラスの子じゃないですよ」

「え?」

「神野先生がそう言っていました」

「神野先生が？」

いつだったか、コブシの花のことを教えてくれた、養護教諭である。

「はい」少女は明るくうなずいた。「だから、なんにも心配しなくっていいんです」

野間直子は立ち上がり、ぺこりと頭を下げた。

「先生を驚かせちゃったみたいで、ごめんなさい。別になんでもないんです。ちゃんと、教室に帰ります」

「野間さん……」

去ろうとする少女を、あたしはそっと呼び止めた。

「あたし、よくわからないのよ。安藤さんが亡くなったとき、みんな泣いたわよね。もちろん哀しかったのはわかってる。でもそれだけじゃない気がしたの。みんな、怒っているみたいだった……犯人に対してじゃなくて、安藤さんに。あれはつまりこういうことだったの？　あんなにきれいだった安藤さんが、幸せにならないなんて嘘だ、今まで信じていたものを裏切らないでって……」

あたしがかつて愛子に失望したように。あの時あたしは突然の出来事に驚嘆し、当惑した。そこには確かに怒りに似た感情が隠されてはいなかったか？

安藤麻衣子の死と同時に、少女たちの心に確実に何かが生まれ、そして育っている。

このあたし自身の、小さな康子ちゃんに対するささやかな思いとは比ぶべくもない、重苦しい不安。だが、底にあるものは非常に良く似た形をしているのではないか？

野間直子はしばらく押し黙っていた。やがて顔を上げ、やや白けた口調で言った。

「みんな、自分でもよくわかっていないんですよ。私も……小幡先生だってそうじゃないですか？」

答えられずにいると、少女はかすかに笑った。

「あの、今日のこと、父親に言ったりしないで下さいね、あのヒト、すっごく心配性だから」

冗談めかした言い方だったが、そのまなざしは真剣だった。少女は念を押すように一つうなずき、小走りに去って行った。

あたしはついさっきまで野間直子が腰掛けていた手すりに近づき、空を見上げた。たぶんそこは、殺された安藤麻衣子を思うのに、なかなか適した場所だったのだ。

——空にいちばん近く、そして死に最も親しいところ。

理解できなくともわかることはある。

ふと、そんなことを考えた。

## 6

一緒に帰ろうと誘った時、神野菜生子(なおこ)はさして意外そうでもなくうなずいた。

彼女はどこか不思議な人だった。教師仲間の誰とでも親しく口をきいたが、そのくせ誰からも常に一定の距離を保っていた。長い髪をいつも素っ気なく首の後ろでひとまとめにし、装身具は一切身につけず、ほとんど化粧気もなかったが、それでもときおりはっとするほど美しく見えた。

神野先生を慕っている生徒が多いことは知っていた。野間直子もその一人だったし、殺された安藤麻衣子もそうだった。

「……小幡先生もここのところずっと、お忙しそうですね」

校門を出たところで、神野先生が言った。

「ええ、ま、三月は学校関係者には師走(しわす)みたいなものですからねえ……そんな時に限って、いろんなことが起きますし。『不思議の国のアリス』に出てくる兎みたいに、毎日〈忙しい、忙しい〉って走り回っていますよ」

「〈三月ウサギ〉っていうのもいましたよね」神野先生はくすりと笑った。「それで思い出したんですけど、小学校の何年生の時だったかしら、音楽の授業で『三月の兎』っていう歌を習ったんです。その歌詞には確かに兎は出てきますが、三月っていう言葉は一度も出てこないの。おかしいなあって思ってて、ある日やっと気づいたわ。歌曲集の中にあった三番目の曲が、『月の兎』なんだって。三は単なる通しナンバーだったんですよ。先生がそのページだけコピーして、私たちに配ってくれたから気がつかなかったんですね」

「その歌なら知ってるわ。お腹が空いて死にそうなお爺さんの為に、兎は自分から焚き火に飛び込んで焼け死ぬのよね。どうぞ私の肉を食べて下さいって。実はそのお爺さんっていうのが神様で、兎の魂を月に昇らせてあげる。だから今でも兎の影が月に見えるんですよ、めでたしめでたし……確かそんな内容でしょう？」

身も蓋もない言いぐさがおかしかったのか、神野先生はまた少し笑った。そこでようやく尋ねてみる気になった。

「あの、話は変わるんですけどね、この間の、生徒がお年寄りにぶつかって、壷が割れたっていう話……やったのはうちのクラスの子じゃないって、神野先生おっしゃいました？」

「野間さんですね」ゆっくりと、彼女は相槌を打った。「私が言った言葉とは少し違うようですが。やっていないのは、小幡先生のクラスの子たちだけじゃないんです」

「それじゃ、二年生じゃなかったってこと？　それとも、そもそもうちの学校の生徒じゃないってこと？」

「いいえ、そもそも誰もそんなことをしていないということです」

二月の次には三月が来る……そういう、きまりきったことを告げるような、さらりとした口調だった。

「なぜそんなことがわかるの？」

「被害にあったというお年寄りが、えんじ色のネクタイを見たと言ったからです」

小首を傾げるあたしに、神野先生は春の日差しのような笑顔を見せた。

「ねえ、小幡先生。今日は暖かい、春らしい日和ですけど、あの日は違いましたよね。朝から冷たいみぞれが降っていました。生徒たちは一人残らず、スクールコートを着ていましたよね。〈ボタンはきちんととめること〉なんて校則がありますけど、そんなものがなくても、あの寒さの中ではみんなそうしていたでしょう。ですからネクタイなんて、見えたはずはないんですよ……」

一瞬の間、あたしはぽかんと口を開けていた。

「じゃあ、お婆さんが嘘をついたってこと？　何のために……」

そう聞きかけて気づいた。決まっているじゃないか？　時価百万円相当の壺がどうとか言っていた。

「……お金、ね」あたしは苦笑いをした。「自分が情けないわ。今の子ならそういうことをしてもおかしくない……いえ、いかにもやりそうだ……まずそんなふうに考えたんだもの。それどころか、自分のクラスの子を疑っていたんだわ」

「小幡先生はひょっとして、自習時間に川島さんが話していたことを小耳に挟んで、だから不安になってらしたのじゃありません？　野間さんから少し聞いています。あの時、彼女が言っていたのは、まるで別の話だったんですよ」

神野先生の説明によると、川島由美は満員電車の中で痴漢にあい、懸命に逆の方向に逃げようとしたところ、そちら側に立っていた老婦人に『押さないでよ』とにらみつけられた……つまりはそういうことだったらしい。あまりにもタイミングが良く、しかも一部分しか聞いていなかったから、すっかり誤解してしまったのだ。

ほっとすると同時におかしくなった。これではまるで、神野先生の言う〈三月の兎〉ではないか？

「神野先生。私、すっかり自信がなくなっちゃいました。ただ、ばたばた走り回っているばかりで、馬鹿みたいですね。神野先生は保健室に居ながらにして、いろんなことをちゃんとわかってらっしゃるって言うのに」

「ずっと保健室にいるからですよ」神野先生ははにかんだように微笑んだ。「いろんな子たちが次々にやってきて、いろいろなことをおしゃべりして行きますもの。本当に、ただそれだけなんですよ」

「神野先生には、今の子たちが理解できないなんてことはないんですか？」

「……理解できなくても、わかることはあると思います。そうじゃありませんか？」

あたしは思わず立ち止まり、相手の顔をしげしげと見やった。それから大きくうなずいた。

「ええ、本当にね」

## 7

その日、あたしは廊下を歩きながら憂鬱だった。小わきに抱えた通知表のせいばかりじゃない。校長の、嫌な目つきが脳裏にあった。

割れた壺の件は悪質な詐欺である可能性が高いから、警察に通報するべきだと進言した時、眼鏡の奥にある細い目が、微妙にゆがんだのである。それを見た瞬間、ある疑惑がむくむくと沸き起こったのだ。

ひょっとして校長は嘘をついていたのではないか。

全部が作り話とは言わない。だが詐欺なんてことは最初から承知の上だったとしたら？　えんじ色のネクタイの部分こそが、彼の創作だったとしたら？

学校は明らかに経営難に陥っている。経営者として真っ先に考えるのが人員の削減であることは、どこも同じだろう。まして生徒は減る一方で、教員の一人や二人減らしたところで、学校側は何ら痛痒(つうよう)を感じないに違いない。問題は、年に一度の契約更新を打ち切るための、もっともらしい口実だ。

安藤麻衣子の事件を筆頭に、ここのところ、二年生には問題が多かった。この上に小石ひとつでも積み上げたら、何かががらがらと崩れてしまいそうな危ういムードがあった。

馬鹿げた想像だとは思う。階段に石を置いて、誰かがつまずくのを期待するに等しい行為だ。単に可能性の問題でしかない。

だが……。

あたしは首を振り、立ち止まった。今はとにかく生徒たちに通知表を配り、辛口のコメントのひとつもする方が先決だ。

あたしは我が二年二組の前で、しばし感慨に耽った。この教室でこのクラスを受け持つのも、今日が最後だ。明日から春休みである。

「みんなー、私からとっておきのプレゼントがあるわよ」

ドアを開けるなり、あたしは陽気に叫んだ。きゃあ、という歓声が上がる。抱えた紙の束を教壇の上でとんと揃え、「通知表」と言うと、生徒たちのきゃあ、は悲鳴に変わった。

「あのー先生。その前に……」

そう言いながら立ち上がったのは、野間直子だった。「私たちからも先生に、プレゼントがあるんです」

さっと机の下から取り出したのは、何とも珍妙な花束だった。

いや、最初は雑多な色の洪水にしか見えなかった。よく見ると、フリージアだのチューリップだのスイセンだのスイートピーだのヤグルマギクだのキンギョソウだのバラだのカーネーションだのストックだのカスミソウだのアネモネだのガーベラだの、その他名前も知らない多種多様な花が、色もサイズもお構いなしの、ごっちゃごちゃの花束になって赤いリボンで結んであった。

「みんなで一本ずつ、買ってきたんです」誇らしげに野間直子は言った。「全部で三十九本。ちょっと持ちにくいですけど、私たちの気持ちです」

「あのね、麻衣ちゃんのこととか、いろいろあって、小幡センセーずっと元気なかったでしょ」そう言ったのは成尾さやかだ。「だからね、元気出してねって」

「小幡先生、ファイトって」

と川島由美も言う。他の子たちもてんでに、好き勝手なことを言いだした。

「テストの点、おまけして」

「早く結婚してね」

「あんまり怒んないでね」

「ゴジラたちに苛められても泣かないでね」

「あ、先生感動してる、感動してる」

「私たちってば、いい子」

野間直子は焦れたように、ぐいとあたしに花束を差し出した。

「この間は心配かけてごめんなさい。それからこれはみんなを代表してですけど、一年間、ありがとうございました」

あたしはぼんやりと、目の前の極彩色の物体を眺めた。ごてごてして不揃いで、てんでばらばらな色で、支離滅裂な花束。

あたしはクールな女教師なんだから。こんなことくらいで騙されてたまるもんですか。またきっとあんたたちはとんでもないことをしでかして、あたしをへとへとになるまで走り回らせて、あげくの果てには警察のご厄介になったりして、あたしは怒鳴り散らす毎日で、ヒステリーババアだとかオバタリアンだとか言われて、校長には厭味を言われて、教頭や学年主任には叱られて、保護者たちには言いがかりをつけられて、ちょっと叱ればめそめそするし、目を離すと途端に悪さをするし、ニワトリ並みに覚えが悪いし、そのくせしっかり根に持つし、愚かしいのにこずるいし……。

あたしは顎をつんと上げ、野間直子から花束を受け取った。三十九本の、てんでばらばらな花。まるであんたたちみたいよ、この花束。

あんたたちと付き合ってきたこの一年間、いいことなんてまるでなかった。たまーに嬉しいことがあっても、そのすぐ後で全部を帳消しにしてお釣りが来るようなことが必ずあった。これからの三百六十五日だって絶対、絶対……わかりきっているんだから。こんなことくらいでほろっとしてたまるもんですか。こんな……。

どういうわけだか目の前の、三十九本の極彩色の花々が、じんわりと揺れ始めた。その向こうで三十九人の天使たちの顔が、照れたように笑った。

# ダックスフントの憂鬱

# 1

一夜明けたら、グレイハウンドになっていたらいいのに。ダルメシアンだっていい。ポインターでも、ドーベルマンでもいい。ほっそりとした精悍な体と、長い強靭な足を持った猟犬になっていたらいいのに。

そんな、まるで不条理な夢のようなことを考えながら、夜半過ぎに眠りについた。

……雨がガラス窓を叩いていた。

どこか遠いところでベルが鳴っている。

大宮高志は布団のなかで、心地よいまどろみに身をゆだねていた。七時頃に一度目が覚め、あ、雨が降ってきたなと思った。そしてそのまま、ふたたびすうっと寝入ってしまった。次に彼を起こしたのは、電話のベルの音だった。やがてそれがふと途切れたかと思うと、どたどたと廊下を走る足音に変わった。

「タカちゃん、タカちゃん、大変。起きなさい。呑気に寝てる場合じゃないわよ、あんた」

家中に響きわたるような大声とともにドアが開き、いきなり母親の静香がなだれ込んできた。

「なんだよ、朝っぱらから。うるさいなあ……」

半分寝ぼけたような声が出る。まったく火事か地震でも起きたような騒ぎだ。火事は困るが、地震ならこのまま布団をすっぽりかぶって、なんとかやり過ごしたいと思う。

「なに言ってんの、電話よ、電話」静香はわざとらしく声のトーンを落として、耳元でささやいた。「女の子よ。三田村さんちの、美弥ちゃん」

高志は最後まで聞き終えないうちに飛び起きた。母親の手から子機を奪い取り、保留ボタンを押してから耳にあてたが、何も聞こえない。ぎょっとして静香を振り返った。

「ひょっとして、保留にしてなかったの？」

「大丈夫よお、手でしっかり押さえてきたから」

一年前、ファクシミリ兼用、子機付きというこの電話が大宮家にお目見えして以来、静香が学習したのは、ただの一点のみである。つまり、下手にいじると電話が切れてしまうということだけなのだ。親機は父親の部屋に置いてあるのだが、静香が子機で受けて転送するなんてことは間違ってもない。ひたすら子機を握りしめて、全速力で走る。なにしろ、未だにビデオ録画のやり方もよくわかっていない人なのである。

勘弁してくれと心の内で叫びつつ、身振りで母親を追い払い、ふたたび保留ボタンを押した。

「……もっ、もしもし。お待たせしました」

表層なだれを起こしたような、うわずった声になってしまった。静香の慌てぶりからもわかる通り、高志に女の子から電話がかかってくるなんてのは、確かに未曾有の大事件なのである。

それにしてもよりによって三田村美弥から、いったいなんの用だろう？　それもこんな朝早く？

そう考えてちらりと時計を見たら、八時半だった。母親にしてみれば、そんな時間まで眠っているなんてのは、とんでもないぐうたらのやることなのかもしれないが、少なくとも他家に電話をするには、いささか早い時間である。何かあったのだろうか？

一瞬のうちにそこまで考え、取り敢えず『おはよう』のおの形に開いた口は、そのままの恰好で固まってしまった。

「おはよう、高志くん」

一瞬早くそう言った相手の声は、陽気に弾んではいたが、三田村美弥とは似ても似つかない。だいたいが、男の声である。

「わはははっ、驚いたろう？　お父さんだぞ。美弥ちゃんじゃなくって残念だったなあ」

力が抜けるあまり、思わず受話器をごとんと床に落としてしまった。勝ち誇ったような笑い声が、それでもかすかに聞こえてくる。

(まったく、なんちゅう親父だ)

いつだって忙しがっているくせに、息子をからかう時間だけはしっかりあるらしい。

無視して居間に行くと、今度は静香がおたまを振り振り、実に嬉しげに追い打ちをかけてきた。

「やあい、騙された。ねぼすけさーん、お目覚めですか？」

とんでもなく太平楽な親たちなのである。高志は怒る気力もないままに、その月最初の大きなため息をついた。

四月——。

一年中で一番、鬱陶しい月だと高志は思う。彼にとって新学期なんてものは、憂鬱以外のなにものでもない。良くも悪くも一年かけて馴染むなり諦めるなりしていたクラスから、あっさり追い出されるのが三月なら、ごく無造作にシャッフルされた別なクラスに放り込まれるのが四月だ。表紙の折れていない新品の教科書のことを考えると、今からうんざりしてしまう。なにしろあらゆるページの余白には、見えないインキでこう印刷されているのだから。

勉強しろ、勉強しろ、来年はもう、高校受験だぞ——。

来るべき入試に向けて、カウントダウンが始まる。せっかく宿題のない春休みだというのに、心楽しくうきうきしているのはせいぜい三月中までで、四月に入った瞬間から小さな不安の種がいっせいに芽吹きだす。その植物はみるみるうちに育っていき、やがて茎には緊張の刺が生え、戸惑いの葉が茂り、やがて憂鬱の花が咲く。

高志は四月が大嫌いだった。

そもそもエイプリル・フールだなんて悪習を、いったいどこの誰が持ち込んだものだろうか。いかにも怪しげで、なおかつ、はた迷惑この上ない。おかげで高志はいいとばっちりだ。毎年毎年、両親が一丸となって、脱力するような馬鹿らしい悪戯を仕掛けてくる。毎回律儀に引っ掛かる高志も高志だが、年々手段が巧妙になってくるのも事実だ。今朝のように起き抜けの半分寝ぼけたところを狙われたりしたら、高志でなくとも、まずたいていの人間はひとたまりもないだろう。

「……いい加減、息子で遊ぶのやめてくんない？」

呻くようにそう言いながら、仏頂面でダイニングテーブルについた。静香は豆腐とワカメの味噌汁を息子の前に置きながら、「あらあ、遊んであげてるんじゃない。ねぼすけ息子にエサを与えつつ、遊び相手までしてあげるんだから、母親のカガミよねえ、ほんとに」

ほっほっほっと、わざとらしく口許に手を当てて笑う。そのシルエットは、己の母親ながら実にちんまりと丸い。

カガミはカガミでも、カガミ餅の間違いじゃねえの？

そんな憎まれ口は、ご飯と一緒に飲み込んでしまった。

（くわばら、くわばら、だ）

父親の口癖じゃないが、最近太り気味だと気にしている静香相手に、うっかりそんなことを言おうものなら、たちまちマシンガンのような猛反撃が返ってくるに決まっている。口じゃどうしたって、この陽気でおしゃべりで騒々しい母親にはかないっこないのだ。

「……だけどどうしてよりによって三田村さんなのさ」

冷静に考えれば、彼女から電話など、かかってくるはずもないのだ。

「あら、ついこないだまでは、偉そうに美弥なんて呼び捨てにしてたくせにさあ」ころころと笑いながら、静香は息子のほうにポットを押しやった。「しょっぱすぎるんなら、お湯漬けにしちゃえば？」

高志があまり好きではないことを知っているくせに、しょっちゅう朝の食卓にはとびきり塩辛い塩鮭がお目見えする。父親の好物なのだ。

高志はご飯の上に鮭を載せ、やけくそのようにお湯をかけてかき回した。

「ついこないだって、小学生んときのことじゃんかよ」

三田村美弥は生まれたときから近所に住んでいて、親同士の交流もあるという、よくある幼なじみというやつである。小学校の三、四年くらいまでは仲良く一緒に遊んだりもしていたものだが、やがてそれぞれ同性の友達と行動を共にすることのほうが多くなった。中学生になってからはクラスが違うこともあり、口をきくことすら皆無である。高志にしてみればそれはごく自然な成り行きだと思うし、そこに何ら特別な感情が入り込む余地などあるわけもない。

だが、静香の見解はまるで違うらしかった。

「おうお、意識しちゃってまあ」

実に楽しそうにくすくす笑う。

頼むからそういうことを言わないでくれと、仮に高志が頼んだとしても、決して静香はやめやしないだろう。塩鮭は嫌いだから出さないでくれと頼んだときと、同じ反応が返ってくるのはまず間違いない。

彼女はきっと、さも理不尽なことを言われたとでもいうように目を見開き、一言こう言うのだ。

「わがまま」と。

どっちが……。

ため息とともにそう思うのだが、もちろんその言葉は飲み込んだままなのだ。

す。

英語を習いだしてしばらく経った頃、悪友が口にしていた下らない冗談を思い出
シー・イズ・マイ・マザー——彼女は我がママだ。

大昔から使い古されている、しょうもない駄洒落なのだけれども、思わず身につまされてしまったりする高志なのである。ひょっとしたら世の中の〈かあちゃん〉というものは、みな同様に、いくぶん迷惑で、少しばかり困った存在なのかもしれないとも思う。

だいたい高志が四月に憂鬱になるのも、煎じ詰めれば静香にもその原因の一端はある。より正確に言えば、父親と、母親の双方にだ。

なぜなら四月には、あの忌まわしい身体測定があるではないか？

この一年間で背が十センチも伸びているはずがない以上、身長を測るということは彼にとって非常な苦痛でしかない。なにせ高志はクラスの男子の中では一番のちびである。女の子でさえ、彼より背の高い子はいくらでもいるのだ。

ちょっとでも遺伝に関する知識を仕入れてから、自分の両親をあらためて眺めてみると、高志にとって彼らは〈絶望〉が並んで眼をぱちくりさせているようなものだ。

蚤の夫婦、という言葉を思い出す。

あなた方は互いに望んで一緒になったかもしれませんがねえ、ちょっとは子供の迷惑ってものを考えてくれてもいいんじゃないの……？　それに、大宮高志って名前も良くない。大きい上に高いときた。何が〈たかし〉だよ、〈ひくし〉じゃないかと、いい物笑いのタネだもんな……。

もちろんそんなことは、面と向かって両親に言ったりはしない。言っても仕方がないことだと思う。ただ、ため息の一つや二つ、ついたって罰は当たらないとも思うのだ。

塩鮭の最後の一片を、しょっぱいお湯とともに飲み込んだとき、また電話のベルが鳴った。あらあらとつぶやきながら、静香が立ち上がる。応答をするうちに、静香の顔がひどく意外そうなものになった。それから高志を手招きして、わざわざ耳元でささやいた。

「三田村さんちの美弥ちゃんからよ。あんたを出してくれって」

今度こそ、エイプリル・フールのおふざけでない証拠に、静香の両の瞳が好奇心できらんらんと輝いている。

高志は壊れ物のように電話の子機を受け取った。

「もしもし？」

なんだか恐る恐るのような声が出てきた。その途端、それまでは（たぶん）冷静だったらしい美弥が、わっとばかりにこう叫んだのだ。

「高志君？　お願い、助けて。ミアが大変なことになっちゃったの……」

## 2

しのつく四月の雨のなかを、高志は鉄砲玉のように走って行った。小柄な高志の身体は、黒いこうもり傘の陰にすっぽりと隠れ、巨大なシイタケが走っているように見えなくもない。

ミアは小学生のとき、美弥と二人で拾った子猫だ。そう、あれもやっぱりこんな雨の日だった。心細げにミイミイと泣く白い子猫を、見つけてしまったからには捨てておけなかった。だが大宮家は団地住まいである。生き物を飼えないことは、最初からわかりきっていた。美弥の家はと言えば、もともとたいして広くもない家が一軒建っていた敷地に、無理やり二軒建ててしまったような建て売りである。狭いという点では高志の家と、さして事情は変わらない。だがやせても枯れても一戸建てだ。こちらのほうがまだ、望みがあった。

「猫ォ？　嫌いじゃないけど……ほら、うちは庭もないし……」

そう渋る美弥の母親を、説得したというよりむしろ二人して泣き落とす恰好で、子猫は三田村家の住人となった。

「ミアって名前にしたの」

数日後、恥ずかしそうに、だが少し得意気に美弥は言った。

「美弥？」

高志が聞き返すと首を振り、ゆっくり「ミ・ア」と訂正した。「だってこの子、そう鳴くんだもん」

まるで、その通りだと相槌を打つように、子猫がミァーと鳴いた。

美弥との行き来が絶えてからは、ほとんどその姿を目にすることもなかった。だけどミアは、美弥と高志の二人の猫みたいなものだ。少なくとも、美弥のほうではそう思ってくれていたらしい。

美弥の家はさほど離れていなかったが、走ったせいでズボンの裾が濡れてしまった。まるで双子みたいにそっくりな二軒のうち、右側の家のドアベルを押した。するといきなりドアが開き、目の周りを真っ赤にした美弥が出てきた。ミッキーマウスのトレーナーにデニムのスカートという出立ちである。

「いったい何があったのさ」

なぜか怒ったような声になってしまった。

「わかんないの。とにかく上がって」

おろおろ声で美弥が言う。

段ボール箱の中に寝かされているミアを見て、高志は思わず下唇をかんだ。雪のように白く美しかったミアの体が、赤黒くまだらに染まっているのだ。血と泥で汚れているためによくわからなかったが、右の後ろ足に、かなりひどい怪我をしているらしい。高志はできるだけそっと、毛皮に触れてみた。傷はまだ生々しく、後から後からじくじくと血液がにじみだしていた。自ら（みずか）の傷口をなめて癒（いや）そうとしたのだろう、ミアの顔はべっとりと血で汚れ、ほとんど化け猫のような有り様になっていた。

「さっき、玄関の植え込みのところでうずくまってるのを見つけて……お母さん、今朝早く出かけちゃったし、あたし、どうしていいかわかんなくって……」

「とにかく、この血を止めなきゃ」美弥が泣きだしそうな気配を察し、慌てて高志は言った。「いらないタオルか何かある？」

美弥は弾（はじ）かれたように立ち上がった。

「傷口を押さえるんだ。すぐに獣医に連れて行こう」

きっかり五分後には、今度は二人で雨のなかに飛び出していた。

傘をさしながら段ボール箱を抱えるのは、少しばかりやっかいだった。できるだけそっと箱を抱え上げながら、高志はちらりと傍らの美弥を盗み見た。高志の目線のところにちょうど、美弥の形のいい唇がある。美弥のほうが十センチほども背が高いのだ。健康的な頬を縁取る髪の毛は、わずかに栗色がかっている。黒目がちの目は、いつも優しく笑っているみたいでいながら、いかにも賢そうでもある。学校で美弥を見かけるたび、育ちのいいコリー犬を思い出す。すらりと様子のいい、スコットランド原産の賢い犬だ。

それにくらべて……ぼくはまるでダックスフントだ。

そんな自虐的な思いに捕らわれて、高志はその日何度目かのため息をついた。

雨の日の公園には、人っ子一人いない。砂場には子供が忘れて行ったらしい、赤い毬がぽつんと転がっている。

昔、よくあの公園で美弥と遊んだっけな。ふと、甘い追憶に浸りかけたとき、美弥が唐突に振り返った。

「箱、重いでしょ？　ゴメンね」

「平気だよ。だけどミアの奴、ずいぶん大きくなってたんだね」

美弥は小さく微笑んだ。

「この子がうちに来てから、もう五年になるのよ。とっくの昔に、大人になってるんだから」

そうだね、と相槌を打ってから、いまさらのように高志は眉をひそめた。

「こいつ、どうしてこんなことになっちゃったんだろうね？　他の猫と喧嘩でもしたのかな……それとも野良犬か何かにやられたとか」

「この子、すごく臆病だったのよ。喧嘩なんて……そのぶん用心深かったし」

「油断するってことも、あるだろうしね。ミヤは……」そう言いかけて間違いに気づき、慌てて訂正した。「ミアは自由に出入りしていたの？」

美弥は短く「うん」とだけ答えた。

そのまま、二人とも無言でいるうちに、一番近い動物病院に着いた。獣医の田崎は小柄で痩せた、初老の男である。

「こりゃ、刃物ですっぱりやられた傷だね。まったくひどいことをするもんだ」

一通りの治療を終えた後で、田崎はそう言って少し厳しい表情になった。もし原因が二人のうちどちらかにあるのなら、容赦はしないぞという顔である。

「あともうちょっとで、骨が見えるところだったよ」

「元通りになりますか？」

そう尋ねたのは美弥だった。

「しばらくは不自由だろうがね」

今度ばかりは高志も安堵のため息をついた。だが今しがた、田崎は聞き捨てならないことを言っていた。

「さっき刃物でって言ってたけど……」気になって尋ねてみた。「ガラス瓶(びん)のかけらで切ったとか、そういうことじゃないんですか？」

「いや、それはないね」と獣医はにべもない。「それにしては傷口がきれいすぎる。真一文字ってやつだな。包丁とかナイフとか、とにかくそういう傷だよ、これは」

高志はぞっとして、美弥と顔を見合わせた。すると何者かが、出刃(でば)包丁か何かを振り回しながら、猫に襲いかかったということになる。

「まさか」

二人一緒に、同じことを言っていた。

「わたしもまさかとは思うがね。しかし今日うちに連れてこられた猫は、こいつだけじゃないんだ。ついさっき、ああ、小林(こばやし)さんって知ってるかい？」

「はい」と答えたのは美弥だった。「公園のすぐ裏手のお宅ですよね」

「まさか、その小林さんのところの猫も？」

「うん」顔をしかめるようにして、田崎はうなずいた。「あっちはまだ子猫なんだがね、やはり足をやられてた。かなり深い傷だよ。あのぶんじゃ、あの足はもう二度と動かないかもしれない。仲間同士の喧嘩でもなければ、犬に襲われたんでもない。明らかに、刃物でやられた傷だ」

「そんな。猫が嫌いなら、近づかなきゃいいじゃない。わざわざそんなひどいこと……するわけがないわ」

そう否定する美弥の声には力がこもらない。現に目の前に痛々しく横たわるミアがいるのだ。田崎は忌ま忌ましげに肩をすくめた。

「ところがそういう奴は実際にいるんだな。生きた猫に灯油をかけて焼き殺したり、野良犬を面白半分に空気銃で狙ったりするような人間がね。よく罪もない人を傷つけたり殺したりする輩を、畜生なんて呼ぶけどね、ありゃあ、動物に失礼な話だ。どんなに獰猛な肉食動物だって、人間ほどに残酷なことはしやしないよ」

「だってそんな……ひどいじゃないですか。わからないわ、どうしてそんなこと……」

美弥がまた泣きだしそうになって叫んだ。

「確かにひどいことだ。わたしにだってそんな奴らの気持ちなんてわからないし、わかりたいとも思わない。わかっているのは、小石を蹴るだけじゃ、飽き足らなくなる人間がいるってことだけだよ」

「小石？」

　高志が聞き返した。

「ああ。坊主だって覚えがあるんじゃないのか？　テストで悪い点を取ったり、親に怒られたりして、むしゃくしゃすることくらい、あるだろうが」

「そりゃ、まあ……」

「ちえっ、面白くない。そんな気分になって、落ちている空き缶や小石を、思いっきり蹴っ飛ばしてみたりはしないのかい？　もちろん、それ自体はどうってことはない行為だ。問題は、空き缶や小石じゃ、飽き足らなくなってくる奴がいるってことだな」

「猫が小石の代わりってことですか？」

「犬でも猫でも、神社や公園にいる鳩でもね。要は弱いもの、抵抗できないもの、さ。狂犬に噛まれたようなものなんて表現をいまだに耳にするけどね、これも犬に失礼な話だよな。本当に怖いのは、病気の犬なんかじゃない。一見、健康そのものでいながら、大事なものが壊れちまった……人間のほうだ」

美弥の瞳に、怯えたような色が浮かんでいる。もちろん高志にだって、ぞっとするような話だ。

「飼い猫はなまじ人に慣れているぶん、警戒心が薄いからね。だからむざむざやられちゃったんだろう。しかし、心配だな」

「え？」

二人同時に聞き返す。

「いやね、二度あることは三度あるって言うじゃないか」

「他の猫も狙われるかもしれないってことですか？」

美弥の声は、ほとんど悲壮な響きを帯びてきた。

「お宅の猫も、当分外に出さないほうがいいな。私のほうも、近所で猫を飼っている人には注意を呼びかけておくよ。こういうことは自衛するしかないからね。警察は猫のためには動いちゃくれないだろうし」

田崎は大きく肩をすくめると、美弥に塗り薬や何かについて、細々と説明を始めた。

傷が痛むのか、ミアがひどく辛そうな声で、細く小さく「ミアー」と鳴いた。

雨は少しもやみそうになかった。

高志のすぐ目の前に、しょんぼりとうなだれて歩く美弥の背中があった。傘の陰にいるせいか、なんだかいつもよりも少し小さく見える。

「……どうしてこんな、ひどいことをするのかな」

美弥は立ち止まり、高志を振り返った。正確には、高志が抱えた段ボール箱の中にいる愛猫(あいびょう)を振り返ったのかもしれない。

「さあ……」

としか高志には答えようがない。

「口がきけたら良かったのに」

「え？」

「この子は犯人を目撃してるわけでしょ？　もしミアがしゃべれたら、これこれこういう奴にやられたって証言できるのになって思って……」

「そうだね」

うなずいたものの、それは逆だろうと高志は思った。犯人は、ミアや小林さんのところの子猫が口がきけないからこそ、刃物で襲いかかったのだ。

酷薄非道でいながら、保身能力にだけは長けた犯人の姿が目に浮かぶ。

「怖いわ」

同じようなことを考えたのか、美弥はぶるりと震えた。いつの間にか、高志と並んで歩いている。

確かに怖い。高志もそう思う。

何より怖いのは、そいつがごく普通の〈隣り近所の住民〉の仮面をかぶっているかもしれないことだ。そう思って見渡すと、周り中、みんなが怪しく思えてしまう。小型トラックを路肩に停めて運転席で休んでいる男。こうもり傘をさして、建築途中の家を無心な表情で眺めている老人。黄色い雨合羽を着た子供を急かして歩く女の人。

彼らは上着の中に、手にしたしわくちゃの紙袋に、あるいはハンドバッグの中に、鋭い刃物を隠し持っているのかもしれないのだ……。

そうやって誰彼なしに疑うことこそが、一番怖いとも思う。

あれこれ考えているうちに、美弥の家に着いた。

「どうもありがとう」美弥はそう言って、はにかんだように笑った。「あたし一人じゃ、どうしていいかもわからなかった。ほんとにごめんね」

「ミアはぼくの猫でもあるんだから」

だからこれくらいは何でもないんだ、というつもりだったのだが、かなり素っ気ない口調になっていた。

美弥は何か言いたそうだったが、段ボール箱を受け取り、「じゃあね」と口の中でつぶやくように言った。

箱の中でまた、ミアが弱々しく鳴いた。

——絶対に犯人を捜し出してやる。

高志はそのときになって初めて、自分が猛烈に腹を立てていることに気づいた。

## 3

明くる日も、朝からずっと雨が降っていた。それでなくとも嫌な出来事があったというのに、天気がこれでは気持ちにまで黴(かび)が生えてしまいそうになる。

やっぱ四月なんて、最低な月だ。

あらためて、高志はそう思う。月あたまから、ろくなことがない。

もしやと思ってまた例の動物病院に足を運んでみたのだが、さすがに新たな被害者——いや、被害猫は訪れていなかった。二匹とも傷口の具合からして、被害にあったのは一日の早朝だろうということである。完全な〈お座敷猫〉にしていない限り、飼い猫とはいっても行動範囲は意外と広い。美弥の家では猫が自由に出入りできるよう、手洗いの小窓をいつも開けておくのだと言う。ミアはその専用口から、気まぐれに出たり入ったりしているらしい。明け方か、それともまだ暗いうちにでも近所をうろうろしているところを、不運にも狙われたに違いなかった。

昨夜、美弥からまた電話があった。

彼女が小林さんから直接聞いてきた話によると、前夜、ちょっと目を離したすきに開け放った窓から逃げてしまい、心配して捜し回っていたということである。翌朝、新聞を取るために玄関のドアを開けると、子猫が血を流してぐったりとしていたというところは、美弥の場合とよく似ている。

しかし情報はそれくらいであり、結局それ以上の収穫はまるで得られなかった。

家に帰ると、直子(なおこ)が遊びに来ていた。都内の女子校に通っている、生真面目な少女である。父親同士が仲が良く、家族ぐるみのつきあいも多かったため、小さい頃はよく遊んでもらったりもした。女の子が欲しかったという静香は直子のことを猫っ可愛がりしているし、一人っ子の高志にとっては姉に極めて近しい存在なのだ。

彼女を見ていると、世の女性というもの皆が皆、自分の母親のようにのべつまくなしにうるさくしゃべっているわけではないということが確認できて、高志としてはほっとする。あれで〈しずか〉だというのだから、名前と実態のギャップという点では高志といい勝負だ。

「春休みの間にね、一度遊びに来てって言ってたのよお」

静香はいったいどこに隠していたのか、上等なクッキーの缶を開けて若い客をもてなしていた。

「お久しぶり。元気だった？」短く挨拶してから、ふと直子は声のトーンを落とした。「聞いたわよ。お友達のペットが、ひどい目にあったんだって？」

母親をちらりと見てから、高志は「うん」とうなずいた。

静香にこの手の話をしたら、まず第三者に伝わると考えて間違いない。高志はそれを見越した上で、わざと母親に『連続傷害事件』の顚末を報告したのだ。新たな被害が出る前に、早く近所に伝えて注意してもらったほうがいい。次の事件を未然に防ぐことができるかもしれないし、ひょっとしたら誰かが犯人を目撃しているかもしれないと考えたのだ。ひとたび発信された情報は、往々にして付加情報を伴って戻ってきたりするものだという計算もあった（もっともそれは、単なる尾ひれである場合が圧倒的に多いのだけれど）。

案の定、静香が嬉々として話しはじめたのは、妙ちきりんな尾ひれ話だった。

「そうなのよ、今、ナオちゃんにも話していたんだけどね、鈴木さんとこの奥さんが昔飼っていた犬に、マジックで落書きされたことがあったんですって。眉毛とか眼鏡とか。油性のマジックだもんだから、なかなか取れなくて、ずいぶん笑い物になったんですってよ、ひどいことするわよねえ」

いかにも同情がましくそう言いながらも、静香の目は笑っている。これは十中八、九、子供の悪戯だろう。今回の件とは、根本的に異なる性質のものだ。

「あのね、さっき来るときに見たんだけど……」静香が話し終えるのを待って、ごく控えめな口調で直子が口を挟んだ。「すごく痩せてて、毛並みも良くなかったからたぶん野良だと思うんだけど、道端に茶虎の猫がいてね、足を怪我してるみたいだった……」

思わず高志と静香は顔を見合わせた。

「前足のところがね、かさぶたみたいになって毛も少し血で汚れていたわ。近づいて行ったら、あっという間に逃げちゃったから、よくわからなかったけど。でもすごく歩き辛そうにしてた」

「馬鹿な猫ねえ。ナオちゃんから逃げるくらいなら、犯人にも近づかなきゃいいんだわ。それともエサか何かでおびき寄せたのかしらね」

「ねえ。その茶虎の猫って、尻尾の先がぎざぎざになった奴？」

「そうよ。知ってるの？」

「うん。あいつ、すげえ用心深くてすばしっこい猫だと思ってたけどなあ。人には全然慣れていないし、もちろん人間の手からエサなんて、絶対に喰わないし。いつだったか、鼠をくわえててびっくりしたことがあるよ」

「ワイルドねえ」感心したように静香が言う。「今でもいるのね、鼠って」

「わたしが近づいても逃げるくらいだもの、刃物なんか持った奴が、敵意むきだしで近づいたりしたら、まず逃げられちゃうわよね」

「だよなあ……」

確かに奇妙な話だった。猫はそれほど馬鹿でもなければ、鈍重でもない。それこそ空気銃などの飛び道具を使ったというのならともかく、人間の振り回す刃物ごときに、そうあっさりやられるだろうか？

「眠ってたってわけでもないだろうし。猫って確か基本的には夜行性だよね？」

「それは野生のライオンとか虎の話じゃない？　それだって、動物園なんかじゃ、夜は寝ているみたいじゃないの」

そういえば、以前、美弥も言っていた。

『あたしたちは、寝るのも起きるのも一緒なの』と。

「明け方なら、起きてたのかなあ……」

高志の口調は、やや頼り無くなる。どうも猫という奴は、起きているときと眠っているときの境目がかなり曖昧な動物だ。

「明け方と言えば、新聞配達員でしょ？」得意気に静香が言いだした。「出入りの新聞屋さんに聞いてもらったんだけどね、特に変わった人は見かけなかったらしいわ」

ただし、早朝の町が無人だったというわけではなく、お馴染みの顔……ジョギング中の中年女性や犬の散歩をしている人や遠距離通勤のお父さん、などといった人々はいつもと変わらずに歩いていたということだった。

呆れたことに、静香はそのほとんどすべての人たちの身元を調べ上げ、何らかのルートを通じて新聞屋にしたものと同じ質問をしていた。裏を取るというやつである。その結果、特に不審な人物を見たり妙な音を耳にしたりした人はいなかったらしいということがわかった。彼らが町内を歩いていたのは、だいたい六時前から七時過ぎの時間帯だ。そして新聞配達員はもう少し早く、朝の五時半過ぎにはもう行動を開始している。

つまり早朝五時半以降に、猫相手に刃物などを持って大立ち回りを演じようものなら、人目に立ってしまう可能性が高い。猫だって大声で鳴いたり引っ掻(か)こうとしたりといった抵抗ないし反撃は、当然するだろう。どう考えても、大変な騒ぎになりそうな気がする。

四月一日、現に二匹の猫が、続けざまに被害にあっているのだ。獣医の言葉を信じれば、『事件』が起きたのは朝の早いうちだという。にもかかわらず、誰もそれを目撃した人はいないし、猫の鳴き声を耳にした人もいない。

これはどういうことなのだろう？

「じゃあ、やっぱり夜が明けるもっと前、真っ暗なうちか……いや、待てよ」

高志が三田村家に呼ばれたのは、せいぜい九時過ぎのことだ。ミアの傷口はまだ血がにじむほどに生々しいものだった。もし四時間も五時間も経過していたのなら、すでに血は固まっていたはずではないか？

直子が見かけたという、茶虎の野良猫の傷口がそうであったように。

やっぱり獣医の見立ては正しいのだ。

もう一つ、奇妙なことがある。どうしてどの猫も、足だけを狙われているのか？

ただ滅多(めった)やたらと刃物を振り回したのでは、胴体に当たる可能性のほうがずっと高い。猫のほうだって、おとなしく切られてはいないだろう。捕らえた上で、暴れないように押さえつけておく必要がある。これもまた、相当にやっかいな作業であるに違いなかった。

「確かに不思議よね」直子は首を傾げ、鼻の頭に皺を寄せた。「でもそういう人って、どこかしらおかしなところはあるものだと思うわ。心の病気みたいなものなのよ、きっと」

「猫の手も借りたいくらい忙しかったとか」

静香の言いぐさは、毎度のことながら腹立たしいほど能天気である。

「だから切り落として持っていこうとしたって？　やめてくれよな、まったく」

「やあねえ、真面目に怒んないでよ、冗談じゃない。ほんと、高志のこういうとこ、誰に似たのかしらね。私たちのどっちにも、ちっとも似てないんだから……」

その両親の血を色濃く受け継いでしまったから、背が伸びなくて悩んでいるんじゃないか。

そう思いはしたものの、やはり口に出しては言わない高志である。それを見透かしたように、直子がくすりと笑った。それから腕時計に目を走らせて、腰を浮かせた。

「あの、どうもお邪魔しました。私そろそろ、家に帰らないと」

いた。

「ええ。晩御飯の買い物がまだなんです」

直子は父親との二人暮らしである。彼女の母親は、直子が中学生の頃に亡くなっていた。

「あら、もう？」

「大変ねえ。あっ、そうだ。ちょっと待っててくれる？　昨日、餃子をたくさん作って冷凍しといたから、少し持っていってくれると嬉しいわ」

言うなり静香はそそくさと立ち上がった。

居間に残された二人は、何となく顔を見合わせて笑った。

「いっつも慌ただしいから、あのヒト」

高志は顎をしゃくるようにして、台所を示した。

「いっつも人のために忙しいのよね。普通はさ、みんな自分のことで忙しがってるじゃない？　わたし尊敬しちゃうな、おばさんのこと」

「餃子くれるから？」

高志が茶化すと、直子は「こらっ」と拳骨を振り下ろすジェスチャーをしてみせた。

「そりゃ、おばさんのお料理、すごく美味しいから嬉しいけど」

そう言って、ぺろりと舌を出す。それからふと真顔になり、話題を変えた。

「来年はさ、お互いに受験だね」

直子は大学受験、高志は高校受験である。

「どんどん時間が過ぎて行っちゃって、時々すごく焦るのよね。一月は行く。二月は逃げる。三月は去る……ほんと、そんなカンジ」

「なに、それ？」

「担任のね、先生が言ってたの。そんなふうにして、月日はあっという間に経ってしまうものだって」

「ふうん」

奇妙に感心した高志は、胸の内で今のフレーズを反芻してみた。

一月は行く。二月は逃げる。三月は去る、か……。

「じゃあ、四月は？」

「え？」

直子は虚を衝かれたようだった。

「四月は何なの？」

直子の視線が一瞬、宙をさまよい、それからどこか遠くの一点に定まった。

「そうね……一月は行く。二月は逃げる。三月は去る……そして四月は……」

「四月は？」

「――死ぬ」

「え？」

今度は高志が虚を衝かれる番だった。

ふいに直子は、まるで大人の女の人みたいな笑みを浮かべて言った。

「高志くん、その美弥ちゃんって子のこと、好きなんでしょ」

妙に断定的に直子がそう言うのと、静香が慌ただしく居間に入ってくるのとは、ほぼ同時だった。

「お待たせー。おばちゃんの特製餃子。美味しいわよ。保冷剤を入れといたから、家まで充分持つからね。それからこないだご近所の人にいただいた佃煮（つくだに）も入れといたわ。お父さんがお好きだと思って」

「すみません、おばさん」にこりと微笑んで、直子は立ち上がった。「きっとすごく喜ぶわ。おばさんのお料理の大ファンだから」

「あらあ、お料理だけ？」

「うそうそ。お・ば・さ・ん・の」

一音ずつ区切ってそう言い、屈託なく微笑む様子はいつも通りの直子だった。高志はわけもなくほっとして、直子を見送るために立ち上がった。

——翌朝。

高志の心地よいまどろみは、またもや電話のベルの音と、それに続く母親の高い声によって打ち砕かれてしまった。

「タカちゃん。タカちゃん。呑気に寝坊してる場合じゃないわ。ナオちゃんから電話よ。大変なことがわかったから、急いであんたを起こしてくれってよ」

「……大変なこと？」

目脂(めやに)のこびりついた目をこすりながら、それでも布団に半身を起こして高志はおうむ返しに言った。

「ほら、あのことらしいわよ。例の連続猫切り魔事件」

いつの間にか、そんな大層な名前が奉(たてまつ)られていたらしい。高志は母親から子機を受け取り、そのまま耳にあてた。

「ああ、高志くん？」

ひどく狼狽(ろうばい)したような、直子の声が言った。いつも落ちついた彼女にしては、これは珍しい事態と言っていい。

「あのね、大変なことがわかったの。わたし今日、ちょっと用があって今、学校に来てるんだけどね、たまたまよくお話しする保健の先生がいらしてて……ああ、そんなことはどうでもいいんだったわ。とにかくその先生に、昨日言ってた事件のことを持ち出してみたの。そしたら先生すごくびっくりして……そしてこうおっしゃったのよ。『急がないと、大変なことになるかもしれないわ。今日はお天気だから』って」

「お天気だから？」

高志は窓越しに外を見た。確かに、昨日、一昨日と降り続いていた雨が嘘のようにやんでいて、代わりに暖かな陽光が、まばゆいほどに家々の屋根に降り注いでいた。

「どうしてお天気だと、大変なことになるの？」

直子は早口に説明した。聞いているうちに、高志は自分の顔がだんだんこわばっていくのがわかった。

「ちょっと出掛けてくる」

傍らで怪訝（けげん）そうに見守っていた母親に、高志は短くそう告げて、電話機を渡した。

「出掛けるって……どこへ？」

息子の背中に静香が聞いた。高志は振り向きもせずに答えた。

「――公園」

# 4

候補は幾つかあった。以前、何かの番組で、猫の行動範囲はだいたい半径五百メートルくらいだと言っていた。まさに猫の額ほどのものや、少し外れているかな、というくらいまで含めると、全部で公園は三つある。あるいは三つともすべて、ということだってあり得なくはない。

だが高志はためらわなかった。小林さんのところの猫の件がある。子猫の行動範囲は、成猫のそれに比べ、もっとずっと狭いはずだ。そして小林さん宅は、公園のすぐ裏手にある。

走れ、走れ。力一杯、走れ。

高志は心のなかで、自分に向かってそう叫んだ。

たとえグレイハウンドじゃなくっても。ダルメシアンでもポインターでも、ドーベルマンでもなくっても。

たとえちびでも少しくらい恰好悪くても、ダックスフントだって、猟犬には違いないのだ。かつてはアナグマやキツネを追い詰め、その首根っこに食らいついてきた犬なのだ。アナグマだと思って追いかけていた獲物が、実はヒグマだったとわかっても、どうして追うことをやめられる？

あの動物病院の、田崎先生の言葉が甦る。

（……犬でも猫でも、神社や公園にいる鳩でもね。要は弱いもの、抵抗できないもの、さ）

そうした弱い存在を傷つけるのは、間違いなく卑怯者（ひきょうもの）のすることだ。だがもし直子の言葉が事実であったなら、その行為は卑怯などというレベルをはるかに超えていると言っていい。

高志には、直子の、いや直子の先生の言葉が正しいに違いないという、確信があった。

その誰かは、刃物を持って哀れな猫たちを追い回したりはしなかった。追い詰め、捕らえ、押さえつけた上で、足を傷つけたりはしなかったのだ。

なぜならその〈誰か〉の目的は、決して猫ではなかったから。

犯人が狙っていたのは、考えようによっては猫よりも弱く、暴力に対しては何の抵抗もできないもの。だからこそ、より多くの庇護（ひご）を必要とする存在……。

高志の心臓がズキンと痛んだのは、全力疾走のせいばかりではない。

もう少し。ほら、公園の入口が見えてきた。

良かった。ほっと高志は胸を撫で下ろした。まだ誰も来ていない。間に合ったんだ。

そう考えた直後、暖かな陽気にもかかわらず、高志の皮膚は総毛立った。

砂場のなかに赤ん坊がいる。

「ダアッ」

赤ん坊が嬉しそうに叫んだ。砂のなかで、何かがきらりと光った。子供のほうもそれに気づいたのか、よろりと立ち上がり、よたよたとそちらに向かって歩きはじめた。

高志は走った。ほとんど飛ぶようにして。

瞬(またた)く間に砂場に駆け寄り、腕を伸ばして、すくい上げるように赤ん坊を抱き上げた。近くのベンチに腰を下ろしていた母親らしい女性が、甲高(かんだか)い悲鳴を上げながら走ってきた。

「何するのよ」

彼女はそう叫ぶなり、もぎ取るようにして我が子を奪い返した。高志は無言で砂場のある一点を指さした。母親はたちまち蒼白になり、ひっと小さい悲鳴を上げた。

砂場のちょうど真ん中に、きらりと光る物があった。刃を上に向けて、半分ばかり砂に埋められた、ナイフである。

「……すみませんが、お巡りさんを呼んでくれませんか？」まだ硬直したままの女性に、高志は小さく笑いかけた。「僕はここで、誰も来ないように見張ってなきゃならないんで」

母親の腕のなかで、何が嬉しいのか、赤ん坊が声をたてて笑った。

## 5

結局砂場のなかからは、大小合わせて五本もの刃物が見つかった。正確には、カッターナイフの替え刃が三本、果物ナイフが一本、そして刃渡り十五センチほどもあるサバイバルナイフが一本である。いずれも刃の部分を上にして埋められていたことに、高志は犯人の言いようのない悪意を感じた。

犯人が刃物を砂場に埋めたのは、三月三十一日から明くる四月一日にかけての、真夜中であることは、ほぼ間違いないだろう。犯人の思惑とは別に、真っ先に被害にあったのは、明け方になって用足しにやってきた猫たちだった。そういえば、美弥の家には庭がない。ミアは近くの公園の砂場を愛用していたわけだ。

高志は近所の主婦が、不衛生だから砂場に柵を設けるべきだと、声高に話しているのを耳にしたことがあった。あのときはわけがわからなかったものだが、つまり子供の遊び場が猫のトイレをも兼ねていることを問題にしていたのだろう。

そして砂場に転がっていた赤い毬のこともある。小林家の子猫は、あれにじゃれて遊んでいるうちに、怪我をしてしまったのではないだろうか？

ともかく単なる悪戯で済むことではない。狙われたのは赤ん坊や幼い子供であり、まかり間違えば、大怪我をしても不思議のない状況だった。一人も被害者を出さずに済んだのは、ひとえに二日間にわたって降りつづけた雨のお陰と言っていい。

（それと、直子姉ちゃんの先生にも感謝しなきゃな）

『今日はお天気だから』急げと教えてくれた先生。会ったこともないその人のお陰であの赤ちゃんは怪我をせずに済んだのだ。

念のため、付近一帯の公園が調べられたのだが、他に刃物の類は見つからなかった。驚いたことに、扱いは小さかったが新聞記事にもなった。ただ、発見の経緯については『住民の通報により』などと記されているばかりで、高志の名前を載せた新聞はなかった。もちろん、そんなことはどうでもいいことなのだが。

あの母親は、「怖くてもう砂場じゃ、遊ばせられないわ」と言っていた。たぶん多くの母親たちが、同じ思いでいるだろう。砂遊びが大好きな子供たちには、ずいぶん迷惑な話に違いない。

直子には、事後すぐに電話で報告をしておいた。ナイフの形状について細かく尋ねたりした後、一言「ひどい話」とつぶやくように言った。高志はそのときの直子の顔は、前日かいま見たものと同じ表情をしているのではないかと思った。

誰も皆、何かしら鬱々（うつうつ）としたものを抱えて生きているのかもしれない。傍目（はため）にはまるでわからないけれども、タールのようにどろりとした何かを。むろんその量や粘度には、人によって大きな隔（へだ）たりがあるのだろうけれど。

犯人の内側にあるのは、底無しの沼なのだろうか？　暗くて冷たく、どろりとした液体をたたえた深い沼……。

事件が未然のうちに発覚して、犯人は一人、舌打ちでもしているだろうか。それとも……。

いずれにしても、それに比べれば高志の憂鬱なんて、きっと雨上がりの葉の上に載った、ひと雫（しずく）でしかなかったのだろう。その証拠に、後日美弥と交わした他愛のない会話によって、曇りっぱなしだった高志の心はきれいさっぱり晴れ上がってしまった。

何かの拍子に高志はこう言ったのだ。

「うちの親たちなんてさあ、ほんと、蚤の夫婦そのものだから」

すると美弥はおかしそうに笑った。

「あら、蚤の夫婦っていうのは、奥さんのほうが、旦那さんよりも大きいことを言うのよ。ほら、蚤って雌のほうが大きいでしょ？」

「そうなの？」

完璧に間違えて覚えていた。思い込みというやつである。第一、蚤という生物が雄より雌のほうが大きいなんてことも、今、初めて聞いた。

頭をかく高志に、美弥はもう一度笑い、ごく何気ない口調でこう付け加えたのだ。

「……でも、そういうカップルも悪くないって思わない？」

やがて春休みも終わり、新学期が始まった。クラス替えの掲示板を見て、三年生になるのも、考えていたほどには悪くないなと思った。

そのとき、背後からぽんと肩を叩かれた。

「同じクラスだね」

弾むような口調でそう言い、三田村美弥は軽やかに笑った。

# 鏡の国のペンギン

# 1

それは小さな写真だった。

少女が三人、顔を寄せあって笑っている。きっと仲の良い友達同士なのだろう。それぞれの距離は、すべすべしたバラ色の頬(ほお)が触れ合ってしまいそうなほどに近い。

三人とも、タイプこそ違っているが、若さが保証してくれる以上にはきれいだった。とりわけ真ん中の少女は、飛び抜けて美しい。いや、美しかったと言うべきなのだろう。

〈彼〉が殺したのは、まさにその少女だった。

〈彼〉は向かって右側に写っている少女のことも知っている。かつて〈彼〉が殺し損ねた娘だ。もう一度狙(ねら)うのは……どんなものだろう？

もちろん、それはできない。そんなことは誰が考えてもわかる。何よりこの娘には、顔を見られている。よほどの馬鹿でもない限り、そんな危険を、いったい誰が好き好んで冒すだろう？

すると残るのは……。

すでに下調べはしてあった。どこに住んでいるのか。兄弟姉妹はいるのか。通学のルートは。誰と仲が良いのか、クラブ活動はしているのか……。

成尾(なるお)さやか。それが、写真の左側で、顔中で笑っている少女の名前だった。

＊　＊　＊

少し前に、その日最後のチャイムが鳴った。

巣箱からいっせいに花に向かう蜜蜂(みつばち)のように、あとからあとから次々と飛び出してくるのは、皆同じ年頃の、屈託のない少女たちの一群だ。一人で出てくる子もいなくはないが、たいていは二人や三人の固まりだ。四人以上のグループも珍しくはない。ほとんどの場合、最寄(もよ)りの駅に向かうわけだから、少女たちが一個小隊ともいうべき団体で家路につくのは、むしろ当然だった。

彼女たちは実によく笑い、よく喋り、そしてよく食べる。制服のポケットからキャラメルを取り出して、気前良く仲間に振る舞っている子がいた。その薄い包み紙は、季節外れの落ち葉のようにひらひらと、アスファルトの上に舞い落ちている。すぐ傍らの駄菓子屋では、数人の少女が保冷ケースを覗き込み、熱心にアイスキャンディの品定めをしていた。

紺色のダブルのジャケットと、タータンチェックのひだスカートとにくるまれた彼女たちの身体は、しっとりと汗ばんでいるに違いない。渇いた喉に、甘い氷菓はさぞ美味に感じられることだろう。

季節はポケットに夏の気配を忍ばせて、少女たちと同じく、底抜けに陽気だ。

五月――。

この天真爛漫な少女たちに、もっとも似合いのシーズンかもしれない。彼女たちは若く、美しく、心なく……そして世界はおもしろおかしいことに満ちている。その中で、生きていることそれ自体が、楽しくって仕方ないの――そんなふうに見える。

成尾さやかが校門から姿を現したのは、チャイムが鳴ってから十五分ほど経ってからだった。傍らを歩く大柄な少女は、川島由美だ。成尾さやかがさかんに身振り手振りを交えて何か話しているのを、川島由美はあまり気の無さそうな様子で聞いている。どうやら彼女の目下の興味は、駄菓子屋の方にあるらしい。相棒の制服の袖(そで)を引っぱり、何事かささやいた。やがて二人はうなずきあって、吸い寄せられるように店に入っていった。

しばらく経って彼女たちが出てきたとき、それぞれの手には充分な時間をかけて厳選されたらしいアイスキャンディが握られていた。すでにパッケージは取り払われている。その冷たくて甘い菓子に、さっそく川島由美は元気良く白い歯を立てている。一方、成尾さやかは、赤い舌を器用に這(は)わせてじっくりと味わいにかかっている。猫がミルクをなめている様子にそっくりだ。

ふいに成尾さやかが足を止め、ちらりとこちらを見たように思い、一瞬ひやりとした。

だが、少女の視線はひとところに定まることはなく、彼女の赤い舌と同様に、郵便ポストや道端の電柱や、その他のどうという事もない風景を気まぐれになめてから、興味の対象をふたたびアイスキャンディの方に巡らせた。

彼女たちに見られる気遣(きづか)いはないのだということに、あらためて思い至った。こちらからいくら眺(なが)めたところで、少女たちから見られることは決してない。敢(あ)えて見えないふりをしているのでも、無視しているのでもない。見えないのだ。彼女たちにとって、見えないものは存在しないのと同じこと。他人の気持ちだとか、思いやりだとか、それにそう、未来だとか将来だとかいった言葉で表される漠然としたものと同じ。空気か、でなければ幽霊みたいなもの。

少し間を置いてから、少女たちの後を追った。

＊　＊　＊

「ユーレイ？」

既(すで)に棒ばかりになってしまったアイスキャンディをくわえたまま、川島由美がふがふがした声で聞き返した。

「そう、ユーレイ」成尾さやかは根元の部分に残った最後のひとかたまりを、落とさないよう腐心しながら大真面目にうなずいた。「由美ちゃん、この話を聞くの、初めて？」

さやかの声は嬉しげに弾んだ。とっておきの新情報を分け与えるという行為は、まず大抵の場合はどこかしら心楽しいものだ。たとえそれが、あまり気持ちの良くない類のニュースであったとしても。

「初めても何も、何のことを言ってんだか、ちっともわかんないよ」

ホームの屑籠にアイスキャンディの棒を投げ込みながら、怪訝そうに由美は問い返した。

「だからさあ、出るって噂があんの。安藤麻衣子のユーレイが」

やや不自然な空白があった。

「……ちょっとお、マジ、それ？」

「大マジ」

川島由美は、どちらかといえば濃い目の眉をきゅっとひそめた。

「バッカみたい。何、それ」

吐き捨てるようにそう言った。

安藤麻衣子が死んだのは、この冬のことだった。その突然の死について、校内でさかんに取り沙汰されたのは、せいぜい三月一杯までのことらしい。三年に進級し、学期が改まってからは、春を待たずに死んだ少女の名を口にするのは、ほとんどタブーめいたことになっていたようだ。

その理由を想像するのはさして難しいことではない。なにしろ安藤麻衣子は殺されて死んだのだから。その上、犯人は未だ、捕まっていない。殺人犯は、女子高生と同じくらい自由だ。それなのに、呆れるほど簡単に、世間は事件を忘れようとしている。人の噂も七十五日などと言うのは、確かに一面の真実には違いない。

当時、由美やさやかは麻衣子と同じ二年二組のクラスメイトだった。もちろん、彼女たちは忘れてはいない。どうして忘れられるはずがある？　少女たちにとって、あれはまさしく大事件だった。与えた影響や動揺は、計り知れないほど大きいはずだ。にもかかわらず、いや、だからこそ、固く口を閉ざしつづけている。いつもの彼女たちとは、まるで人が変わったように。

だが、どうやらそのタブーの固いいましめも、少しずつほどけ始めているらしい。

「バッカみたい」川島由美はふたたび繰り返した。「人間なんて死んじゃったらそれっきりに決まってんじゃん。誰よ、そんなこと言いだしたの」

「……さあ、知んない。でもみんな言ってるよ」

成尾さやかは不服そうに唇を尖（とが）らせた。相手が話にのってこないのが、面白くないのだろう。

「あーあ、つまんない。何かいいこと、ないかなあ。三年になってからさ、みんな急に受験受験って目の色変えちゃって。うちみたいなとこから行ける大学なんて、たかが知れてるじゃないねえ」さやかはちらりと由美を見やり、それでも少し声を落として言った。

「麻衣ちゃんはさ、もう受験勉強しなくてすむわけじゃん。かえって幸せだったかもね」

　愛らしい顔で、ひどく無慈悲(むじひ)なことを言う。

「でもあの子、けっこう頭良かったじゃん」

「まあね。あたしたちと違って」

「一緒にしないでよ」

　今度は川島由美が、不本意そうに口を尖(とが)らせた。

「そりゃさあ、体育じゃ由美ちゃんにかなわないけど」

「あら、体育だけ？」

「……でも、音楽はあたしのが勝ってるよ。結局なんだかんだ言ってもさ、どんぐりなんだってば、あたしたち」

　どんぐりの背比べ、と言いたいのだろう。由美は肯定も否定もせず、しばらく不機嫌に眉を寄せて黙りこくっていたが、やがて独り言のようにつぶやいた。

「まあねえ。あたしだって、化けて出るかも」

「え？」

怪訝そうに成尾さやかが首を巡らせる。

「あたしらみたくさあ、すっごい美人でも、すっごい賢くもない奴でもさ、今殺されちゃったら、すっごい悔しいと思わない？」

〈すっごい〉をやたらと連発しているが、別にふざけているのではなさそうだ。どうやら由美は、ひどく怒っているらしかった。「そうだよ。あたしなら、絶対化けて出てやる。だってそうじゃん？　今なんか、何にも面白いことないじゃない。学校行っても、家でもさ。ちょっと息抜きしようとしてもさ、ぎゃあぎゃあ騒ぐのがいっぱいいるし。だけど大学行っちゃえばさ、こっちのものって感じするじゃん？　なんかすっごい楽しそうだもん。うちの兄貴なんかさ、毎日好きなことして生きてるよ。勉強なんか、ホント、全っ然してないし。ああいうの見てるとさ、あたしもあと一年の辛抱だ、とか思うわけ」

「そりゃ、受かればねー」

とさやかは身も蓋もない。

「たとえあたしたちみんなが受験に失敗したって、麻衣ちゃんだけは志望校に合格してたわよ、きっと」

「ホント。あーあ、あんだけきれいで賢かったら、生きてて楽しかっただろうになあ。信じられなかったろうな、殺されちゃうとき」

お終（しま）いの部分は、さすがにさやかも小声になった。

確かに信じられなかったに違いない。麻衣子の死に顔は、恐怖よりも苦痛よりも、ほとんどシンプルなまでの驚きに彩（いろど）られていた……。

それにしてもこの少女たちは、なんとあっけらかんとして、級友の死について語ることだろう？　自らに訪れる死だって、すぐそこにまで迫っているかもしれないと、どうしてかけらほども考えずにいられるのだろう？

危険。危険。赤信号。

想像力の欠如は危険。他人に降りかかった災難は、常に我が身にも起こり得ること。あんたたちは、愚（おろ）かしいほどに無防備で、呆れるほど楽観的だ……そう、少女たちに警告を与えてやりたくなった。だが、もちろんそれは、この上なく馬鹿げた考えだ。

目的を忘れてはいけない。絶対に。

成尾さやか。次のターゲットは、きっと……。

## 2

小幡康子の耳にその噂が入ってきたのは、ごく最近のことだった。

康子はこの四月から、三年生の学級担任を受け持っている。例によって保護者の間から、「大丈夫なのかしらねえ、大事なときなのに。いえ、もちろん小幡先生はよくやって下さっていますけどねえ、何しろお若くていらっしゃるから」という危惧の声が上がったと聞く。日常生活の中ではもう、〈若い女性〉などともてはやされることなんて滅多にないというのに、こと我が子の担任教師となると、突如として目盛りの単位が異なるものさしが登場する。

康子としては、その手の話を馬耳東風と聞き流すしかない。それでなくとも心身を煩わされる事柄は多い。何しろ父母の言うように、〈大事なとき〉である。ありていに言って、すべての生徒たちの希望が成就する確率は、限りなくゼロに近い。懇々と現実を説いて志望校のランクを下げさせるのは、実に気の重い仕事だった。そしてまた、てんでやる気のない生徒たちのお尻を叩いて、今更ながらの詰め込み勉強をさせようとするのも、スコップひとつで海を埋めたてるにも似た虚しい努力である。

就職希望組の前途にしたところで、厳しいことは進学希望者と同様、いや、それ以上だ。景気は時代と同様、閉塞(へいそく)している。就職難に喘(あえ)ぐという点では、女子大生の比ではないのだ。

要するにどこを見渡したところで、明るい話題など滅多に見当たらないというのが、目下の現実である。

だからこの際、途方もなく非現実的で、しかも暗鬱(あんうつ)この上ない噂話――端的に言ってしまえば、学校の怪談ないしは幽霊話――などといったおよそ馬鹿げた事柄は、できれば黙殺を決め込みたいところではあった。

しかし、出てくるのが安藤麻衣子の幽霊となると、康子にとって話はいささか微妙である。

身の回りで誰かが殺されるなどということは、まして自分が受け持ったクラスの生徒が通り魔の犠牲になるなどということは、決して現実に起こるものではない。テレビや新聞で目にする不幸な事件は、いつだって知らない町の、運の悪い誰かの身に降りかかること。そう思っていた。

もちろんそんなことは、ただの能天気な思い込みに過ぎなかったわけだ。安藤麻衣子がたった十七歳でこの世を去ったのは、二月下旬のことだった。それから二ヵ月以上が経過した。学校はようやく元通りの静けさを取り戻したかに見える。だが、それはあくまでも表層的なものでしかない。何と言っても、犯人は未だに捕まっていないのだから。

問題の噂は、ごく最近になってひそやかにささやかれ始めたものらしい。康子にはそれが、少女たちの胸の奥深いところでマグマのようにくぐもっていた不安が、わずかな裂け目を見つけてじわじわと吹き出してきたもののように思えてならなかった。なにせ安藤麻衣子は大多数の少女たちにとって、崇拝すべきアイドルだったのだ。

美しく、高慢な女神様。

康子は小さくため息をついた。死んだ少女のことを思うにつけ、悔やみとも苛立ちとも怒りともつかない感情がこみ上げてくる。

担任として、ついに理解することができず、そしてたぶん、理解されることなど拒み続けてきた少女。

何の心配もかけないことで。何の問題も起こさないことで。安藤麻衣子は明らかに康子に対して、ぱたんとばかりに素っ気なく扉を閉ざしていた。拒まれていたのは康子や、それに他の教師たちばかりではない。麻衣子を常に取り囲み、彼女を崇拝していたお仲間たちでさえ、本当に受け入れられていたとは到底思われないのだ。

もちろん、ごく少数ながら例外はある。

その日の放課後、仕事を終えた康子は保健室に立ち寄った。養護教諭の神野菜生子が軽く微笑んで同僚を迎え入れ、お茶をいれるために立ち上がった。部屋の片隅で、電気ポットが微かな音を立てている。神野菜生子の歩きぶりは、端で見ていて少しぎこちなかった。以前に交通事故にあって以来、右足がやや不自由なのだと聞いたことがある。当人が触れたがらないようなので、康子はそれ以上詳しい事情を聞いたことはない。ただ、校内で菜生子がいつも着ている白衣と同じく、彼女が常に身にまとっているある種の哀しみが、どうやらその出来事に起因しているらしいことは、うすうす感じ取っていた。

おそらく、だからなのだろう。菜生子の元に足しげく出入りする生徒には、いたって健康そうに見える少女も少なくない。そういった生徒たちが抱えているのは、身体よりはむしろ心の問題なのだ。自分の力ではどうにもならない、また、人に話したところでどうなるわけでもないことを、それでも少女たちは菜生子に聞いてもらおうとやってくる。

安藤麻衣子もまた、かつてそのうちの一人だった。担任教師として、複雑な思いがまるでないと言えば嘘になる。しかし康子自身、気がつくとこうして菜生子の元に、相談とも世間話ともつかない話を持ち込んでいたりする。保健室が学校にとってなくてはならない場所であるように、菜生子もまた、学校の人々にとって必要な人間なのだ、と思う。

「お砂糖は一つで良かったのよね？」

カップからティーバッグを引き上げながら、菜生子が尋ねた。

「二つお願いします……なんだか疲れちゃって」

肉体的なものよりはむしろ精神的な疲労が、無性に甘いものを要求していた。

「何かあったんですか？」

カップを差し出しながら、菜生子は小首を傾げるように言った。

「別に大したことじゃ、ないんですけど……」

努めて朗らかな口調で言いながら、しかし康子は言葉を切って、湯気を立てる紅茶を覗き込んだ。気が重いのだ。

一番早い兆候は、トイレの落書きだった。

もっとも、普段は一階にある職員専用トイレを使っている康子が、わざわざ三階の生徒用トイレを覗いてみようなどと思い立ったのも、ふと小耳に挟んだ少女たちの噂話のせいだった。

『見た？　音楽室の脇のトイレ……』

そう言いかけて、康子に気づいてふと口をつぐんだ生徒がいたのである。だから噂が先か、落書きが先か、どちらがニワトリとも卵ともつかない。ともあれ何となく気になった康子は、放課後になって問題のトイレを覗いてみる気になった。

その落書きを見つけたのは、一番奥の個室である。

**けいこく！**

まず、そうあった。個室の中で人がとるべき姿勢をとった場合の、およそ目の位置にあたる壁に書いてある。シャーペンを用いたものらしく、細く頼り無い線だ。小学生じゃあるまいし、〈警告〉くらい漢字で書けないのかしら。そう考えながら、気軽に次の行を読んでどきりとした。

**おまえの後ろにアンドウマイコがいる。**
**ふりむいたら、つれていかれちゃうよ。**

つれていかれちゃうよ、などという言い回しの子供っぽさとは裏腹に、その意味するところはひどく薄気味悪い。

康子は屈んだ姿勢のまま、考え込んでしまった。いったい誰が、何のつもりでこんなことを書いたものだろう？　たちの悪い悪戯なのだろうか？　なぜ、よりによって安藤麻衣子なのだろう……？

考えているうちに、ふいに康子は得体の知れない恐怖感に襲われた。

**おまえの後ろにアンドウマイコがいる。**
**ふりむいたら、つれていかれちゃうよ。**

警告。警告。後ろに誰かがいるよ。おまえの後ろに……。この世のものではない、何かが。

すっと気温が下がった気がした。

馬鹿げていると、頭ではわかっている。わかってはいるのだが……。すでに日は暮れかかり、灯をつけていないトイレの中は薄暗い。放課後の、人もまばらな校舎だ。あたりはしんと静まり返り、クラブ活動に精を出す生徒たちの声が、遠く響いている。

今、この場にいるのは自分一人だ……少なくとも、生きた人間は。

そんな考えが康子の頭を過(よぎ)り、無性に恐ろしくなってきた。

もしこのとき、誰かが後ろから「わっ」とでも叫んで脅かしていたら、きっと後々まで語り種(かたりぐさ)になるような、凄(すさ)まじい悲鳴を上げていただろう。だが、そこには康子一人しかいなかった。そして気がつくと、逃げだすようにしてその場を離れていた。後ろを振り返る勇気は、康子にはなかった。

＊　＊　＊

「今なら笑えるわよ」康子は照れ隠しのように、ひょいと肩をすくめた。「でも、あのときは無性に怖かったの。それから気になってね、生徒たちに話を聞いてみたんだけど……やっぱりずいぶん噂になっているみたいなの。神野先生の耳にも、入っているんじゃありません？」

神野菜生子は控え目にうなずいた。

「そうですね、少し聞いています。私の知るかぎり、まず誰かがあの落書きをして、それから噂が広まったようですね」

落書きがニワトリで、産んだ卵が噂。あるいはその逆。心の中で、康子は一人つぶやいた。落書きという卵から、噂というニワトリが生まれ落ちた……。

「あそこに書いてあること、どう思われます？　幽霊って、ほんとに出るのかしら」

康子の口調は冗談めかしたものだったが、その目は真剣だった。菜生子は困ったように微笑み、ぬるくなった紅茶に口をつけた。

「何年か前……校内で連続放火事件があったの、覚えてらっしゃいますか？」

しばらくして、菜生子の口から飛び出したのは、思いがけない言葉だった。

「ええ……そんなこともありましたね」

「どんな事件でした？」

「どんなって、校内で続けざまにぼや騒ぎがあったんですよね。明らかに火の気のないところからの出火で、あのときは大変だったわ。生徒たちの持ち物検査をしたら、ぼやどころか学校が丸々燃やせそうなくらいのライターが出てきて。いつの間にか、喫煙者取締りみたいになっちゃったっけ……」

放火は立派な犯罪である。本来なら警察に届ける義務があるのだが、例によって例のごとく、うやむやのうちにもみ消されてしまった。

「それで、火がつけられたのは、どこでしたっけ？」

重ねて尋ねられ、ようやく康子は合点した。

「ああ、そうね。あれもお手洗いだったわ。トイレットペーパーが燃やされていたのよね。でもあれから丸三年経っているのよ。誰がやったにしても、もう卒業しているわ」

「そうですね、もちろん、やったのは同じ子じゃないわ。ただ、場所は共通していますね」菜生子は少し言葉を切り、ふと遠くを見るような目をして言った。「ねえ、小幡先生。小幡先生は、小さい頃からずっと、小学校だの中学校だの、それに高校だのって、ほんとにずうっと学校の中で長い時間を過ごしていて、どうでした？」

「どうって？」

「クラスメイトだとか仲間だとか友達だとか先輩だの後輩だのって名前の、自分と同じ年頃の人間と、担任だの学年主任だの校長だの教頭だの国語の先生だの数学の先生だのって名前がついた大人たちに、四六時中囲まれてて、息苦しくなることってありませんでした？　まるで人間の中で溺れそうになっちゃって、どうしても一人になりたくって、だけどエスケープするような度胸もなくて……そんな生徒がいたとしますよね。そんなとき、学校の中でその子が行くところって、すごく限られていると思うんですよ」

「私なら、まずここへ来るかもね」康子は軽く微笑んで片目をつぶった。「実際、多いんでしょ、そういう子」

「保健室に来る子は、まだいいんです。ちゃんと『助けて』って言える子は。実際にはそう口にしなくても、ここに来てくれるってことは、少なくともすべての人間を拒絶してるわけじゃ、ありませんもの」

安藤麻衣子のことを思い出し、康子の目の奥がつんと痛んだ。

「それじゃ、極度の人間不信に陥っている子が、お手洗いで火を付けたり、落書きをしたりしたってこと？」

「その可能性は高いと思います。鍵を掛けて閉じこもれる場所が、他にありますか？」

「どうして閉じこもる必要があるの？」

「不安だから」菜生子の返事は短く、明瞭だった。「雷が鳴っている時に、布団をかぶるようなものですよ。誰だって、不安からは逃れたいんです。そして人間の不安感って、その原因の多くは人間にありますよね……うんと煎じ詰めれば、ですけど。彼女たちは決して、雷に怯えたわけじゃないんですよ」

「そこまではわかるわ。何かに怯えている子が、お手洗いの個室に逃げ込む心理も、なんとなく理解はできる。だけど……」康子は懐疑的な口調で言った。「だからって学校に火をつけていいってことにはならないと思うけどね。一歩間違えれば大変なことになっていたわ。それに……どうしてあんな落書きをしたかについての説明にもなっていないわ。どうして幽霊なの？　それにどうして安藤麻衣子が出てくるの？　ただの悪戯にしてもひどいけど、神野先生はそうじゃないって、おっしゃるわけですよね。じゃあ、何なんですか？」

「……どちらも、ある種のサインなんだと思います」

「サイン？」

「ええ」菜生子は小さくうなずいた。「燃える火や煙の方は、たとえばのろしですとか信号ですとか……切羽詰(せっぱつ)まった思いがとらせた、切羽詰まった行動なんでしょうけれど。それに比べれば、落書きはもっと直接的なメッセージですよね。一応、言葉を使っていますから。伝えたいことはきっと、どちらもそんなに変わらないんだと思いますが」

「メッセージ？」鸚鵡(おうむ)返(がえ)しに言ってから、いくらか緊張した面持(おもも)ちで康子は尋ねた。

「いったいどんな？」

菜生子の返答には、やや間があった。

「……たぶん、S・O・S」

再び沈黙が影のように落ちた。今度は少し長かった。康子は苛立たしげに眉をひそめた。

「どうしてそんな、まだるっこしい方法を採るんですか？　助けて欲しいなら担任の教師なり親なり友達なりに、そう言えばいいじゃないですか」

「何から救って欲しいのか、自分ではっきりわかっているなら、そうする子もいるかもしれませんね。ですけど、今の子にはとても言えませんよ。幽霊から助けて欲しいなんてことは」

康子はぎこちなく微笑んだ。

「まるで神野先生が、安藤さんの幽霊を信じているみたいに聞こえますね」

「むしろ出て当然じゃありません？　出ない方が不思議だわ。彼女が若い女の子だったこと、ずば抜けてきれいな容姿をしていたこと、そして何よりも、ああいう亡くなり方をしていること。幽霊が出てくる条件は揃(そろ)っていますもの」

「知らなかった」康子は当惑したように目を見開いた。「神野先生って、神秘主義者だったんですね」

菜生子はかすかに微笑んだ。

「さあ、どうなんでしょう。人間が時に、見えないはずのものを見るという事実に関しては、正直言って私にはよくわかりません。心の問題はとても難しいですし。それに、逆のケースだってありますよね。見えているはずのものが見えないってことも。どちらにしても今回の場合、幽霊の正体はその落書きをした子が抱いている、漠然とした不安の象徴なんだと思います。一般的には受験だとか、人間関係だとかが考えられますが……ですけど、心配ですね」

「何がです?」

そう問い返した自分の声がかすれていることに気付き、康子は残っていた紅茶を一口飲んだ。

「今言った、後の場合のことです」

「見えているはずのものが見えないっていう?」

「ええ。一口に見ると言っても、いろいろですよね。時刻表を見たり、絵や写真を見たり、漫然と風景を見たり……ただ単に目に映っているという状態でも、一応見ていることには変わりありません。本人が意識していないうちに目にした何かが、その子の潜在意識に強い不安感を与えるっていうことも、考えられなくはないですよね」

「無意識に見ていて、そんなに不安になるものって何かあるかしら？」

「そうですね、例えば……人間の視線とか」

康子は虚を衝かれたように瞬きをした。菜生子は静かな口調で続けた。

「視線というものは、どちらかといえば〈見る〉よりも〈感じる〉に近いんでしょうけど。これはあくまでも想像ですが、いつも正体不明の誰かに見られている、いつも同じ誰かの視線を感じている……そんな状況は、たとえ当人がほとんど意識していなくても、心のどこかでなんらかの負担を感じるんじゃないでしょうか。後ろから誰かが見ているような気がする……そんな漠然とした不安感が、安藤さんの幽霊を生み出したような気がするんです」

「それじゃ、あの落書きをした子が誰かにつけ回されているってこと？　しかも……本人は無意識のうちにしか、その事実に気付いていないってわけ？」

菜生子は気づかわしげにうなずいた。

「ええ、心配だと言ったのはそのことです。だって……」と菜生子はやや言いよどみ、

「安藤さんを殺した犯人は、まだ捕まったわけじゃありませんもの」

康子はぽかんと口を開いた。できれば呆れたふうを装いたかったが、ほとんど成功

しなかった——というように見えた。

彼女は知っていたのだ。一つの事実から飛び立った神野菜生子が、どれほど軽やかに思いがけない地点に着地するか——しかもそれが、時として空恐ろしいほどに真実の的を射ぬいているか。

康子は新鮮な空気を求めるように大きく息を吸い、それからそっと嘆息した。

「よくもまあ、トイレの落書き一つからそんなことを思いつきますね。それじゃ神野先生は……あの通り魔がまた、うちの生徒を狙っていると言うんですか？」

お終いの方は、怯えた少女のような声になっていた。

「私もまさかとは思いますけど。この先、同じような落書きが見つからなければ、別に先生がご心配されるようなことはないと思います。ただ、もし二度三度と繰り返されるようなことがあったら……過去の例から言っても、極度の緊張状態は長くは続かないわ。それも十代の女の子ですものね。いずれ何らかの形で破綻してしまうわ」

「あのぼや騒ぎは全部で三回だったわよね」

康子が素早く口を挟み、菜生子はかすかにうなずいた。

「あのときは……そう、そうでしたね」

「犯人は結局わからず終いだったわ……それとも、神野先生だけはご存じだったとか？」

神野菜生子と小幡康子の教諭としてのキャリアには、さほどの違いはない。すると菜生子の言う〈過去の例〉とは、まずあのぼや騒ぎのことだと考えていいだろう。だが、康子の知るかぎりあの事件は、どういった形でも破綻はしなかった。ただうやむやのうちに、もみ消されてしまったのだから。

この人はあの事件について、他の教師が知らないことを知っているのではないかしら？　ふいに、康子はそう考えたのだ。

だが、菜生子は康子の問いには答えず、まるで違うことを言った。

「その子がもし次にも落書きをするなら、第一発見者を装うかもしれません」

「ぼやのときもそうだった？」

皮肉ではなく、康子はそう尋ねた。

だが、菜生子はその点に関しては軽く微笑むばかりで、何も答えようとしなかった。

外はいつの間にか、ずいぶん暗くなっていた。

「ねえ、神野先生」出ていく間際、振り返って康子が言った。「もしも、よ。もしもうちのクラスの子が、先生のところに落書きについて知らせに来たら、お願いだからすぐに私に教えてね」

「もしも小幡先生のクラスの子なら」にっこりと微笑んで、菜生子は言った。「私なんかじゃなくて、必ず先生のところに行きますよ」

＊　＊　＊

数日後。彼女は菜生子の言葉が正しかったことを知った。

その女生徒はおずおずとやってきて、康子の耳元で小声で何事かささやいた。

少女が担任の教師を案内したのは、二階の一番奥のトイレだった。そこは康子が受け持っているクラスに一番近い。

生徒が示したのは、個室の壁ではなかった。わざわざ教えてもらうまでもない。場違いに華やかな色彩が、いきなり康子の目に飛び込んできたのである。

洗面台の上にはめ込んである鏡に、パールピンクの口紅でこう書いてあった。


**注意！**

**アンドウマイコのユーレイがみている。**

**つれていかれないように、きをつけな。**

口紅の文字が躍る鏡面に、生徒の白い顔があった。康子はその顔の持ち主に、先のすり減ったパールピンクの口紅を所持していないか、その場で問いただしたくなった。

鏡の中で、少女の顔がふいにゆがんだ。

「先生。あたし、怖い」

小さくそう叫び、心底恐ろしそうに身を震わせたのは……成尾さやかだった。

3

じゃあねと友達に手を振って、成尾さやかは電車を降りた。ここでようやくさやかは一人になる。その瞬間、少女の様子は一変する。喋りどおしだった唇は固くとじられ、それまで笑ってばかりいたのが嘘のように無表情になる。

まるでテレビのスイッチを消したみたいだと思った。つるんと暗い、無機質な画面。触れてみたならきっと、冷たくて固いだろうと思わせる――まるでナイフの平たい刃のように。

実際、このさやかという娘は、大勢の友達と一緒にいるときと、一人きりでいるときとでは、まったく別人のように見える。もっともたいがいの人間は、自分で意識していないだけで、多かれ少なかれそんなものなのかもしれない。

どうやらさやかは、何者かが自分を見ていることに、うすうす気付いたらしい。ときおり、臆病な小動物のように辺りをうかがうそぶりを見せる。

よくない兆候だ。

過剰に怯えられてしまっては、こちらの目的を遂げることが難しくなってしまう。いったい何をしている。急げ。急げ。さっさとやってしまえ。獲物はすぐそこに、無防備な姿をさらしているじゃないか……。

過剰に凶暴な思いが、自分に満ちてくるのがわかる。あの娘をいつまで放っておくつもりだ？　ほどなく、何らかの防衛措置をとられてしまうだろうに。

ジャケットの上から、ポケットの中身をそっと探った。そこには鋭い刃を持ったナイフが、きちんと折り畳まれて鞘におさまっている……。

傍らの街灯が、吐息のようにふっと灯った。それで初めて日が暮れたことに気付く。辺りはしんと静まり返っていた。どこかで吠える犬の声も、表通りを駆け抜けていく車の音も、すべてはここから充分に遠い。

条件はみんな、整っている。あとはその瞬間を待てばいい。

待ち望んだ瞬間を。逃してはならない、絶好の機会を。

息を殺して、そいつが現れるのを待った。

そして、それは訪れた。

素早くポケットに手を滑り込ませ、折り畳みナイフを取り出した。家で何度も練習した。だから一連の動作は、流れるようにスムーズだ。ぱちんと小気味よい音を立てて刃先が飛び出し、街灯の光を受けて青白く光った。さして大きな刃物ではないが、なに、心臓までは楽に届くだろう。

ナイフを右手に握りしめ、獲物をぐっとにらみ据えた。もし、視線が針でできていたら、それだけで相手は即死していただろう。

できるだけ足音を立てないように、そっと近づいて行った。そして、ともすれば汗で滑りそうになるナイフをもう一度、しっかりと握りなおしたそのとき——。

ふと、肩に何者かの手が置かれたのは、その瞬間だった。

「何をしようとしているんですか？」背後の声は言った。

「——ねえ、安藤さん」

## 4

「安藤さん……安藤麻衣子さんの、お母様でいらっしゃいますよね？」

神野菜生子は柔らかにそう断定し、ゆっくりと相手の正面に回った。突然、思いがけないところから名を呼ばれた女は、菜生子の微かに右足を引きずる、ぎこちない歩き方を不安そうに見つめた。

菜生子は安心させるように、にこりと笑いかけた。

「いつぞやお目に掛かりましたね？　きっと覚えてらっしゃらないと思いますが……お嬢さんの、お葬式で」

安藤麻衣子の母親は、はっとしたように身じろぎをしたが、すぐに低い声で叫んだ。

「邪魔しないで。あいつに逃げられる……麻衣子を殺したあの男に」

その暗い瞳の先には、闇に紛れそうな二つの人影があった。先を行くのは、黒っぽく見える制服を着た少女。五、六メートルほどおいて、黒っぽい服を着た人物。後の人影は、まるで少女の跡をつけるように、忍びやかに歩いている。

「落ちついて下さい」菜生子はりんとした声で、相手を押し止めた。「あの人は女性ですし、お嬢さんを殺してもいません。うちの学校の英語教師です……お嬢さんの担任をしていた」

菜生子の言葉が終わらないうちに、相手の手からふいに力が抜けた。ナイフはカラン、と音を立ててアスファルトに転がった。菜生子は屈んでそれを拾い、きちんと畳んで自分のポケットに押し込んだ。

「これは預からせていただきますね」

菜生子の言葉などまったく聞こえないように、麻衣子の母親はなおも暗がりを行く人影を目で追い続けていた。

やがて二つの影は角を曲がって消えた。

「申し遅れました。私、花沢高校の養護教諭をしております、神野と申します。少し、私の話を聞いていただけないでしょうか？」

向き直った相手は、しかし無言だった。気が抜けたように、街灯が作りだす、ぼんやりとした光の輪を眺めている。

しばらく待ってから、菜生子は話しはじめた。

「……成尾さんが、麻衣子さんの幽霊が出ると言いだしたのは、つい最近のことです。彼女は精神的にずいぶんまいっていましたし、実際に何が起きているのかを聞き出すまでにはとても骨が折れました。けれどそれも無理もない話だったんです。何が起きているのか、成尾さんにもまったくわかっていなかったんですから。どうして突然、成尾さんにだけ幽霊が現れたのか。その幽霊は、なぜ麻衣子さんでなければならなかったのか。すべて、こちらで推測する他になかったのです」

神野菜生子は言葉を切り、じっと相手の顔を見つめた。

「私も一度は十代の女の子でした。ですから、あの子たちのことも少しはわかるつもりです。あの年頃の子って、本当に周りが見えていないんですよね。自分と、仲間と、それに自分が興味があるものだけしか、見えていないんです。だから成尾さんには、あなたが見えなかったんだわ。たとえ成尾さんが視線に気付いて振り返ったとしても、そこには決して怪しい人物はいなかった……若い女性にとって、夜道で跡をつけてこられて恐ろしいのは男性であって、女性じゃありません。まして自分の母親くらいの年齢の、上品そうな女の人は絶対に〈怪しい人物〉ではありえませんよね。ですから、成尾さんには安藤さんが見えなかったんです。けれど執拗に付きまとってくる視線だけは、なんとなく感じていました。振り返ると、いつも同じ人がいるような気がする……でも、怪しい人間はどこにもいない。そんなことがずっと続いた結果、どんなことが起きたと思われますか？」

　ここで初めて菜生子は話しかけている相手の視線を捕らえた。彼女は不信と戸惑いの籠（こ）もった目でにらみ返すばかりである。

　菜生子は痛ましさに俯（うつむ）いてしまいそうになった。だが、菜生子には言ってしまわねばならないことがあった。

「そのうちに、成尾さんは幽霊の幻影に怯えるようになってしまったんです。それがどうして、すぐさま麻衣子さんのお名前に結びついたか……あんな亡くなられ方をしたということを差し引いても、今、ここで改めてお顔を拝見して、確信できました。あなたはとても……麻衣子さんによく似ていらっしゃいますね」

　見つめ続けていた相手の眼から、みるみる涙の粒が盛り上がり、すうっと頬を伝っていった。もう限界だった。菜生子は話しながら、眼を伏せていた。話しておかねばならない長い話も、もうあとわずかだった。

「安藤さん。あなたはお嬢さんを殺した犯人を、追っていらしたんですね？」

「ええ、そうよ」低い、かすれた声だったが、返答は素早かった。「だって、他にどうすれば良かったって言うの？　警察は何もしてくれないんですよ。本当に何一つ……このまま手をこまねいていたら、きっと次の娘さんが殺される……そう思ったの。その前に捕まえて、この手で引き裂いてやりたい、そう思ったのよ」

終いの方は、ほとんど叫び声になっていた。

「お気持ちは、わかります」

「あなたに何が……」

「いいえ」菜生子は静かに遮った。「わかります」

麻衣子の母親は、気圧されたように黙りこくっていた。菜生子は服の上からそっとナイフを押さえながら、低い声で言った。

「あなたのなさろうとしていることは、薄々見当がつきました。犯人が出てくるまで、成尾さんから離れる気がないことも、わかっていました。ですから私、さきほどの先生……麻衣子さんの担任をしていた小幡先生に、男の人のような格好をして、成尾さんが通りすぎたらすぐ、あの角から飛び出して跡を追うようにお願いしたんです。そうすれば、あなたが何を望んでいるのかがはっきりするはずでしたから」

実際は、自らを囮とすることを、康子が自分から提案したのである。

「はっきりしてますわ」暗がりのなかで、相手はかすかに微笑んだ。それは凄艶なまでの微笑だった。「私が望んでいるのは、復讐です」

わずかな沈黙が流れた。

「なぜ、成尾さんだったんですか？」

「……え？」

「犯人が次に狙うのは成尾さんだと、確信なさっていましたよね？　それはどうしてなんですか」

麻衣子の母親は、無言でハンドバッグから小さな手帳を取り出した。開かれたページには、切手ほどの大きさのシールが一枚貼ってあった。

「最近では、自分たちの写真をシールにできるんですね。私、ちっとも存じませんでした……これを見るまで」

菜生子はじっとその手帳を覗き込んだ。

「麻衣子さんに成尾さん、それに……」

「野間直子さん。麻衣子を殺した同じ男に狙われて、危うく命拾いをした生徒ですよね」

それは新聞には載っていない事実だった。

「そのことは警察の方から？」

相手は素っ気なくうなずいた。

「私、聞かれましたの。麻衣子とこの生徒さんとが続けざまに狙われた理由について、何か心当たりはないかって。私にはわかりませんでした……そのときは。ですけど、あの子の遺品の中からこの手帳を見つけて……それでこのシールに気付いたんです。聞けばこういうシールって、一度に何枚も作れるそうじゃありませんか」

「……犯人がそのうちの一枚を、偶然手に入れたと？」

「女の子が三人写っているうちの、二人までが狙われたんですよ。三人目が狙われないという保証は、ないじゃないですか」

「あの……」ふいに暗がりから、三番目の女の声がした。「それはおそらく違うと思います」

成尾さやかを自宅まで送り届けた、小幡康子だった。黒っぽいパンツにゆったりとしたデザインのジャケットを羽織り、アップにした髪を隠すように帽子を被っている。薄暗い中、それも遠目に見れば、確かに小柄な男性に見えなくもない。

「あの子……成尾さんは、あのシールを集めているんですよ。駅前のゲームセンターにあの機械が置いてあるんです。私も何度か見かけましたが、あの子はクラスの誰彼なく捕まえちゃ、一緒に写真を撮っているんです。ま、あの子だけじゃなくて、学校中でずいぶんはやっているみたいですが。ただ、学校側としてはゲームセンターへの立ち入りそのものを禁じておりまして、見つけた場合はその場で没収することになっているんです。つまり、ぬいぐるみだの、シールだのを、ですけれど」

「没収したシールはどうするんですか？」

「同じことを、麻衣子さんにも聞かれました」

康子の言葉に、麻衣子の母親の表情にさざ波がおきた。

「焼却処分します……規則ですから」不本意ながら……康子の顔は、そんなふうに見えた。「そう答えると、麻衣子さんは一枚だけでいいから、自分にくれないかと言いました」

「それがこの写真、ですね」

「ええ。残りは全部、本当に燃やしてしまいました。ですから、他の誰かの手に渡ったはずはないんです」

麻衣子の母親は口を開いて何か言いかけた。だが、結局それは言葉にはならず、ただ、泣き笑いのような形に顔をゆがめただけだった。

「安藤さん……」

康子の呼びかけに、相手はぴくりと頬を動かして言った。

「先生。私はもう、安藤じゃないんですよ」

# 5

家路につく二人の足取りは重かった。

「別居されているのは聞いていたけど……」康子は疲れた声でつぶやいた。「やっぱり正式に離婚したのね」

「だからなのかもしれませんね」答える菜生子の声もまた、深い疲労に縁取られていた。

「野間さんはお母さんを亡くしていますよね。ねえ、小幡先生。あの二人が、教室で仲良くしているところを見たことありますか？」

康子は重たげに首を振った。

「ないわ。普通の、クラスメイトとしての当たり障りのない関係だった……少なくとも、そんなふうにしか見えなかったわ」康子はちらりと同僚を見やった。「保健室では、違ったのね？」

菜生子は押し黙ったまま、うなずいた。

二人はそれから、長い間黙っていた。

小幡康子は考えていた。共通の秘密やコンプレックスや心の痛みが、ときにどれほど人間同士を固く結び付けるかを。

安藤麻衣子は何を思いながら、フラッシュの前に最上の笑顔を浮かべたのだろう？出来上がった写真をどんな思いで眺め、手帳にあのシールを貼ったのだろう？

まるでお気に入りの詩集に、そっと四葉のクローバーを挟み込むような、そんな少女らしい、ロマンチックな感慨があったのだろうか？

そして神野菜生子もまた、考えていた。

彼女の思考はいつものように、いとも軽やかに宙を飛ぶ。菜生子の頭の中にいたのは、一羽のペンギンだった。

あるところに、ペンギンを飼っている家がありました。ペンギンは本来は大きな群れで暮らす生き物だから、たった一羽では寂しいだろうと、飼い主はペンギンの小屋の内側に鏡を張りめぐらせました。だからそのペンギンは、今日も明日も明後日も、合わせ鏡に映った自分の姿を、たくさんの仲間だと思って暮らしているのです……。

童話のようなその光景は、いつかテレビで見たものだ。

みんな、合わせ鏡のペンギンなんだ。

それが、菜生子の出した結論だった。

友達と一緒に写った写真を、目一杯手帳に貼って、それでようやく安心できる。ほら、自分にはこんなにたくさん友達がいるんだと、確認して安心できる。

合わせ鏡の中で、にっこり笑っているのは百人の自分……。

「日が暮れたら急に、肌寒くなってきましたね」内容とは裏腹に、ことさら陽気な声で康子が言った。「ねえ、神野先生。これから何かあったかい物でも食べに行きませんか？」

糸の切れた凧（たこ）のように、どこか遠いところに飛んで行きかけていた菜生子は、同僚の温かい手によって現実に引き戻された。

「いいですね。お腹ぺこぺこだわ」

そう応じたときに初めて、菜生子は自分の中が本当に空っぽなことに気付いた――胃袋だけではなく。

康子は朗らかに言った。

「さっき成尾さんに聞いたんですけど、近くに有名なラーメン屋があるんですって」

「すてき」

弾んだ声で菜生子は言い、二人はまるで少女のように、顔を見合わせて笑った。

# 暗闇の鴉

## 1

地下鉄の階段を、山内伸也は弾むような足取りで駆け上っていた。彼の革靴がたてる軽快な足音が、次第に水っぽいものに変わってくる。段の中程から上は、濡れた靴跡でびしょびしょと汚れていた。湿気た風が吹き込んでくる出口から、暮れたばかりの銀座のネオンが見えた。ちらりと腕時計に目を走らせる。六時五十八分。約束の時間までに、あと二分しかない。まずいな、急がなけりゃ。

勢い込んで地上に出た途端、どこかで鴉が鳴いた。

伸也が驚いて思わず立ち止まったほど、その声は大きかった。夕闇に紛れたか、その姿は見えないが、そう遠いところにいるというわけでもなさそうだ。ギャアギャアという濁った声が、続けて四度、少し間を置いて二度。

嫌だな、と思った。

(鴉が四声鳴いてからまた二声鳴くと、四二鴉)

誰が言ってたんだっけ？　そうだ、田舎のばあちゃんだ。鴉がそんな鳴き方をしたときには、人が死ぬんだという。

ばあちゃんの迷信深さときたらまったく、筋金入りの代物だった。茶柱が立つとうやうやしく神棚にまつる、爪は絶対に夜には切らないし、霊柩車が通ると親指を隠す……ばあちゃんの親なんか、とっくの昔に死んでるってのに。

ばあちゃんは鴉が嫌いだった。

(四つ鳴いて二つ鳴くと四二鴉。暗闇の鴉は死に鴉)

よくそんなことを言ってたっけ……。

「縁起でもねえや」

伸也は低くそうつぶやいて、ひょいと肩をすくめた。

銀座には、いや、この東京ってところには、びっくりするくらい、鴉が多い。もっとも、それ以上に人間の数の方が多いけれど。

そりゃあ、誰かは死んでいるだろうさ。鴉が鳴こうが鳴くまいが、とにかくこれだけ人間がうじゃうじゃいれば。

この都市にたとえ人間が何百、何千万いようと、そして彼らが死のうが生きようが、今の伸也にはまるで興味なかった。いや、世界中の誰がどうなろうと、正直知ったことじゃないのだ――この世でたった一人っきりの女の子を除いては。

つくづく人との出会いとは、ことに男女の出会いとは不思議だと伸也は思う。

彼女のことを考えるとき、自分の顔に自然と笑みが浮かぶことを、彼は未だに自覚していない。会社の玄関を飛び出してから、銀座に着くまでの道々、伸也はうっすらと微笑みながら、彼女との出会いから現在までの経緯を、あれこれ一人で反芻(はんすう)していた。

窪田(くぼた)由利枝(ゆりえ)は伸也の勤める会社の、受付嬢をしている。

『およ、山内さん。受付、新しいコが入ったみたいですよ。今度のコも、きれいっすねえ』

去年の四月早々、伸也に嬉しげにそうささやいたのは、一年後輩の杉野(すぎの)だった。

『おまえ、そういうことばっか、やたら目敏(めざと)いなあ』

半ば呆れ、半ば感心しつつ後輩の顔を見やった伸也だったが、問題の受付嬢に視線を転じて、なるほどと思った。

固い姿勢で真正面を見つめ、緊張のためかいくぶん強張(こわば)った微笑を浮かべていた由利枝は、それでもはっとするほど美しかった。黒目がちの瞳は草食動物のそれのように優しく、ぬけるように白い肌と落ちついたワインレッドの制服とのコントラストはまぶしいほどだ。

なるほどきれいだ。伸也は心のなかで繰り返した。だがそれは、ショーウインドーに飾られた美しい人形を目にしたときと、さして変わらない感想だった。

そのお人形と初めて会話らしきものを交わしたのは、同じ年の六月のことである。丸一年前のことだ。

そのとき伸也は大いに慌てていた。重要な会議の直前になって、上司から会議資料の不備を指摘されたのだ。より完璧な書類にするためには、地下の資料室に行って、二、三の数字を拾って来なければならなかった。

慌ただしく資料を借り出し、会議室のある十四階に上がるためエレベーターを待っていた。ところがこんなときに限ってエレベーターのメンテナンスが行われていて、半分が使用禁止になっている。混み合っているせいか、どのケージもおそろしくもたついていて、一向に地階まで降りてくる気配がない。

そこでやむなく駆け込んだのが、役員専用エレベーターだった。床に赤い絨緞(じゅうたん)が敷かれた特別仕様で、もちろん一般社員の使用は禁じられていた。

　ドアが閉じてほっとしたのも束の間、すぐ次の一階で再びドアが開いた。伸也が内心で冷や汗をかいたことに、目の前にいたのは常務取締役の赤城だった。傍らに例の新人受付嬢を従えている。彼女の手には、常務の荷物らしいアタッシュケースと紙袋とがあった。

　赤城常務は社内規律に厳しいので有名で、〈赤鬼〉の異名を持つ人物である。彼の逆鱗に触れた社員がどこそこに飛ばされた、という類の噂なら、伸也は幾つも耳にしていた。

　その赤鬼にじろりと睨まれ、すわ叱責かと身を縮めた瞬間のことだ。

『失礼ですが、社員の方ですよね？』

　思いがけないところから、りんとした声が上がった。ワインレッドの制服に身を固めた受付嬢だった。彼女の視線は、伸也の左胸に注がれている。社のマークの入ったネームプレートがそこにあった。

『はい、そうですが……』

　もごもごと答えると、相手はにこりともせずに言った。

『ご存じでしょうが、これは役員専用のエレベーターです。今後使用は慎んでいただけますか?』

その頭ごなしの口調にカチンときた。

新入り受付嬢が何言ってやがる。たまにいるんだよなあ、お偉いさんの秘書だとかなんとかで、こういう偉そうな口をきく女。虎の威を借るなんとやら、だぜ。

仲也はすうっと息を吸った。

『申し訳ありません』ことさらに受付嬢を無視し、仲也は常務に向かって大げさに頭を下げた。『生憎エレベーターの定期点検で、他のがなかなか来なかったものですから。会議に使う資料を至急届けなければならないと焦って、軽率なことをしました。以後気をつけます』

そのオーバーな身振りゆえか、あるいは大仰な謝罪の文句のためか、おそらくその両方だろうが、赤城常務は苦笑して手を振った。

『ま、本来なら君の上司に苦情の一つも言うところだけどね、今回のところは大目に見ておくよ。仕事、頑張りたまえよ』

『はいっ、ありがとうございます』

力強くそう応えながら、仲也はつくづく考えていた。

会社組織なんて、馬鹿みたいだ。まるっきり、下手くそな猿芝居じゃないか……。

　ともあれ、何をもって人との出会いとするかは、その定義づけが難しいところだが、少なくとも半径一メートル以内に近づき、なんらかの言葉を交わすという程度の意味でなら、間違いなくその出来事が、伸也と由利枝との最初の出会いであった。

　窪田由利枝を一人の女の子として意識するようになる以前、伸也の記憶をどこまで遡(さかのぼ)っても、彼女の身につけている物は同じだった。明るめのワインレッドのジャケットに、同色のタイトスカート。長い髪は編み込みにしてうなじのところでまとめてあり、唇には決して派手ではない色の口紅と職業的な微笑とが、常に載せられている……。

　つまりそれは、由利枝が入社する以前から、同じ位置に座っていた歴代の受付嬢たちと、根本的に何一つ変わらない姿だ。

　伸也の勤め先の採用ルートは大きく分けて二つある。大多数を占めるのが伸也ら正社員であり、残りが郵務や印刷、警備、事務所管理、社員食堂などの、主として社員を対象としたサービス部門である。後者については系列子会社が取りまとめて採用を行う。

　受付嬢にしても同様である。子会社とはいえ、別の会社には違いないし、受付嬢という仕事の性質上、かえって内部の人間との接触の機会はきわめて少ない。例えば彼女のフルネームひとつをとってみてさえ、伸也がそれを知ったのは、ずいぶん後になってからのことだ。

それでも、一般社員にとってほとんど社内の空気のような存在である他のサービス部門の人間とは異なり、受付嬢とは華やかで目立つ存在だ。彼女らが揃いもそろって美人でスタイルがよろしいというのも、とかく話題に上りやすい事実だった。

複数の若手社員が無言で受付の前を通りすぎてから、

『俺、右』

『わかるわかる。おまえ、お嬢様系に弱いもんなあ。俺はどっちかっていうと、左の方がタイプかな』

などとささやきかわしたりするのは毎度のことだ。

女子社員にはまた違った感想もあるらしい。

『受付のコたちだけ、あんな可愛い制服を着せるっていうのはズルいわよ。うちの制服がダサいって認めているようなものじゃない』

伸也は同期入社の女の子がそうぼやいているのを耳にしたことがある。

『エントランスだけ豪華なマンションみたいで嫌らしい』

と言うのだ。

『あれって当然、特注だよな。大量生産するわけじゃなし、新規採用するたんびに、いちいちその子のサイズに合わせて注文してたんじゃ、コストパフォーマンスが悪いよなあ』

伸也が思わずそんなことをつぶやいたのは、日頃上司から経費節減を心掛けるよう、口うるさく言われているせいだ。

だが、同期の彼女はすうっと目を細め、何やら哀れむような口調で言ったものである。

『ばっかねえ。制服のサイズに合わせて、採用してるに決まってるじゃないの』

真偽のほどは別にして、常に受付カウンターの中で、背筋をしゃんと伸ばして座り、マニュアル通りの化粧をし、同じような微笑を浮かべている彼女たちは、なるほど統一規格のマネキンのようにも見えた。

それはもちろん、窪田由利枝にしても同じことだった。

だから、伸也が初めて私服姿の由利枝を見かけたとき、とっさにそれがあの無機質なイメージだった受付嬢とは結びつかず、何かひどく不思議なものを見たという思いに打たれた。相手が人間だということすら、しばらくの間は意識せずにいた。

まるで、まっ白い鳥だ……。

そう思ったのだ。

夏だった。伸也はいつもより一時間近くも早く家を出ていた。その日は遠方に出張の予定だったのだが、いったん会社に立ち寄って、やたらとかさばる製品見本を取ってこなければならなかった。

社屋のあるブロックにさしかかったとき、まだ車もまばらな交差点の横断歩道を、ゆっくりとこちらに向かって渡ってくる人影に気づいた。まぶしいほどの白い色が、まず目に入った。柔らかそうな素材の、白いワンピース。その布地に包まれているのは、若い女の子だった。

ビルの間を渡る風をはらんで、白いスカートがふわりと揺れた。それが伸也には、白い鳥が優雅に翼を拡げる様を連想させた。白い蠟（ろう）でこしらえたようなふくらはぎが、ほんの一瞬だけ、眼に飛び込んできた。

そのすんなりと恰好のいいふくらはぎの持ち主が、あの受付嬢だと気づいたのは、相手が目の前にやってきてからのことだ。

だが、伸也にはそれが同じ一人の人間だとは、なかなか信じることができなかった。エレベーターのケージの中で、硬い口調と態度をとってみせた彼女。あるいは受付で、ワインレッドの制服に身を包み、背筋をしゃんと伸ばしている彼女。それが、まるで型から抜いたゼリーのように、ふいに輪郭が頼り無く、柔らかくなった……そんな感じだった。

そのとき、まったく唐突に伸也の頭を過ったことがあった。いつぞやの、エレベーターでの出来事。

あれは、実は自分を助けてくれたものではなかったか？

規律に厳しいことで有名な常務に直接怒鳴られる――そんな、あまり洒落にならない事態が避けられたのは、彼女が常務に先んじて口を開いてくれたおかげではないだろうか。結果として、弁明と謝罪の機会を得ることができた。ひょっとして彼女は、注意すると見せて逆に自分を弁護してくれたのではなかったか？

もしそうだとしたら……自分はなんと愚かで短絡的な男だったのだろう……。

伸也がそうしたことを忙しく考えたのは、ほんの数秒のことだった。

相手は馬鹿のように突っ立っている伸也に気づき、ちょっと足を止めた。そして、ふっと小さく微笑んだ。彼女を包み込んでいる白い布地よりも、そして頬を撫でる風よりも、それは柔らかな笑顔だった。

出会いの定義づけは難しい。だが、恋愛の始まった瞬間という意味に於いてなら、少なくとも伸也にとってはその夏の早朝こそが、間違いなく由利枝との出会いであった。

## 2

神野菜生子は日誌を開き、引出しから筆記具を取り出した。そのとき背後から、紺色のブレザーを着た腕がにゅっと伸びてきて、引出しのなかから何かをつまみ上げた。

「ふうん、先生でも口紅なんか持ってるんですね」

「それは口紅じゃないわ」菜生子は苦笑して、肩ごしにその女生徒を振り返った。「ライターよ」

「へえ?」少女は目を丸くして、手にした金色の小さな円筒をいじりまわし、あ、本当だとつぶやいた。それから、ふいに共犯者めいた目つきで言った。「実は先生も、煙草吸う人なんじゃないですか?」

「いいえ、私は吸わないわ」菜生子は軽く肩をすくめた。「これは人から預かったものよ」

「うちの学校の生徒ですね」

少女の声がわずかに硬くなった。

この少女はしばしばこうした断定的な物言いをする。たいてい何の根拠もないのだが、その直観はあながち的外れでもないことが多く、それがかえって始末が悪い。

「あたしからは煙草もライターも取り上げようとしないじゃないですか」

むしろ咎める口調で彼女は言う。

「じゃああなたのも預かるから、出しなさい」菜生子はすっと手のひらを突き出した。

「……て言ったら、素直に渡す？」

それには応えず、少女は傍らの白い簡易ベッドにすとんと腰掛け、スカートのポケットをまさぐった。

少女がタンポンの小箱の中に、常に数本の煙草とライターとを隠し持っていることを、神野菜生子は知っていた。なるほど、生活指導の教師が男性である以上、これは非常にうまい隠し場所ではある。製品名が印刷された、これ見よがしなパッケージの中身に不審を抱く教師は少なかろうし、仮にいたとしても、少女が金切り声を上げて嫌悪の意を表明したら、すごすごと撤退せざるを得ない。

　少女のこの小悪魔的な思いつきを、ずいぶん前に知りながら、菜生子は敢えて外には漏らしていない。当人に対しても、頭ごなしに叱りつけるのではなく、二つの限定条件をつけることで黙認している恰好だ。

　一つは一日に一本以上は吸わないこと。そしてもう一つは、菜生子の目が届くところ、すなわち保健室以外の場所では吸わないこと。

　もとより菜生子はこんな〈密約〉が、たとえば校長だの他の教師だのの賛同を得られるものだとは考えていない。また、この誇り高く高慢でいながら、どこか不安定で危うい感じのする美少女を、たかが口約束の一つや二つで縛れるとも思っていない。

　拘束が目的ではないのだ。相手は菜生子より一回りも年下の少女である。少しでも同じものを見聞きしようと思えば、ときには背中や膝を屈めなければならないことだってある――要はそういうことだ。

「今日は駄目よ……もう」

　眉をひそめる菜生子を無視して、少女は生理用品のパッケージから細長い物を取り出し――むろん、タンポンではない――口にくわえた。

「吸わないってばあ……くわえるだけ」

　甘い口調で少女は言い、次いで手にした金色の円筒に火をともした。

「ホントよ、これで火をつけてみたかっただけだったら」

煙草に火が移ったが、少女はライターの蓋を閉じようとしない。どこかうっとりとした表情で、オレンジ色の炎を見つめている。少女の頬は炎を映したように、軽く上気していた。

神野菜生子はかすかな吐息をついた。

「心配だわ」

「……何が？」

炎から視線を逸らさずに、少女はごく何気なく問い返した。

別に先生の言うことなんかどうってことないんだけど、でもせっかくだから聞いて上げるわ。

少女のそんなポーズが、しばしば彼女の言動に見え隠れする。

「……昔ね、この学校にいた子のことを思い出しちゃったの。あなたとおんなじように不安定で危なっかしくて……そんなふうに、ライターの火をじっと見てたわ」

「その人、何をして、先生にそんなに心配かけたんですか？」カチリと音をたてて、少女はようやくライターの蓋を閉めた。そしてゆっくりとふり返り、薄く笑った。

「放火でもしたんでしょ」

わずかな沈黙があった。それから菜生子はためらいがちにうなずいていた。

「ええ、その通りよ。学校に火をつけたの」

3

地下鉄に乗っている間に、雨はやや小降りになっていた。こわきに抱えたソフトケースには折り畳み傘が入っていたが、それを開くのももどかしく、伸也はえいっとばかりに銀座の雑踏に飛び出した。ネオンはまだ、暮れたばかりの夜に淡く瞬きはじめたばかりだ。

ズボンの裾に跳ね返る飛沫のように、後ろの方で鴉がまた一声鳴いた。だが、田舎臭い不吉な迷信など、すでに伸也の心からはきれいさっぱり消えている。

下手にマリオンだのソニープラザ前だので待ち合わせたりしなくて良かった。いったん落ち合ってからレストランに向かっていたら、予約した七時にはずいぶん遅れていただろうし、何よりも雨のなか、彼女を待たせるのも気の毒だ。几帳面な彼女は、今まで約束の時間に遅れたことは一度もない。

同じビルに勤めていながら、約束の場所で改めて落ち合うというのも、考えてみれば奇妙なことだった。彼女の方が、神経質なほどに社内の噂になることを嫌ったのである。

確かに伸也にしたところで、やっかみとからかいがないまぜになった——悪気はないにしても——興味本位の詮索を同僚から受けたりすることは、決して望むところではなかった。だが一方で、後輩の杉野の軽薄な表現を借りるなら、〈可愛い子ちゃんをゲットした〉ことを誇りたいという、いかにも若者らしい気持ちも正直言ってあった。

二人がつきあいはじめて、かれこれ一年近くが経とうとしている。にもかかわらず、二人の関係がいま一つ進展しないことが、伸也にはどうにも焦れったくて仕方がなかった。

相手は本当に自分のことが好きなのだろうかとか、そもそも社内恋愛をひた隠しにするのは、破局が訪れたときに周囲に対して気まずいからではないか、などとついつい余計なことまで考えたりしてしまう。

だが、伸也は根っから明朗快活な楽観主義者だったから、心の底からそんなことを信じたりはしなかった。肝心の彼女の態度も、つまらない疑念を長く持続させるようなものでは決してなかった。

つまりはごくありきたりの、順調な交際をしているということになるのだろうが、こと金銭と愛情に関しては、あればあるだけより多くを望んでしまうのもまた人情である。伸也はわずかに欠けたままの状態が続いている月を、てっとりばやく満月にする方法について、ずっと考え続けていた。

さて、目指すレストランに入ると、やはり由利枝は先に来て待っていた。気軽に声をかけようとして、伸也はふと口をつぐんだ。

何かひどく声をかけにくい空気が、由利枝を見えない炎のように包んでいた。

由利枝の視線は、ごく近いところに注がれている。テーブルの上に組んだ指を載せ、どこか思いつめた眼で、彼女はある一点をじっと見つめていた。

テーブルの上に灯（とも）された、小さなキャンドルの炎を。

「お客様？」

怪訝（けげん）そうなウェイターに促され、慌てて伸也は大股にテーブルに近づいた。由利枝も気づいて、ぱっと花の開いたような笑顔を送って寄越す。いつも通りの、長い睫毛（まつげ）に縁取られた優しい瞳だった。

「おなかすいたのかい？」

ウェイターに椅子をひいてもらいながら、冗談めかして伸也は言った。由利枝のきょとんとしたような目つきが愛らしい。

「まるでマッチ売りの少女みたいな眼で、ろうそくの火を見てたからさ。腹が減って死にそうって顔してた」

「やだ」由利枝は小さく笑った。「ぼんやりしていただけよ……早く来すぎちゃったから」

「じゃ、待ちくたびれた女の子のために、はやいとこ料理を頼んじまおう。と、言っても、こういうメニューはよく分からないから、コースでいいかい？」

「ええ」

「じゃ、これ二つね」

こうした場合、伸也はあれこれ迷うということをしない。

注文を受けたウェイターが引き下がると、ふいに伸也がそわそわと落ちつかない様子になった。

「どうかしたの？」

由利枝が気づかわしげに尋ねた。

「あのさ」と言いかけたその声がかすれているのに気づき、伸也はグラスの水をぐいと飲んだ。「俺、ここに来る途中、考えていたんだ」

「何を？」

「由利枝と初めて出会ったときのこと」

由利枝は悪戯っぽい表情で瞳をくるりと回した。

「エレベーターの生意気娘？」

二人の初めてのデートで、最初に出た話題がこれだった。やはりあのとき、とっさに由利枝は（ここは自分がでしゃばりを演じるのがいちばんいい）と判断してくれたのだという。

「違うよ。なんだい、君にとっての俺らの出会いって、あれなわけ？」

「あら違うわ。言わなかったかしら？　私のは、もっとずっと早いの」

「初耳だなあ。てことは、君は入社した直後から、俺のことを遠く眺めていたわけですね」

にやにやしていると、オードブルがきた。

「ええ、眺めていましたとも」由利枝は優雅な手つきで、フォークにのせたサーモンとスライスオニオンを口許に運んだ。

「毎朝、遅刻ぎりぎりに飛び込んできちゃあ、社員通用口を無視して一階からエレベーターに乗っちゃう人をね。いっけないんだって思いながら、見てました」

従業員用の通用口は正面玄関を素通りして、ぐるっと建物の側面に回り込んだところにある。その上、地下に続く階段やら細長い通路やらで、さんざん遠回りをさせられるのだ。遅刻するか否か、などという切羽詰まった状況で、馬鹿正直にこちらに回る人間はまずいない。

「わかってませんねえ、お嬢さん」しゃらっとした口調で、伸也は応じた。「正面玄関にはきれいな受付嬢が座っているからさ、ついつい足がそっちに行っちゃうんだよね」

「まあ、うまいこと言ってる」由利枝はくすりと笑って肩をすくめた。「だけど真面目な話、私たちの出会いっていつのことを言っているの？」

「……今でもよく覚えているよ。夏の、朝だった」そう答えて、伸也は少し言葉を切った。頬が熱くなるのを感じていた。

よせよな、柄でもない……。

「……まるでさ、まるで真っ白い鳥みたいだって思ったんだ、由利枝のこと。白いワンピース着ててさ、何か、単純なたとえだけど……白くてすんなりした、きれいな鳥。カモメとか、さ」伸也は言葉を切り、それからふっと嬉しそうに笑った。「由利枝だから、ユリカモメだな。とにかく真っ白なんだよ、由利枝は。純粋で、無垢(むく)で傷つきやすくて……誰かがいつも守ってやらなきゃならないほどか弱くてさ。ずっと、そう思ってた」

由利枝は心持ち、目を見開いたが、何も言わなかった。伸也は軽く咳払いをし、当人にしてみればごく自然の流れのままに——地下鉄の中で何度も練習していた通り——切り出した。

「たぶん、あの朝からずっと思ってた。嫁さんにするなら、この子だって」

由利枝の表情は、まったく変わらないように見えた。ただ、視線がすっと落ち、キャンドルの炎の上に吸い寄せられるように移動した。

「聞こえてる?」ややかすれた声で、伸也は確認した。「俺さ、今、プロポーズしたんだぜ?」

完璧な満月を手に入れるために、伸也が出した結論がそれだった。

もちろん、すぐにどうこうなどということは——そうなればなったで、一向に構わなかったが——望んでいなかった。なんと言っても由利枝はまだ若い。昨年成人式を迎えたばかりなのだ。だから、約束だけで良かった。由利枝は一度約束したことは、必ず守る。そんな確信があったから。

たぶん、彼女はイエスと言ってくれるだろう。

この名案を思いつき、いそいそとレストランを予約したときにはそう思っていた。いや、今、この瞬間にだって、まるで疑っていなかった。頬をばら色に染め、こくりとうなずく――それ以外に、由利枝の反応などあるはずがなかった。決して自惚れではなく。

だが、胃がきゅっと縮むような沈黙は、伸也の無邪気な自信をあっという間に打ち砕いてしまった。しかも、その伸也にとっては長すぎる沈黙の後で、由利枝はくすりと笑ったのだ。

いや、確かに笑ったのだが、その眼はむしろ怒っているようでもあり、哀しんでいるようでもあった。

「今、わかったわ。あなたは私のこと、なんにも知らないの。だからそんなことが言えるのよ。私は真っ白なんかじゃないの。純粋でも無垢でもない。傷つきやすいどころか、いつだって人を傷つけてきたわ」

低い、つぶやくような声だった。

「ユリカモメが、海の鴉だって言われてること、知ってる？　悪食で、埋め立て地で生ゴミを食べてる鳥だって、知ってた？」

「いったい何を言って……」

「知らないわよね。なんにも知らないのよ。だから……」

ふいに由利枝の瞳が潤(うる)み、涙があふれた。

何がなんだか分からないまま、仲也は呆然と相手の言葉を聞いていた。

ごめんなさい、ごめんなさい、ごめんなさい……。

かすかな嗚咽(おえつ)の合間に、由利枝は幾度もそう繰り返した。

「……それは、僕とは結婚できないって意味？」

仲也はいくぶん憮然(ぶぜん)としてつぶやいた。あふれる恋心もちゃちなプライドも、すでに充分傷ついていた。それでもやはり、確認せずにはいられないのだ。

由利枝はゆらりと首を動かした。それは肯定の意味にも、否定の意にもとれる。仲也がさらに言葉を重ねようとしたとき、由利枝はひどくアンバランスな笑みを浮かべて言った。

「私は誰とも結婚しちゃいけないの。だって、人を一人、殺しているんだもの」

## 4

「——へえ、やるう」

長い髪をさっとかきあげ、少女はにっと笑った。「学校を燃やしちゃうなんて、最高じゃん」

まるでクラスメイトに対するような、馴れ馴れしい口ぶりになっている。あまり良くない傾向だった。この少女に限っては。

「ただのぼやよ」

つとめて素っ気ない口調で、菜生子は短く補足した。余計なことを言ってしまったと思った。よりによって、いちばん厄介な相手に。

「ヤ・ボ」少女はくすりと笑った。「ただのボヤなんて、ヤボですよ。どうせなら、学校全部、燃やしちゃえば良かったんだわ。丸ごとぜーんぶ」

「学校がなくなれば、家にずっといなきゃいけないのよ。それでもいい？」

言いながら、すでに菜生子は後悔していた。どうしてこの子には、余計なことばかり言ってしまうのかしら？

少女はしらけた眼をして、肩をすくめた。

「じゃあ家も燃やせばいいわ。家も学校も全部、灰にしちゃえばいいの。後にはなんにも残らない……すっきりしますよね、きっと」

「……そんなこと、言うものじゃないわ」

「あら、本気ですよ、あたし。家も学校もパパもママも、あたしも、みんな消えてなくなっちゃえばいいの。そうしたら……」

少女はふと口をつぐんだ。感情的なセリフは誇り高いこの少女には似合わないし、誰よりも当人がそのことをよく知っている。

だが、菜生子には少女の言葉の先を想像することができた。

そうすれば、悩みも苦しみも、はりさけるような心の痛みも、すべて一緒に消えてなくなるだろうに——。

「先生」大人びた口調で少女は言った。「ねえ、先生。うちの両親、やっぱり正式に離婚することになりました。この間話し合って、それでそう決まったんです」

「……そう」

少女は自嘲的な笑みを浮かべた。

「いやになるくらい、ありふれた悩みですよね、いまどき。馬鹿みたいにありきたりで、ありがちな話」

「そんなこと、言うものじゃないわ。ありふれた悩みなんて、ないんだから。特別な悩みなんてものがないみたいに」

少女はそれには応えようとしなかった。長い間押し黙っていたが、やがてぽつりと投げ出すように言った。

「そのぼやって、結局何回くらいあったんですか？」

「三度くらい、だったかしら」

曖昧な言い方は故意だったが、さして意味のないことだった。

「あたしが入学する前のことですよね。あたし、そんな話聞いていないもの」

「ええ、そうね」

「その子も、何かで悩んでいた？」

「ええ、そうね」菜生子は繰り返した。「悩んで、怯えていたわ」

「その子、今はどうしているの？」

「それは……」

「お願い、教えて。絶対に第三者に漏らしたりしないから。その子、なんて名前？」

「それは、駄目」

菜生子の突き放すような返事に、少女はさほど失望した様子は見せなかった。その理由は、すぐにわかった。

「ＹＵＲＩＥ」金色のライターに眼を近づけて、少女はゆっくりと読み上げた。「ここに小さく彫ってあるの、先生、気がつかなかった？　ねえ、先生。あたし、このユリエって子のこと、知りたいわ。教えて」

それは依頼ではなく、明らかに命令だった。

## 5

窪田由利枝がそのライターを手に入れたのは、由利枝が都内の私立高校に入学してまもなくのことだ。

「由利ちゃん、見てくれよ」

篠塚晴彦（しのづかはるひこ）は、なにやら自慢げにそう言い、由利枝の目の前で薄いプラスティックケースをパチンと音を立てて開いた。様々な色や形をしたライターが、それぞれの窪みの中にきちんと納まっている。

「全部、俺がデザインしたんだぜ」

晴彦はそう言って、鼻の穴を膨らませた。

篠塚晴彦は由利枝の母方の従兄弟（いとこ）だった。彼の実家が静岡にあり、大学進学を期に単身上京してきた晴彦に、由利枝の母親は何くれとなく世話を焼いてきた。都内のメーカーに勤務する今でも、ときおり思い出したようにやってくる。一人っ子の由利枝にとっては、兄のような存在だった。

もちろん、〈兄のような存在〉と、〈正真正銘の兄〉とは、似ているようで実はまったく違う代物である。当時の由利枝は、晴彦にある淡い感情を抱いていた。恋愛というほど確かなものではない。軽い憧れの域を越えるものではなかったが。

ともあれ、おそらくはそうした感情が、由利枝にあんなことを言わせたのだろう。中でもとりわけ華奢(きゃしゃ)で変わったデザインの一つをつまみ上げ、

「あたし、これ欲しいわ」声高に所有権を主張してから、甘えるような上目遣(うわめづか)いでつけ加えてみた。「ダメ?」

従兄弟は少し困ったような顔をした。

「ううん、これは会社に提出するサンプルだからなあ……予備はないんだよ」

「でも、欲しいの」

相手を困らせることだけが目的のわがままだった。晴彦が、自分にてんで弱いことを、充分自覚した上でのことである。

案の定、晴彦は言った。

「わかったよ、なんとかしよう。次に来るときには、たぶんプレゼントできると思うよ」

そう請け合って、晴彦は下手くそなウィンクをしてみせた。

一週間ほど経って、由利枝の元に小さな小包が届いた。発送人は篠塚晴彦で、中身は当然、例のライターだった。その円筒の側面に、小さく文字が彫ってあるのを見つけ、由利枝は独り声をたてて笑った。

ローマ字で、〈YURIE〉とあった。

半ば強引にもらい受けたものの、喫煙の習慣があるわけでもない由利枝には、実はそれは無用の長物だった。結局ライターは、ローションだのシャワーコロンだのリップクリームだのと一緒に、出窓に置いた籐籠の中に放り込まれることになった。

そしてある日気がつくと、籠の中からライターだけが消えてなくなっていた。念のため、家族にも問いただしてみたが、やはり誰も知らなかった。由利枝の記憶違いというわけでもない。確かにあの籠に入れた。落ちたり転がったりするはずのない場所なのに……。

狐につままれたような思いでいると、突然、晴彦が訪ねてきた。鼻の穴をふくらませ、勢い込んで言う。

「由利枝ちゃん、悪いんだけど、あのライター、ちょっとだけ貸してくれないかな。

一回ボツになったデザイン見本なんだけどさ、室長が考え直してくれて、上の人に見せてくれるって言うんだ。ひょっとしたらいけるかもしれないって。少し遅くなるかもしれないけど、後で必ず返すから。すごいチャンスなんだよ、これは。もし大量生産でもされたらさ、色違いで一ダース、プレゼントするよ」

従兄弟が一気にそうまくし立てるのを、由利枝は途方に暮れて聞いていた。

間が悪いとしか言いようのない出来事だった。しかも、ライターをもらったのは、そもそもが由利枝のわがままだったのだから、気まずいこと、この上ない。

この時期、由利枝には嫌な出来事が立て続けにあった。早朝、新聞を取るためにドアを開けた母親が、いきなり悲鳴を上げて飛びのいた。何事かとドア越しに外を見て、由利枝はとっさに後悔した。無残な猫の死骸がそこにあった。

真っ黒な毛並みはぱさぱさとして艶（つや）がなく、たぶん野良猫なのだろう、身体中そこかしこに何か鋭い刃物でえぐったような傷があり、片方の眼は潰（つぶ）れている。赤い舌が、乾ききらない血のように、ポーチのタイルの上に流れ落ち、残った方の眼は、恨めしげにかっと見開かれていた。

「野良犬にでもやられたか」さすがに父親は冷静だった。だが、自分で片づける気は毛頭ないらしく、母親に「保健所に電話しとけ」とあっさり言った。

次の出来事も、やはり早朝のことである。学校に行こうと家を出た由利枝は、数歩歩いたところで立ち止まった。ふと誰かに見られているような気がしたのだ。首を巡らせて、思わず小さな悲鳴を上げた。由利枝の眼の高さより若干高いブロック塀の上に、ピンポン玉ほどの大きさの物が載っていた。その物体には二つの眼があり、くちばしがあり……。

血にまみれた、鳩の首だった。

ライターの消失、猫の死骸、鳩の首に続く、四つ目の嫌な出来事。それは、なくしたはずのライターが、ふたたび出てきたことだった。それも、思いも寄らないところから。

「これ、由利枝ちゃんが捜してたのじゃない？」

庭仕事をしていた母親が、ふいにそう言いながらばたばたと駆け込んできた。土に汚れた手のひらの上にのっているのは、まぎれもなくあの金色のライターである。

「これ、どこにあったの？」

当然、由利枝はそう聞いた。ところが返ってきた返事が、思いがけないものだった。

庭のカラーの中にあった、というのである。カラーはオランダかいう、いうともいって、空に向かって、白いラッパ型の花を咲かせる多年草だ。花びらに見えるのは実は苞で、中心にある黄色い棒状のものが花だ。その白い苞にくるまれるように、そして黄色い花に寄り添うようにして、ころんと置かれていた、というのだ。

一体誰がこんなことを、という疑問はさておき、まず晴彦に電話をして失せ物が見つかったことを告げた。彼は軽く笑って言った。

「ああ、あれか。もういいんだよ。結局、他の奴のデザインが採用になった」

彼が大きなチャンスを、みすみす逃す羽目になったことは明らかだった。

晴彦はひと言も由利枝を責めなかった。だが急いでいたらしく、「じゃ、またな。おじさんとおばさんによろしく」

そう言い残し、さっさと電話を切ってしまった。

そして由利枝は、とうとう晴彦に謝るきっかけを失ってしまったのである。

それから数日後のことだった。

由利枝宛に、一本の電話が入った。由利枝は今でもはっきりと覚えている。じとついた、雨が降っていた。どこからか、何かが腐ったような臭いがすると、母親と二人で鼻をくんくんさせていたときだった。

「ねえ、聞いた？」中学のとき、仲が良かった岡田さんという子は、やや声をひそめるようにして言った。

「影山君さ、死んだんだってよ」

## 6

「その影山って人、ユリエさんの何？」

少女は金色のライターをもてあそびながら、小首を傾げた。

「クラスメイトよ……中学生のときの」

「ふうん。で、男の子？」

「ええ」

神野菜生子がうなずくと、少女の瞳がきらりと光った。

「わかった。その影山クンさ、ユリエさんのこと、好きだったたんでしょ。で、振られちゃったんだ」

菜生子は黙って肩をすくめた。この少女が、たかだか推測に過ぎないことを、あたかも既定の事実であるかのように口にすることも、それが往々にして事実そのものであることにも、もはや菜生子は慣れっこになっていた。

そんな菜生子の心理を読んだように、少女はにっと笑った。

「先生の真似をしているんですよ。先生だって、よくこういう言い方、するでしょう？　そりゃあ、あたしのはただのヤマカンかもしれないけど、でも一緒ですよね。辿り着く結論が同じなら、あてずっぽうだろうが、論理的な推理の帰結だろうが、まるきり変わらないじゃないですか」

「そうね。確かに、あなたと私は少し似ているかもしれないわ」

このとき少女は初めて、それまでの斜に構えた笑みではない、どこかはにかんだような笑顔を見せた。

「それなら……それなら、ねえ、先生。あたしがユリエさんのこと気にするわけ、わかるでしょう？」

「そうね、少し、わかるかしら」

「それなら教えて。ユリエさんは影山君に、何をしたの？」

少女の真剣な態度に気押されるように、菜生子はぽつりと答えていた。

「殺した……」

「殺した？」

「……と、ユリエさんは思っているわ」

近視の人間が遠くを見つめようとするように、菜生子はすっと眼を細めた。

この件に関して菜生子は、窪田由利枝からさして多くのことを聞いているわけではない。

はっきりしているのは、問題の影山幸雄という男子生徒がいじめられっ子だった、ということと、中学を卒業して間もなく、事故で死んでしまったということだけだ。

わずか十五歳で逝ってしまった少年と、由利枝との間に、いったい何があったのか？

菜生子が由利枝から聞いた唯一の具体的な言葉は、

『眼鏡をかけている人って嫌い……そう言ったの』

というものだった。

影山幸雄が窪田由利枝に好意を抱いていたらしいことは、由利枝の曖昧な言動からでも薄々察することができた。だが、恋する相手の口から発せられた言葉が、いかに心ないものであろうと、それで少年の運命が取り返しのつかない方向に向かってしまうものだろうか？

想像してみることはできる。だがそれは、菜生子が事実として決定していいことではない。だが、間の悪いときには、往々にしてひどく間の悪いことが起こり得るということを、菜生子はこれまでの人生で学習してきてもいる。

菜生子は窪田由利枝がぽつりぽつりと語った、いくつかのエピソードを思い起こした。

ライターの消失と思いも寄らない場所からの出現、猫の死骸、鳩の首、そしてクラスメイトだった少年の死。

人の心はひどく難しい。

もし、これら一連の出来事が、もっと間を置いてばらばらに発生していれば、おそらく由利枝があした事件を起こすことはなかったに違いないのだ。

# 7

影山幸雄は線の細い、青白い顔をした少年だった。子供のころから身体が弱く、うすぼんやりとしていてスポーツがまるで駄目なのが、よくからかいの種になっていた。勉強はそこそこできたが、それだけで尊敬を集めるほどではなく、かえってできない生徒たちのやっかみを買ってしまいがちだった。

窪田由利枝にとって、彼がかけていた大きな黒縁の眼鏡と、おどおどした態度だけが、少年のすべてだった。

人前で発言したり、発表したりすることを、何より苦手とする少年だった。もともとぼそぼそとした喋り方をする上に、自信のなさからどんどん声が小さくなる、つっかかる、挙げ句に声が裏返る。国語や英語の授業で彼が教科書を音読させられたりすると、生徒たちは読み違えたと言ってはめくばせしあい、アクセントがおかしいと言っては遠慮なく笑った。クラス中でしめしあい、クラス委員長に仕立て上げたこともあった。慣れない仕事に途方に暮れる様を面白がり、彼が懸命になればなるほど、皆はげらげら笑った。

上履きのなかに噛み終えたチューインガムを入れられたり、掃除の際にはわざと机をひっくり返されたり、などということはしょっちゅうだった。だが幸い、と言っていいものか、そうした嫌がらせがエスカレートして悪質化していくことはなく、影山幸雄はいつもへらへらと間の抜けた笑みを浮かべていた。

いじめている側には、おそらく自分たちがいじめをしているという自覚など、ほとんどなかったに違いない。気が向けば、からかって楽しむ。でなければ、無視する。それくらいのことは、いじめでもなんでもないじゃないか？　一般に認識されているいじめとは、もっと陰惨で卑劣で暴力的なものだ。それに、そう。影山幸雄本人だって、一緒になって笑っている……。

芸の下手くそな道化者。

それが、クラスのなかでの影山幸雄の立場だった。

そのピエロが、こともあろうに窪田由利枝に気があるらしいという噂が立ったのは、三年の二学期のことである。

廊下に修学旅行の際の写真が張り出され、希望者は欲しい写真の番号を用紙に記入し、焼き増しを申し込むことになっていた。影山幸雄が度の強い眼鏡を押しつけるようにして、丹念に一枚一枚をチェックしている様子を、目敏い誰かが見つけ、申込用紙を取り上げた。

「こいつ変なの。自分が写ってないやつばっか、頼んでら」

そう叫んだ少年はすぐに、選ばれた写真の共通点に気づいてしまった。

「こいつ、やらしいの。窪田由利枝が写ってんのばっか、頼んでやんの」

その容赦ない声が廊下に響きわたった瞬間、影山幸雄の顔はトマトのように赤くなったという。

噂はあっという間に広がった。もちろん、面白おかしい尾ひれをつけて。

迷惑だ――噂を耳にした瞬間、由利枝はそう考えた。それがもし、影山幸雄でさえなかったら、そう悪い気はしなかっただろうに。なぜ私の名前があんな人と並べられて、笑い者にならなきゃいけないのよ。

ずっと後になって、自ら恥ずかしさにいたたまれなくなるほど、傲慢な思いがそこにはあった。その傲慢さゆえに、由利枝は影山幸雄にあの言葉を投げつけてしまったのだ。

卒業間際のことである。

希望がかなったにせよ、そうでないにせよ、クラス全員の進路も決まり、だらけたムードが漂う毎日だった。

「ほら、影山クンが熱い視線を送っているよ、由利枝チャン」

仲の良かった男子が、茶化したような口調でささやいた。その場にいた数人が、弾けるようにどっと笑った。

確かに、影山幸雄に見られていると感じることは多くあった。もちろん、その場合の対応としては、完璧な無視以外にはあり得なかったのだが。

「関係ないよ」恥ずかしさのあまり、いつになく大声で由利枝は叫んだ。「だいたい私、眼鏡かけてる人ってキライなの」

「きゃあ、キツイ」

女の子たちが叫び、面白がった男子が、嫌がる幸雄を強引に引っ張ってきた。

「どうする、幸雄クン。君が好きな由利枝ちゃんは、メガネ猿は嫌いなんだってよ」

一人が言い、もう一人がさらに調子にのって言った。

「いっそさあ、眼鏡取っちゃったら？　由利枝ちゃんも考え直してくれるかもしれないよ」

げらげら笑いながら言いざま、ひょいと幸雄の眼鏡を奪い取ってしまった。

幸雄が顔を真っ赤にして抗議するなか、黒いフレームの眼鏡は男子たちの手から手へ、宙を飛びながら移動して行った。そのうちに、一人が受けそこね、誰かが「あっ」と叫んだ。

床に叩きつけられた眼鏡は、レンズこそ割れていなかったが、つるのつけ根部分の金具がぐにゃりと変形してしまっていた。

幸雄は黙って眼鏡を拾った。元の形に戻そうとしたのだろう、ぐいと力を込めた瞬間、ぽきりと音がして、脆（もろ）くなっていた金属は、呆気（あっけ）なく折れてしまった。

「あーあ、折っちゃった」

ひどく無責任に、男子の誰かが言った。

それから卒業式までの間、幸雄はとうとう一度も眼鏡をかけてこなかった。剝（む）き出しにされた幸雄の顔が間が抜けていると、クラスの何人かが嬉しげにからかっていた。そのたび幸雄は少し哀しげな顔をして、しかしそれでもへらへらと笑っていた――。


「ホント、びっくりしちゃうわよねえ」

由利枝の沈黙をどうとったのか、相手はことさら大仰にため息をついた。

影山幸雄が亡くなったのは、数日前の真っ昼間のことだという。

交通事故だったということだ。

「見通しのいいところでさ、普通なら事故なんて考えられない場所だったんだって」

由利枝に電話をかけてきた少女はそう言ってから、ふいに声をひそめ、「影山君さ、やっぱ眼鏡かけてなかったんだってよ」

明らかに非難がましい口調でつけ加えた。

彼女はあの時、「きゃあ、キツイ」と言って笑っていた女の子たちの一人だった。

「私のせいだって言うの？」

由利枝は思わず声を荒らげた。

「別にそんなこと言ってないじゃん。ただささ、あの人、すごいど近眼だったでしょ？

走ってくる車が見えにくかったのかなあって思っただけ」

「やっぱり私のせいだって言ってるんじゃない」

「だから別にそんなこと……」

相手の少女は由利枝の剣幕（けんまく）に驚いたらしく、早々に電話を切ってしまった。

ふいに、涙があふれてきた。だが、それは決して、亡くなった少年の死を悼（いた）む涙ではなかった。少し前に見た、猫や鳩の死骸を思い出し、胸がむかついてもどしそうになった。死んだ動物が哀れだとは思えなかったように、影山幸雄の死も、由利枝にはただただ恐ろしいばかりだった。可哀相だなんて、思えなかった。

結局、由利枝は影山幸雄のお通夜にも告別式にも行かなかった。いつ、どこで行われるのかも知らなかったし、誰かに尋ねようともしなかった。もし聞いたとしても、もうとっくに終わっているに違いない……そう自分に言い訳をしながら、それからの数日を過ごしていた。

結局、由利枝はただ自分のためにだけ、さめざめと泣き、そして得体の知れない恐怖を覚え、やがて忘れた。

丸二年が過ぎた。

自分の内部でいったい何が起きたのか、由利枝自身にもよくわからなかった。はっきりと表面に現れた事実としては、高校三年生になった頃から、由利枝に奇妙な性癖が生まれたことがある。

炎を見つめる癖だ。

どこかで火が燃えているのに気づくと、吸い寄せられるように見てしまう。そしてそのままじっと、放心したように見つめ続ける。

最初にこのことを自覚したのは、自宅の台所でのことだ。流しの前にぼんやりと佇む娘に、母親が気分でも悪いのかと尋ねた。そのとき初めて、自分が瞬間湯沸器の種火を、長い間見つめていたことに気づいた。

同様のことはガスコンロでも、父親が煙草に火をつける一瞬にも起こった。

自分で奇妙だなとは思ったし、気にならなくもなかったが、とりたててどうということもない癖ではある。今の世の中、とりわけ春から夏にかけては、直接炎に接する機会は、さほど多くはない。料理を作るわけでも、煙草を吸う習慣もない、女子高生ともなればなおさらだ。

だがある日、由利枝の中の、何かが揺れた。

由利枝はその日、夜遅くまで勉強していた。模擬試験を翌朝に控えていた。前回のような結果だと、志望校を断念せざるを得ない。由利枝は必死だった。しかし気持ちが焦れば焦るほど、集中力の方はどこかに飛んでいってしまう。ふと気がつくと、熱心に枝毛をカットしていたり、雑誌を読みふけっていたりする。

その夜は、無性に爪が伸びているのが気になった。

（そう言えば、夜に爪を切ると親の死に目に会えないって言うな）

ぼんやりとそんなことを考えながら、しかし両手両足ともに、細心の注意を払って切りそろえてしまった。

引出しに爪切りをしまおうとして、そこにある金色の小さな品物に気づいた。いつぞや従兄弟から強引にもらいうけた、あのライターだった。

無意識にすっと手が伸び、ライターに触れていた。冷やかで硬い感触があった。指先でもてあそぶうちに、カチリと音がして、蓋が外れた。

夜に包まれた部屋の中に、白い炎が灯った。

その瞬間、由利枝の心の中で、何かがざわりと揺れた。

## 8

封じ込めた記憶は、地底のマグマに似ていると神野菜生子は思う。きっかけは、ごく微細な裂け目一つでいい。それはわずかずつ、だが確実に押し広げられていく。そしてある日突然、灼熱の溶岩となって噴出するのだ。

校内で最初のぼや騒ぎが起きたとき、菜生子には一つ思い当たることがあった。その事件と前後して、しばしば体の不調を訴えて保健室にやってくる少女がいた。三年の窪田由利枝で、教師間ではきわめて評判のいい生徒だった。

担任教師曰く、生真面目で物静か、言われたことはきちんとする、責任感がある……。

由利枝の不調の原因は、その時に応じて風邪だったり貧血だったり生理痛だったりと、さまざまだった。見た目にも仮病などではないことは明らかで、その都度蒼ざめた、いかにも辛そうな表情でやってくる。菜生子の処置としては、薬を与えてしばらくベッドで寝かせてやることが多かった。

そしてあるとき、ひかれた白いカーテンの隙間から、ちらちらと黄色い炎が覗いているのに気づいた。視線を転じると、薬品戸棚のガラスに窪田由利枝の姿があった。いつの間にか、床の上に半身を起こしている。炎は握りしめた手のひらの中から吹き出しているように見えた。菜生子が息を呑んで見守る間、少女は何かに憑かれたように炎を見つめていた。

やがてカチリと小さな音がして、火は消えた。

「先生。具合が良くなったみたいですから、もう教室に戻ります」

そう言いながら、少女がカーテンの向こうから出てきたのは、それからまもなくのことだった。

「――そのとき、ユリエさんが学校に火をつけたライターっていうのが、これね」

それまで真剣な表情で聞いていた少女が、手にしていたライターをぽんと宙に放り投げて言った。それはきれいな放物線を描き、少女の反対側の手に納まった。

「ええ。でも、ぼやって言っても、お手洗いのトイレットペーパーが少し焦げた程度なのよ」

「でも、放火したことは事実ですよね。ひとつ間違えば、大変なことになっていたかもしれない」

「そうね」

それは菜生子も認めざるを得ない。

「それも続けて三度も」

「ええ、そうね」

「原因はやっぱり、その、死んじゃった男の子のことですよね。本当は二年間ずっと忘れられなくて、追い詰められてしまったのかしら。責任感が強い人だったんでしょ？」

「……忘れていたっていうのは、たぶん本当だと思うの。でも、人間の心って、とても難しいから……」

菜生子はため息をつくように言った。

どんな小さなことだって、きっかけになり得る。受験勉強のストレス。人間関係のこじれ。心をざらつかせる事柄は、枚挙にいとまがない。体の疲労がピークに達したとき、とかくその人の最も弱い部分がやられがちだ。人間の心にも、同じことが言える。

とにかくマグマは吹き出したのだ。

「……難しいけど、わかるような気はします。でも……」少女は小首を傾げた。「でも気味が悪いですよね。結局何だったんですか、家の側にあった動物の死骸や、ライターの件は。その影山君って子が、死ぬ前に仕返ししたとか？　だったらすごい怖いですよね」

「十五歳の男の子が、動物を殺して好きな女の子の家の前に置いたり、家に忍び込んで物を盗んだりできると思う？」

「信じられないようなひどいことをする人って、たくさんいるじゃないですか。何の罪もないカップルを襲って殺しちゃったり、小学生をレイプしたり、女の子をコンクリート詰めにして殺したり」

一息に言うなり、少女はにっこと笑った。菜生子が眉をひそめることを、わざわざ好んで言うときの顔だった。

「確かあなたは蠍座だったわよね」

ふいに菜生子は話題を変えた。

「覚えていてくれたんですか」

少女は弾んだ声を上げた。星占いを好むという点では、この子はごく普通の少女だった。

「あのね」小首を傾げるように、菜生子は少女の顔を覗き込んだ。「人間は好き勝手に、無秩序に並んだ星の中に動物だの英雄だのを見つけるわよね。でもね、本来、一つ一つの星は遠く離れたところにあるの。たまたま地球にいる私たちの眼には、並んでいるように見えるけどね」

少女はこくりとうなずいた。

「それくらい、知ってるわ」

「男の子が亡くなられたことと、ある女の子の身の回りで奇妙な出来事が続いたこととは、まるで関係のないことなのよ」

「それじゃ、先生。ライターを隠したり、動物の死骸を投げ捨てたりしたのはいったい誰なんですか？」

「犯人はみんな同じ。ただし、人間じゃないわ——たぶん、鴉（からす）の仕業（しわざ）ね」

「カラスゥ？」

少女は素（す）っ頓狂（とんきょう）な声を上げた。

「ええ、そう。想像だけどね。でも、当たっていると思う。東京ほど鴉の多い都市は、世界でも珍しいそうよ。もちろん由利枝さんの家の近くにも、たくさんいたでしょうね。そして四月から六月頃っていうのは、鴉の繁殖期なの。人間が鴉に襲われたりするのは、たいていこの時期だそうよ。きっと近くに鴉の巣があったのね。たまたま側を通ったのか、それとも雛（ひな）を狙ったのか、どちらにしても猫が死んだのは、鴉の襲撃の結果なんじゃないかしら。あの鋭くて強いくちばしに空から狙われたら、猫だってときにはやられてしまうわ。それに鴉は悪食（あくじき）でね、生ゴミを漁（あさ）って食べるばかりじゃなくて、昆虫や鼠（ねずみ）、それに小鳥や鳩を襲って食べたりもするらしいわ」

鴉が捕らえた鳩の首を、悠々と喰い千切る様子を想像したのだろう、少女は露骨に顔をしかめた。

「でも……ライターは？」

「そうね」菜生子はにこりと笑った。「ライターを入れた籠は、出窓に置いてあったのよね。気候のいいシーズンだから、窓を開けっ放しにすることもあったでしょう。この通り、金色だから、日がさせばきらきら光るわ」

「ああ、そうか」

少女は得心（とくしん）したようにつぶやき、手にしたライターを改めて見やった。

鴉には、きらきら光る物を集める習性がある。鴉がガラス片やプルトップをくわえて巣に持ち帰ったりすることは、割合有名な事実だ。

「くわえて持っていこうとしたのはいいけれど、この通り丸くて滑りやすいものだから、すぐに落っことしてしまった……庭のカラーの中に入ってしまったのは、それこそ百にひとつの偶然でしょうね」

少女はひどく感銘を受けた様子だった。

「先生。その話、ユリエさんにしてあげました？」

「ええ」短く答えてから、菜生子はつけ加えた。「この程度のことじゃ、あの子を楽にして上げることはできなかったけれど」

菜生子にできた唯一のことは、窪田由利枝から金色のライターを預かることだけだった。

連続放火事件は、それで一応の終結をみた。だが、引出しの中にしまってあるライターを見るにつけ、菜生子は考えずにはいられない。

その持ち主だった少女の中に、今もちろちろとくすぶり続けているに違いない炎のことを。

由利枝の中に、燃やして、消してしまいたい記憶が残っている限り、その火が消えることもないのだろう。

菜生子は目の前の少女をじっと見つめた。口に出して言わずとも、汲み取ってくれたのだろう、にっと笑ってうなずいた。

「わかってますよ、先生。今のお話は、絶対に漏らしません。第三者には、決して」

## 9

窪田由利枝様

初めてお手紙差し上げます。突然知らない人間から手紙が届いたりして、きっと不思議に思っていらっしゃることでしょうね。心配することはありません。私はあなたの味方です。私はあなたのことなら、なんでも知っています。あなたの本当の名前を教えて上げましょうか？

人殺し、というんです。

あなたはとてもきれいな方です。けれども、そのきれいな皮膚の下には、真っ黒な心が隠れています。あなたは今までに、何人もの人間を殺してきました。もちろん、法律で裁くことはできないでしょうし、ご自分で気づいてさえいないかもしれませんが、あなたは人殺しなのです。

それとも、影山幸雄の名前くらいは覚えていましたか。あの少年の死は、明らかにあなたの責任です。そうですよね？

あの頃、あなたの元に、何度か鴉がプレゼントを持って行ったでしょう？　鴉はあなたが仲間だと知っているのですよ。真っ黒な鴉こそ、あなたの友達にふさわしい……そう思いませんか？

あなたの内部には、人の死や暗闇や憎悪が詰まっています。あなたは幸せになるべきではないのです。どんなに火を燃やしたところで、あなたの過去を灰にすることはできません。

あなたが犯した罪のうち、もっとも重い人殺しの罪状では、誰にもあなたを裁くことはできません。これはとても残念なことです。けれど、放火ならどうでしょうか？これなら、はっきりとした証拠があります。

あなたは現場を見られていないから平気だと、たかをくくっていますね？　それは大きな間違いです。だいたい、女子高生がライターなどを持ち歩いたりして、変に思う人間が一人もいなかったとでも思うのですか？　あなたがライターを握りしめて、お手洗いに出入りしているところを見たと言う人だっているのですよ。

このことについて、どう思われますか？

信じる、信じないはあなたの勝手です。

あなたは幸せになるべきではありません。一生、独りぼっちで生きていくのです。

大丈夫、あなたには鴉がついています。

私はずっとあなたを見ています。

安藤麻衣子

＊　＊　＊

手紙を読み終えて、神野菜生子は大きく瞬きをした。

「どうです？」腹立たしげに山内伸也は言った。「吐き気がするような手紙でしょう？」

窪田由利枝にプロポーズした日、伸也は由利枝の奇怪な態度にどうにも納得がいかず、半ば脅し上げるようにして、彼女から事情を聞いたのである。極端に口が重くなっていた彼女から、すべてを聞き出すのはずいぶん骨が折れる仕事だった。

ようやく由利枝を説得し、問題の手紙を預かったのは数日前のことだった。

由利枝の元にその手紙が届いたのは、ごく最近のことだという。差出人の名に、由利枝はまったく覚えがなかった。宛て名は黒のボールペンで書かれている。丸みを帯びた、女性らしい書体だった。

手紙を読んだ伸也は、最初は唖然とし、それから猛然と腹を立てた。すんでのところで、破り捨ててしまうところだったが、最大限の理性を発揮して、ようやく思い止まったのだと言う。

手紙の中身の方はすべてワープロで印刷されたものだったが、整然と並んだ活字の間から、確かに言いようのない悪意がにじみだしている。伸也の〈吐き気がする〉という表現は、決してオーバーなものではない。

「僕はね、由利枝にこんな卑劣な手紙を書いた奴を見つけ出して、とっちめてやりたいんですよ。いったい何のつもりだか……何様のつもりだってんだ」

怒りに頰を紅潮させている伸也を、菜生子は幾分まぶしい思いで見つめた。こんなふうにストレートに感情を爆発させることは、菜生子には絶対にできない。

学校に電話をかけてきたときから、山内伸也はどことなく喧嘩腰だったらしい。電話をつないでくれた教師は、好奇心を隠そうとしなかった。しかし名指された当の菜生子は、まったく相手の名前に覚えがない。当惑しながら話を聞いたものの、初めのうちは一向に相手の言わんとするところがわからなかった。どうやら電話の相手は頭に血が上ると、理路整然とした思考回路が麻痺するたちらしい。

本人も終いにじれったくなったのだろう、直接会って話がしたいと申し出た。菜生子としてはややためらいを覚えたものの、相手の話に出てきた窪田由利枝という名前が気になった。

新宿の喫茶店で山内伸也と落ち合ったのは、その週末のことである。

現れたのは、がっしりとした体軀と、悪童めいた瞳をした青年だった。彼はいささかきまり悪そうに、過日の非礼を詫びた。それからいきなり一通の手紙を取り出し、やや性急な口調で菜生子に読むように促したのである。

「――確かに、気味の悪い手紙ですね」

菜生子は封筒や便箋を丹念に見つめながら、静かにあいづちを打った。

「卑劣極まりない中傷だ」

吐き捨てるように言い、伸也は唇を歪めた。

「……だが、まるっきりの事実無根ってわけでもない。嫌らしく歪められてはいても、百パーセント作り事ってわけじゃない。そこんところが、余計に始末が悪いんです」

「失礼ですが、あなたは由利枝さんの恋人ですか？」

菜生子の質問に、伸也は威張るような謙遜するような、ひどく複雑な表情をした。

「まあ、そう言っていいでしょうね。少なくとも、結婚を申し込むところまではいったんだから。ただし……」と言葉を切り、伸也はかくんと肩を落とした。「切り出したタイミングが最悪でした。こんな手紙がいきなり舞い込んで、彼女はひどいショックを受けていたんです。それで、僕に相談しようかどうしようか悩んでいたところに、プロポーズなんかしたものだから……しかもこの手紙には、一生独りでいろなんて書いてあるでしょう？　由利枝のやつ、パニクっちまって……お陰でその件に関しては、思いっ切り座礁しちまいましたよ」

「それで、なぜ私のところに連絡を？」

「聞きたいことがあるのはこっちの方ですよ」伸也は舌打ちせんばかりだった。「いいですか？　由利枝がこの……まあこの手紙にもちらっと書いてあるような事実は、誰も知らないはずのことなんです。彼女はずっと独りで悩んでいたんだ。親にも、友達にも、誰にも相談できないで。この俺でさえ、聞いてなかったくらいですから。とにかく誰にも言っていないんです。たった一人だけ、信頼していた保健室の先生を除いてはね」

「私のこと、ですよね」

相手の言いたいことがようやく理解できたものの、菜生子はひどく当惑していた。途方に暮れていたと言ってもいい。

「そうですよ」強い口調で応じてから、伸也は苛立ちを押さえるように、水を一口飲んだ。「由利枝は絶対に他の人には言っていないんです。なら、先生から漏れたとしか思えないじゃないですか。いいですか、正直におっしゃってください。先生は由利枝の話を、誰かにしませんでしたか？」

「しました」

菜生子は短く答えた。

伸也は絶句してから、大きく息をついた。

「ずいぶんあっさり認めましたね。てっきりシラを切られると覚悟してたんですが。教師としてのモラルに欠ける行為だったとは思わないんですか？」

「そのことに関しては、弁解の余地はありません」

「話したのは、複数の人間ですか？」

「いいえ、後にも先にも一人きりです……うちの学校の生徒でしたが」

「じゃあ、そいつがべらべらしゃべっちゃったわけですよ。なんて軽率なことをしてくれたんだか……」

伸也は頭を抱えた。

「私はそうは思いませんが」菜生子はごく控え目に、だがあっさりと相手の言葉を否定した。「その生徒は絶対に第三者には漏らさないと誓ってくれました。私は彼女を信じます」

このとき、伸也はふたたび絶句していたが、その顔は実に雄弁に内心を物語っていた。

おいおい、責めてるのはこっちだぜ。どうしてこんなに落ちつきはらっているんだよ……。

「……少なくとも」ようやく言葉を見つけた伸也は、憮然として言った。「由利枝は第三者じゃない。当事者だ」

「そうですね」

「当人に脅迫めいた手紙を出す方が、誰かれかまわずべらべらしゃべるよりも、ずっとたちが悪いじゃないですか」

「そうですね、私もそう思います」

「いい加減にしてくれませんか」

激しい口調で言いざま、伸也が平手でテーブルを叩き、ちょうど傍らを通りすぎようとしていたウェイトレスが、驚いたように二人をふり返った。

「いったいその女生徒の名は、何ていうんですか？」

伸也は押し殺すような声で尋ねた。

「安藤麻衣子さんです」

「やっぱりこの手紙の差出人じゃないですか」伸也はたまりかねたように、大声を上げた。「とんでもない女子高生だ。その子の連絡先を教えて下さい。とっちめてやる」

「待ってください」

今にも〈とっちめに〉飛び出しかねない伸也を、菜生子は柔らかく押し止めた。

「実を申しますと、私、この封筒の文字には見覚えがあるんです」

「何だって？」

「間違いなく、安藤さんの字です。でも」伸也が声を上げかけるのを制して、菜生子は言葉をついだ。「彼女にこの手紙が書けたはずはないんです」

「何言ってるんですか。現に……」

「この手紙の消印は六月になっていますよね」

「それが何か？」

伸也がどんどん激昂していくのに対し、菜生子の口調は、どこまで行っても穏やかだった。

「安藤さんにこの手紙が書けたはずはないんですよ」もう一度繰り返してから、菜生子は躊躇するように言葉を切った。そして、今までと同じ、淡々とした口調で言った。

「彼女は今年の二月に殺されているんです」

# 10

「……殺された？」

むしろ気の抜けたような声で、伸也はつぶやいた。

「ええ。一時期はテレビや新聞でずいぶん報道されていました……今ではもう、ほとんどの人が忘れてしまったようですが」

「二月、とおっしゃいましたよね」

伸也は宙を睨（にら）みながら言った。

そう言えば、確かにその頃、都内の女子高校生が通り魔に殺されるという事件があった。会社でも少し、話題になったっけ……。同じ年頃の娘を持つ上司が、物騒だ物騒だと騒いでいた。それに、そうだ。由利枝も言っていた。

「怖いわねえ、殺された子が通っていた学校って、私の卒業校なのよ」と。

「……二月に殺された女の子が、六月になってから手紙を書くことはできっこない」

つぶやいてから、すぐに伸也は自分で首をふった。「……いや、でも、殺される前に書いておくことならできるじゃないですか。投函は別の人間がやったんだ」

「いいえ、この手紙を書いたのは、安藤さんではあり得ないんです」

神野菜生子はかたくなにくり返した。

「だってさっき、その子の字に間違いないって言ったじゃないですか」

「封筒はね」菜生子は小さく微笑んだ。「だけど肝心の手紙の方は、ワープロじゃないですか」

「だからってその子が書いていないってことにはなりませんよ」

「いいえ、なるんです」菜生子はハンドバッグから、小さな筒状の品物を取り出し、相手に示した。「山内さん。これ、何だと思われます？」

相手の意図を計りかねて、伸也は怪訝そうな顔をした。

「口紅じゃないですか」

「どう見てもそうですよね。ところが……」菜生子はふたたび微笑んだ。カチリと音がして、蓋が外れた。

小さな炎が灯るのと、伸也が叫び声を上げるのとは、ほぼ同時だった。

「これが問題のライターなんですね」

「ええ。ずっと私がお預かりしていたんです。ご覧のとおり、蓋をしてしまえば口紅そっくりに見えるように作られています。面白いアイデアですよね？　どうしてこれが没になってしまったのかしら」

　伸也は無言のまま、もう一度封筒から、慌ただしく手紙を引っ張りだした。

「はっきりとこう書いてある……『女子高生がライターなどを持ち歩いたりして、変に思う人間が一人もいなかったとでも思うのですか？』って」

「こうも書いてありましたよね。『あなたがライターを握りしめて、お手洗いに出入りしているところを見た』と。ですけれど、これは口紅にしか見えないんです。若い女性が口紅を持ち歩いているのは別におかしなことじゃありませんし、それがたとえ高校生だって、これを握りしめてお手洗いに行けば、それを見た人は誰だって、〈あぁ、口紅を塗ろうとしているんだな〉って思いますよね、普通」

「それで、安藤麻衣子って子はこれを」

「もちろん、見ています。あの子にこれを見られたことが、由利枝さんの話をしてしまうきっかけになったんですもの。だから、安藤さんならこんな書き方は、絶対にしないはずなんです」

「確かに、この手紙を書いたのは、由利枝が持ち歩いていたのが特別なライターだってことを知らない人間だとしか思えない……だけどそりゃ、おかしいですよ。封筒の表書きは確かに安藤さんが書いたものだって、そうおっしゃったのは先生じゃないですか」

「ですから、中身だけすり替えられたとしか考えられないんですよ」

「手紙を盗んで、すり替えたってわけですか？」

「ええ。封書の糊なんて、蒸気を当てれば簡単に開けられるわ。上手にやれば細工の跡なんて残らない。本来この封筒の中に入っていた手紙は、何者かの手によって抜き取られてしまったの。そして、別な手紙が入れられて、今頃になって投函された……そうとしか、思えないじゃないですか」

「しかし……いったい誰がそんなことをするって言うんですか？」

「それこそ、闇夜の鴉――今の段階では、どこの誰ともわかりませんね」生真面目な顔で、菜生子は言った。「確かにどこかには存在しているんでしょうけれど、私たちには見えないの。その人がどこの誰なのか、どうしてこんなひどいことを、それもなんのためにしたのか、今の私たちには分からない……相手は暗闇の中の、真っ黒な鴉なんだから」

伸也はごくりと唾（つば）を呑み込んだ。

「……でも、安藤さんのことなら、少しはわかるつもりです」菜生子は静かに話し続けた。「彼女がなぜ、会ったこともない由利枝さんのことを知りたがり、手紙を書こうなんて思ったのか。なんとなく、わかる気がするんです」

「それは、いったいなぜなんですか？」

「あの子は独りぼっちだったの。きれいで、頭も良くて、とても人気のある生徒だったけど、でもどうしようもなく独りだったの。だから私の話を聞いたとき、すぐにぴんときたんでしょうね。由利枝さんもおんなじだったんだって。おんなじように、独りなんだって」

「由利枝が、独りぼっち？」

「誰かに助けて欲しくって、でも言えなくって、独りで苦しんで……そんなふうだったの。少なくとも、あの頃の由利枝さんは。安藤さんが由利枝さんに、いったいどんな手紙を送るつもりだったのかはわからないわ。でも、この贋手紙とは黒と白ほどにも違うものだったことは、間違いないでしょうね。手紙がちゃんと届かなかったことが、私には悔しくて仕方がないんです」

その時初めて、伸也は亡くなった少女、安藤麻衣子を悼む気になった。そして由利枝と麻衣子との間に介在した謎の人物のことを考えた。

そいつの、吐き気がするほどに嫌らしい行為。常識的に考えて、こんなことをしたって何の得にもならないはずだ。他人を苦しめることそのものが、そいつの目的だとしか思えない。

ひどくよこしまな、暗闇の鴉。

だが、いくら考えてもわからないことがあった。

「それにしてもそいつ……犯人は、いったいどうやって安藤麻衣子さんの手紙をかすめ取ったんでしょうね？　消印というれっきとした証拠があるわけですから、盗まれたのはポストに投函する前のことですよね？　だけど、もし投函前になくすなり盗まれるなりしたのなら、安藤麻衣子さんはもう一度新しく書き直すくらいのことはするんじゃないでしょうか。しかし現に由利枝の元にはそんな手紙は届いていない。てことは、投函前に盗まれていながら、そのことを知らなかったことになる。そんなことって、あるんでしょうか」

「そうですね、投函だけを第三者に依頼して、その人物が手紙をなくしてしまったということは、もちろん考えられますが……私には安藤さんが自分の手で、ポストに手紙を入れたとしか思えないんです。あの子の性格からして、きっとそうしたに違いないって。それで今、ひとつ思いついたんですが……」

「なんですか、おっしゃって下さい」

「これは単なる推測なんですが……」菜生子はやや言葉をにごし、「今の郵便ポストって、実はちょっと問題があるんですよ。ご存じですか？」

「いや……」

「郵便物が投入口に引っ掛かりやすい構造になっているんです。現に私、手紙を出そうとして、何度か引っ掛かっている封書を目にしました」

「それはつまり、投函したと思い込んでいた手紙が、後から誰かに抜き取られる可能性があるってことですか？」

「可能性じゃなくなったのかもしれません、今回の場合」

菜生子は眼を伏せて言った。

「なんてことだ……可哀相に」

伸也のその言葉は、亡くなった少女に向けられたものだった。

二人はしばらくの間、無言だった。間が持たなくなった伸也は、もぞもぞと煙草を取り出し、目の前にあった金色のライターで火をつけた。

「それ、よろしければお返しします」

菜生子の申し出に、伸也は少し考え込む様子を見せた。

「いや、それはやっぱり今までどおり、先生が預かっておいていただけますか。もし、ご迷惑でなければ、ですが」

「それはもちろんかまいませんが……そうですね、その方がいいかもしれません」

菜生子はうなずき、ライターを元通りハンドバッグにしまった。

「お忙しいところ、いろいろとすみませんでした。おかげですっきりしました」

伸也はテーブル越しに、深々と頭を下げた。

「今日はお会いできて、本当に良かったと思っています」菜生子はにこりと笑った。

「由利枝さんのこと、ずっと気になっていたんです。私なんかが気にしてもしょうがないでしょうけれど……でも、安心しました。あなたのような方がついているんですもの。由利枝さんの周辺には、くれぐれも気をつけて上げて下さいね」

「何をです？」

伸也は虚を衝かれたらしかった。

「今回のことは、見ず知らずの人に対する、信じられないような陰険な嫌がらせでした。決しておどかすつもりじゃありませんが、そんなことをする人間が、由利枝さんのお名前や住所を知ってしまっているんですよ。注意するに越したことはないと思います」

「そんな奴に、指一本触れさせませんよ」伸也はつけたばかりの煙草を、勢い良くもみ消して言った。「だけど早いところ、由利枝を説得できるように頑張ることにします」

「説得？」

「なるべく早く、名字や住所を変えた方がいいってことですよ」

そう言って、伸也は片目をつぶった。

「そうとなったら、急がなけりゃ」

伝票をつまんで、伸也はせっかちに立ち上がった。

「先生……いや、神野さん」店を出てから、伸也は遠慮がちに尋ねた。「足をどうかなさいましたか？　少し……ひきずってるようですが」

「ああ、これは元からなんです」菜生子は屈託なく微笑んだ。

「以前に事故で」

「そうでしたか……すみません、失礼なことを」伸也は困ったように頭を下げた。

「俺、思ったことはすぐ口に出して言っちゃうんですよね。いい加減、改めないとな」

頭をかく伸也を、菜生子は好もしそうに見上げた。

「別にいいんじゃありません？　それでなくても、思っていることをちゃんと言わない人がとても多くなっているみたいですから。私は素敵だと思いますよ、山内さんみたいな方」

伸也はまんざらでもなさそうだった。

「そうですか？　俺、褒(ほ)められると調子にのりますよ。実を言うと、もう一つ思ったことがあるんです。神野さんはどことなく、由利枝に似ていますよね。どこがどうっていうんじゃないですが、輪郭とか、全体の雰囲気とか……」にやりと笑ってから、つけ加えた。「いや、どうか気を悪くしないでくださいね。これは今の僕に言える、最高の褒め言葉なんですから」

「まあ」菜生子はくすりと笑った。「どうもありがとう……。どうかお幸せに」

## 11

神野菜生子から、山内伸也宛に手紙が届いたのは、それから一週間後のことだった。ワープロで印刷された用紙三枚に、手書きのメモが添えられている。

前略
同封した手紙は、安藤麻衣子さんのワープロの本体に入っていた、フロッピィに記録されていたものです。彼女は生前、詩や童話を書くことを趣味にしています。一度、彼女がワープロで書いた童話の原稿を見たことがあります。それでもしやと思い、ご遺族の了解を得て、遺品のワープロを調べさせていただきました。差し出がましいとは存じますが、亡くなった安藤さんのためにも、そして由利枝さんのためにも、お二人に目を通していただけたらと思います。

草々

メモにはそう書かれていた。

「悪いけど、俺は先に読ませてもらったよ」

伸也は言った。由利枝はおずおずと伸也を見つめ、それから畳まれた手紙を開いた。

窪田由利枝様

初めてお手紙を差し上げます。私は由利枝さんの母校に通っている、十七歳の女の子です。一度もお会いしたことはありませんが、卒業アルバムでお顔は拝見しました。私は人の美醜をとやかく言うのは下らないことだと思っていますが、でも客観的に見て、由利枝さんはとてもきれいだと思います。私が思っていた通りの方でした。

ご住所も、アルバムで調べました。こんなふうに知らない人に手紙を書くことは、本当はとても無礼なことなのでしょうが、おつきあい下さったら嬉しいです。どうか、ほんの少しの間だけ。

私が由利枝さんのことを知ったのは、保健室で由利枝さんのライターを見たことがきっかけです。覚えていますよね、神野先生のこと。神野先生は私のことを、とてもアブナイやつだと思っています、たぶん。だから、由利枝さんの話をしてくれたんだと思います。どうか、先生のことを悪く思ったりしないで下さいね。私がその話題に食いついて離れないものだから、先生、とても困っていたもの。私はいつも先生を困らせてばかりです。

そろそろ本題に入ります。私が由利枝さんに伝えたいことを、本当に分かってもらうためには、私がどれだけのことを知っているかをまず書いておいた方がいいかもしれません。

ライターが一度消えて、また出てきたり、鳩や猫の死骸が家の近くに放置されていたりしたことが、鴉の仕業(しわざ)だったってことは、神野先生から聞いていますよね？　正直言うと私はこの話を聞いたとき、死んじゃった男の子の仕業じゃないのって言ったんです、ふざけて。その時先生は、空の星を人間は勝手に結び付けて、星座を作ったりしているけど、一つ一つの星は実際にはすごく離れているんだ、というようなことを言いました。神野先生はよくこういう言い方をしますよね？

死んじゃった男の子のことと、鴉の悪戯とは、まるで別な出来事です。同じように、男の子が事故で亡くなったことと、由利枝さんが卒業前に言ったこととは、実は何の関係もないんじゃないかしら。私はそう思いました。

これは最初は単なる当てずっぽうでした。だけど私の当てずっぽうは、よく当たるんですよ。このことは神野先生も認めていることですが。時々、これって超能力ってやつかも、なんて思ったりもします。とにかく私は自分の勘を信じて、いろいろと調べてみたんです。

その調査についてのあれこれは、うざったいのでここには書きません。これで私は結構顔が広いんです、とだけ言っておきましょう。探偵の素質があるのかも。とにかくその結果、とても興味深い事実がわかりました。

事故で亡くなった時、影山幸雄君は確かに眼鏡をかけていませんでした。だから車に気づくのが遅れたんだろうって？　ぜーんぜん、ですよ。だって彼はその時、コンタクトレンズをしていたんですから。

恐らく、眼鏡が壊れたのを機に、買い換えていたんでしょうね。

結局のところ、見通しのいい道路で彼が事故にあった本当の理由はわかりません。もしかしたら、由利枝さんのことを考えてぼんやりしていたのかもしれないし、全然別な理由かもしれない。そもそも理由なんてないのかもしれません。間が悪いときには、間が悪いことが起こってしまいがちだって、神野先生も言っていましたから。確かに由利枝さんは、とても間が悪いときに、いちばん間が悪いことを言ってしまったのかもしれません。だけど少なくとも、他人の行動や運命に、何か決定的な影響を与えることができるなんて信じるのは傲慢だと思います。それがエスカレートして、人の生死を自由に決めることができるなんて信じた人間こそが、本当の殺人者になるのではないでしょうか。

誤解しないで下さいね。私は由利枝さんになんの責任もないと言っているのではありません。けれど、自分に係わってきた人達の、哀しみや苦しみや、それにひょっとしたら死に、まるっきり責任がない人間なんて、いったいどこにいると言うのでしょう？　そんなことを無邪気に信じられるのは、よっぽどの楽天家か、でなきゃ大馬鹿です。

言ってることが、支離滅裂ですね。ああ、ヤダ、ヤダ。

私はどうして由利枝さんにこんな手紙を書いているのでしょう？　いったいどうしたいのかしら？　自分でも、よくわからなくなってきました。由利枝さんを救おう、なんて考えているとしたら、私もずいぶんと傲慢な女ですよね。確かに書き始める直前までは、そんなふうに思っていたような気もします。

でもね……。本当のところ、私はこの手紙を、高校生だった由利枝さんに読んで欲しいんです。ＯＬさんをやっているという、今の由利枝さんにではなく。

ねえ、高校生だった由利枝さん。あなたはお手洗いでライターに火をともしたとき、どんなことを考えていたのでしょうか？　どんな思いで、あのライターを持ち歩いていたんですか？

今の私には、当時の由利枝さんと同じように、燃やして灰にしてしまいたいものがあります。ぼうぼう燃えて、消えてなくなってしまったら、ずいぶんすっきりするだろうなって。

いったい何を書いているんでしょうね？　ごめんなさい。ただの、アブナイやつの独り言です。

最後に、今の由利枝さんへ。

あなたは今、幸せでしょうか？　たとえ今、そうじゃなくても、将来幸せになれそうな気がしますか？

答がイエスであることを願います。

どうか、どうか、どうか……。

月並みですが、お元気で。

読んでくれて、どうもね。

サヨナラ。

安藤麻衣子

読み続けるうちに、由利枝の眼はだんだん大きく見開かれていった。やがてその瞳に涙が溢(あふ)れ、頬を伝い落ちていった。

伸也自身も、深い感慨に打たれていた。

死んでしまった少女からの手紙。殺された少女が、かつてしたためた手紙。

それが、少女の死後四ヵ月以上も経ってから、由利枝の元に届けられた。由利枝を救おうなんて傲慢だと、手紙で少女は言っていた。それでもやはり、由利枝の心の中のある部分は、確実に救われた。今、伸也はそう確信している。

由利枝が流している涙が、伸也にはこのうえなくきれいで貴重なものに思えた。無意識のうちに伸也は手を伸ばし、落ちていく透明な液体を指ですくい上げていた。

やがて由利枝は、そっと伸也に手紙を返した。君が持っていろよと言いかけて、ふと思い直した。手紙の結びの部分を、声を上げて読み始めた。

「今の由利枝さんへ。あなたは今、幸せでしょうか？」伸也は朗らかに、恋人に笑いかけた。「たとえ今、そうじゃなくても、将来幸せになれそうな気がしますか？」

由利枝が涙に濡れた顔を上げた。

「——答がイエスであることを……」

「イエスよ」伸也の言葉を遮って、由利枝が低いかすれた声で言った。

「何だって？　聞こえなかった。もう一度」わざとそう言い、伸也は耳に手を当てた。「泣きながら言ってちゃ、分からないよ」

「イエス、イエス、イエス……」

しゃくりあげながら、それでも由利枝は懸命に笑って見せた。

伸也はふいに泣き笑いのような表情を浮かべ、両腕でそっと包み込むように、彼の白い小鳥を抱いた。

# お終いのネメゲトサウルス

――神様はネメゲトサウルスにおっしゃいました。

「おまえの一族はもう、おまえが最後の一頭になってしまったのだよ。おまえはお終いのネメゲトサウルスなのだ」

「ああ、神様。いったいどうしてそんなことになってしまったのでしょう？」

とほうにくれて、ネメゲトサウルスはさけびました。神様はあわれむような目をしてネメゲトサウルスをみおろされましたが、やがてこうおっしゃいました。

「おまえは道をまちがえたのだ。いや、おまえだけではないな。おまえの父や母、そしてそのまた父や母や……おまえにつらなるすべてのものが、みな、少しずつ、道をまちがえたのだ……」

# 1

小宮(こみや)の携帯電話が鳴った。

小宮は私に目で合図してから電話に出た。もう一度私をちらりと見てから、何やら小声でぼそぼそと話し始めた。その間私は女のように自らの両腕を抱き、周囲をぼんやりと、眺めるともなく眺めていた。

透明なガラス板一枚を隔てて、夏と冬とが仲良く隣り合っている。

「何もこんなにがんがん冷やさなくたって、いいのになあ」先刻からずっとそう思っていたことを、ついに口に出して言ってしまった。「なんで夏に寒い思いをしなきゃならないんだ。エネルギーの無駄じゃないか」

独り言めいた愚痴だったが、ちょうど用件を終えた小宮に聞かれてしまったらしい。

「野間センセも、そろそろお年ですかね。冷え性は女と年寄りに多いそうだから」

正真正銘同い年のくせに、小宮はここぞとばかり、にまりと笑った。

この小宮という男は――本当は大宮という姓なのだが――私のことを、ときおり思い出したように〈センセ〉などと呼ぶ。それも、まったく敬意が籠もらず聞こえるよう、細心の注意を払いながら。

私と小宮の、イラストレーターと編集者としてのつきあいは長い。だが、友人としてのつきあいはさらに長い。もっとも、〈友〉の上には〈悪〉とつけるのが相応しいような関係だ。お互い、顔を合わせれば憎まれ口を叩き合っている。それも娘の直子などに言わせれば、〈二人とも、ホント、仲良しよねえ〉となるのだが。小宮が聞いたらさぞ気味悪がることだろう。

「……場所が良くなかったな。クーラーの吹き出し口の真下だった」

「俺はちっとも寒くないがね？」

とぼけた口調で小宮は言い、うまそうにコーヒーに口をつけた。ホットである。

私自身は「暑い、暑い」と飛び込んできた勢いでアイスコーヒーを注文し、一息に飲み干した辺りから急に寒くなってきた。今や後から遅れてやってきた小宮のホットコーヒーが羨ましいくらいだが、もちろんそんなことは口に出しては言えない。

「お前が寒くないのは、背広なんか着てるからだろが。この暑いのによくやるよなあ」

半ば呆れながら言ったのに、

「当然。いくらお前相手だからって、仕事は仕事だからな」

なぜか偉そうに胸を張る。そういえばこの男、一人息子の七五三だとかで、親子して、わざわざ我が家にやってきたことがあったっけ……。もちろん、ぱりっとしたスーツ姿を見せつけるためだけに。あの時も、今とそっくり同じ恰好で、得意気に胸を張っていた。

『どっちが七五三なんだ？』

わざとそう尋ねて、小柄な小宮、本名大宮を、ずいぶんと憤慨させた。

もう十年も昔の話だ。

しかし実際、改めて周囲を見回してみると、背広姿の男ばかりが目についた。商談に使う客が多いのだろう。クーラーが効き過ぎていると文句を言う客がいないわけだった。

「日本のサラリーマンってのは、正気の沙汰じゃやってられないらしいね」

自由業を選んだのは正解だったと、心の底から思う。

「お前さんが寒いのは、そんなラフなカッコしてるからだよ」

小宮はぐいと私のTシャツを引っ張った。

「よせやい、首が伸びる」

「そりゃ、もともとだろうが。さっさと雑巾にでもした方がいいんじゃないか」

実に失礼千万なことを言う。

だが小宮のこの無礼な発言は、さらなる攻撃のための伏線だった。

「お前もなあ、そろそろ真剣に考えた方がいいのと違うか？」

いきなり相手の口調が、しみじみとしたものになった。

「何をだよ？」

「再婚だよ。妙子さんが亡くなって、もう何年になる？」小宮が私の死んだ妻の名を口にするのは、ずいぶん久しぶりのことだ。「直子ちゃんが嫁に行っちゃうのなんてな、お前、まだまだ先だと思っているかしらんが、あっという間だぞ。どこかの馬の骨がな、かっさらって行っちまうんだぞ。そうなったらお前一人、見苦しーく、寂しーく、生きていかなきゃならないんだぞ」

「……お前ね、たたみかけるように言わないでくれる?」

余計に寒くなってしまった。

直子が嫁に行った後の生活がどれほどわびしいかくらい、小宮に指摘されるまでもなくわかっている。ただ、考えたってどうしようもないことではないか?

透明の窓ガラスの向こうには、正真正銘の夏があった。カラフルな衣裳から、これ見よがしに小麦色の手足を突き出した、少女たちの一団が通り過ぎていく。まるで水槽の中の熱帯魚みたいだ。

ああそうか、夏休みだったなと、小宮の話とは関係ないことをふと思う。今年高校三年になった直子は、夏期講習だとかでまったく家にいやしないから、ほとんど意識していなかった。

次々と行き過ぎていく人間を、見るともなしにぼんやりと眺めながら、途中でふと、〈おや?〉と思った。

「どうかしたか?」

小宮が怪訝(けげん)そうな顔をする。

「いや……」

自分でもよくわからない。

私たちが打合せに使っている喫茶店は、通りの四つ角に建っている。通りに面してL字型にガラス窓がついているから、客観的にはこちら側が水槽の中の魚なのかもしれない。

視線を巡らせているうちに、知った顔を見つけた。小宮が背中を向けて座っている窓ガラス越しに遠く、その人の横顔が見える。一度しか会ったことはないが、ひどく印象的な出会いだった。

さては〈おや？〉の原因はこれだったのだなと膝を打つ。

「小宮、ちょっと待っててくれ」私は唐突に立ち上がった。「すぐに戻る」

面食らっている小宮を残し、急いで店を飛び出した。

## 2

「――神野(じんの)先生」

声をかけると、相手は驚いたように瞬きをした。ふいをつかれたせいか、その表情はどこかあどけない童女めいて見える。

喫茶店にいたとき、アイス・ブルーのワンピースを着た女の人の背中がちらりと見えた。そのほっそりとした人影は、やがて四つ角の横断歩道を渡った。そしてちょうどその正面に入口が若干高くなったビルがあり、そこで立ち往生している老夫婦がいた。夫らしき老人は足が不自由らしく、車椅子に乗っている。わずか三段の段差だが、付き添っている老婦人にはどうすることもできない。

ワンピースの女性は懸命に手を貸していたが、老人とは言っても人間一人ぶんの体重である。か細い女性には、文字通り荷が重そうだ。老婦人の力がほとんど当てにならないらしいこともあって、どうにも埒があかない様子だった。

途方に暮れる三人のすぐ脇を、また別な熱帯魚の一群が笑いさざめきながら通りすぎて行く。

私が駆けつけたのは、およそそんな場面の真っ只中だった。

「お手伝いさせて下さい」

大股に近寄って、車椅子を横抱きに持ち上げた。仕事がら、インドアな生活を余儀なくされているものの、伊達に大きな図体をしているわけではない。頭脳労働よりはむしろ、肉体労働の方が得意だった。

「……何だか悔しいですね」

ものの数秒で老夫婦を建物の中に送り込み、ビルを出てきた私に、神野先生はやや複雑な笑顔を向けた。

「何がです？」

「結局私は、あの人たちのためになんの役にも立てなかったわ。たとえ気持ちがあったとしても、それに伴う力がなくちゃ、なんにもならないんですよね」

冗談めかした口調ではあったが、どうやら本音らしかった。

「人にはそれぞれの役割がありますからね。私なんか、馬鹿力だけが取り柄の人間だ。今みたいな場面でもなけりゃ、それこそなんのお役にも立てませんよ」

「……ごめんなさい」ふいに神野先生は教師の顔に戻って言った。「まずお礼を申し上げるべきでした……今の仕事をしていると、つくづく自分の無力さを痛感することがあって、それでつい、愚痴みたいなことを……」

「お察しします」

神野先生は直子が通う高校の、養護教諭をしている。彼女が保健室で、多くの少女たちの様々な相談を聞いていること、そしてその少女の中には娘の直子も含まれていたこと……そうしたことを知ったのは、今年の二月のことである。彼女自身とも、そのとき初めて出会った。

ある、できごとがきっかけで。

「あれからもう、ずいぶんになりますね」

同じ思いだったのだろう、神野先生はふと遠くを見るような眼をして言った。

実はこの瞬間まで、相手が自分を記憶しているのかどうかについては、かなり危ぶんでいた。忘れていて、当然なのだ。半年近くも前に、ただ一度会ったきりの人間なんて。

だが、彼女が続けてこう言ってくれたので、実に間の抜けた、いまさらながらの自己紹介をせずに済んだ。

「……直子さんは最近、あまり保健室には来なくなりました。とてもいいことだと思います」

「そうですか」

後に続ける言葉を捜しながら、私はうなずいた。養護教諭と生徒の父親との会話なんて、そうそう続けられるものでもない。何とか話題を捜そうと躍起になっていると、いきなり無粋(ぶすい)極まる声が背中をたたいた。

「野間センセ、親友の僕をおいてけぼりにして、若い女性と立ち話ですか。油断も隙もありませんねえ」

言わずと知れた、小宮である。

迂闊なことに、こいつの存在をすっかり忘れていたが、喫茶店の窓から一部始終を見ていたに違いない。好奇心を押さえきれなくなって、飛び出して来たのだろう。

私は辛うじて舌打ちをこらえた。

「何言ってんだ、こちらは直子の学校の先生だよ……保健室の」

最低限の説明をしてやり、神野先生には、

「すみません、これは編集者の小宮です」わざとあだ名で紹介をしてやった。「今、そこの喫茶店で打合せをしてたものですから」

神野先生はくすりと笑い、小宮に向かって「初めまして」と頭を下げた。

「あ、こいつの奥さんには、一度会われていますよね。ほら、あの時直子の世話をしてくれていた……」

「覚えていますわ……小柄でとっても陽気な感じの方」

どうやら彼女の記憶力は、あらゆる人間に対して、まんべんなく発揮されるものらしい。

「いや、お恥ずかしい。鼠の夫婦なんですよ。まあウドの大木のこいつと違って山椒は小粒でもぴりりと辛いと言いますか……」

傍らで、小宮の奴が訳のわからないことを言って一人で笑っている。何だか急に腹が立ってきた。

「お前な、下らないおしゃべりで神野先生をお引き止めしたら、ご迷惑だろうが」

小宮をたしなめながら、ちらりと神野先生を見やった。にっこり笑いながらも、別にそんなことはないと否定しないところを見ると、やはりどこかへ向かう途中なのだろう。当然と言えば当然だ。

「……じゃあ、我々は仕事がありますので、これで……」

軽く会釈をして、早々に退散することにした。

「あれ？　打合せなんてもうとっくに終わってたじゃないか」

またしても余計なことを言おうとする小宮の襟首をひっつかみ、ちょうど青になっていた信号を渡った。

「何だよ、せっかくのチャンスを逃しやがって」

スーツの襟首を直しながら、不本意そうに小宮が言う。

「お前ね、おかしな誤解するんじゃないよ」

思わず降り下ろした拳をひらりと避けて、小宮は疑わしげに私を見上げた。

「お前こそ、何を誤解してるんだよ。俺はただ、さっきの件、今の彼女に話を通してもらえないかって考えてたんだぞ？」

「あ……」

　私は間抜けそのものといった声を上げた。

「あ、じゃないよ、まったく。いいか？　先方にとっちゃお前さんは単に、亡くなった娘さんの友達の、そのまた父親に過ぎないんだぞ。そんなもん、世間じゃ第三者とか、無関係とかって言うんだ。そのお前がいきなり出ていって頼むよりはさ、まず学校の先生を通じて紹介してもらった上で話をする方が、ずっとスムーズにいくってもんじゃないか。そうだろう？　それとも他にいるか？　仲介役を頼めそうな人が」

「いや……」

　むくれている小宮を前に、私は面目を失ってただ黙っていた。小宮は上目遣いに私を眺め、それからどやしつけるように言った。

「わかったらとっとと追いかけるんだよ、この唐変木（とうへんぼく）」

3

　その日、別な仕事の打合せにかこつけて、私は小宮にある相談事を持ちかけていた。内容は半ば仕事、半ばプライベートなものである。

半ば仕事というのは、イラストレーターとしての私から、編集者としての小宮への依頼——要は私がイラストを描いた童話を出版できないかという相談——だからだ。そしてプライベートというのは、その童話の作者が、直子の友達だったという事実による。

〈だった〉と、過去形で語らねばならないのにはわけがある。その少女、安藤麻衣子は今年の二月、わずか十七歳でこの世を去った。彼女の死は、一時世間を大いに騒がせた。無理もない。いたいけな女子高生が通り魔に刺殺されるという、あまりにもショッキングな事件だったのだから。

だが、この種の出来事に対する人の記憶なんて、真夏の打ち水みたいなものだ。昨今ではすっかり物騒な世の中になり、大同小異の事件は、どこかで毎日のように起きている。まして今回のケースでは捜査はいっこうに進展せず、懸念された——あるいは一部の不謹慎な人々によって期待されたように、連続殺人事件に発展するということもなかった。アスファルトを湿らせた水が、みるみるうちに乾いてしまうように、人は一人の少女の死など、あっという間に忘れてしまった。

もちろん、一方では忘れようとて忘れられるはずもない人々だっている。安藤麻衣子の肉親がそうだろうし、私の一人娘、直子だってその一人だ。

ある時、直子がぽつりと漏らした言葉に、私はどきりとさせられた。

『麻衣ちゃん、いったいなんのために生まれてきたんだろうね』

正直言って、その頃には私の内部でも、安藤麻衣子の存在はどんどん小さくなりかけていた。もちろん今は忘れていない。だが、数年後、いや半年後には影も形もないかもしれない……そんな予感があった。

『可哀相だよ』乾いた眼をして、その時直子はつぶやいた。『麻衣ちゃんが、可哀相』

麻衣子の災難に関しては、事実はどうであれ、直子の身代わりになってくれたようなものだとの思いがあった。にもかかわらず、私は忘れようとしていた。

人はいったい、なんのために生まれてくるのだろう？

直子のその疑問とも独白ともつかない言葉。決して私を咎めたものではないことはわかっていた。しかしその時の私の心には、それが鋭い刺となって深々と突き刺さっていた。

人はいったい、なんのために子を産み、親となる？

少なくとも、誰かにむざむざと殺させてしまうためでは決してあるまい。

冷たい軀となり、とうの昔に焼かれて骨になってしまった少女のことを、今さらのように考えた。そして、彼女が生きていた時に書いた、一編の童話のことを。

ガラスでできた、キリンの物語だった。本当にガラスのように固く冷やかで、そして寂しい物語だった。

あれを本にできないだろうか？

最初はほんの小さな思いつきにすぎなかった。だが次第にそれは、はっきりとした形を取りはじめてきた。

もし、あれを出版することができれば、少なくともなんらかの形は残る。少女が間違いなくこの世に生きていたという、証明になる。

私がそれを、しなければならない……やがてそう思うようになった。

まず手を着けたのは、イラストを描きはじめることだった。一度は手掛けかけたとはいえ、困難な仕事だった。私のイラストレーションは、華やかな色使いにこそ定評がある。安藤麻衣子が描きだしたような、無色透明のガラスの世界を造りだすことは、私にはひどく難しい作業だった。しかもこの仕事にばかりかまけているわけにはいかない。直子と二人、食っていかねばならないのだ。

ようやく納得がいく一連の作品が仕上がったのは、つい最近のことだった。

その絵をどの出版社に持ち込むかは、ほとんど迷わなかった。元をただせば、これは小宮が持ち込んできた話なのだ。安藤麻衣子の『ガラスの麒麟』は、『幻想工房』

の童話賞に応募された作品だった。小宮が編集している、詩や童話の専門誌である。『ガラスの麒麟』に私のイラストをつけることは、小宮のアイデアだった。あんな事件があったために、計画は宙に浮いた形となってしまったのだ。

賞に応募してきたくらいだ。自分の作品が世に出ることを、安藤麻衣子がまったく夢想しなかったはずはない。

それは叶えられるべき夢だった。げんに実現しかかってもいた。ならばそれを形にしてやるのが、我々の義務ではないだろうか……？

私は小宮に、舌足らずにそう訴えた。我々とは無論、小宮と私のことである。彼は私の話を聞き、持参した絵を眺め、何やら難しい顔をして考え込んでいた。

やがて中の一枚を指先で弾いて言った。

『表紙はこれに決まりだな』

奴らしい返事の仕方だった。

続けて小宮は、私が思ってもいなかったことを言った。

『しかし問題は、遺族が了解するかどうかだな』

『え？　それは問題ないだろう。了解するに決まっている』

小宮は鼻から息を漏らすような笑い方をした。

『相変わらずアメンボみたいに単細胞な奴だな』

『それを言うなら、アメーバーじゃないのか？』

『似たようなもんだ。いいか？　当の親の身にもなってみろ。あんときゃあ、ずいぶんな騒ぎになってたよな。マスコミは無神経に騒ぎ立てるわ、いかにも同情していますって顔して、その実、好奇心の固まりみたいになった連中が山のように押し寄せるわ、怪しげな雑誌だのスポーツ新聞だので、あることないこと書き立てられるわ、関係ない夫婦仲のことまで聞かれるわ……あの事件は、彼らにとっては一日も早く忘れたい悪夢みたいなものなんだよ。半年経って、良くも悪くも移り気な一般大衆とやらは、事件のことなんかきれいさっぱり忘れてくれた。それを今更ほじくり返したくないと考えたって、ちっとも不思議じゃないと俺は思うね』

『……確かになあ』

私としては、自らの不明を恥じる他はない。だがむろん、本を出したいという私の気持ちにも変わりはない。

さてどうしようということになっても、さしたる名案が浮かぶわけでもなかった。

打合せをしていた喫茶店の窓ガラス越しに、知った顔を見つけたのはそんなときだった……。

初めて会ったのが二月の寒い日だったせいか、それとも単に私自身が効きすぎた冷房に震えていたからなのか……。いずれにしても、半年ぶりに再会した神野先生は、なんだかとても寒そうに見えた。

七月の終わり、ひどく蒸し暑い日だというのに。

「……おい」ふいに、小宮に背中をどやされた。「何ぼけっとしてるんだ、聞こえなかったのか？　とっとと今の先生を追いかけるんだよ」

「追いかけるったって……」

「道端でばったり会うなんて偶然、そうそうあると思ってるのか？　それともお前、彼女の自宅に電話して呼び出すなんて芸当、できるのかよ」

私は黙って首を振った。

「彼女の足なら、まだ充分間に合うさ。そんなに急いでいるってふうでもなかったしな」

「わかった」

踵(きびす)を返して走りだそうとしたとき、何を思ったか、小宮がぐいと私の肘(ひじ)をつかんで押し止めた。

「これは友人として忠告するんだが……彼女は駄目だぞ。まだ若いし、第一美人すぎる。はっきり言って、コブつきで四十過ぎの男やもめが出る幕じゃない」

返事の代わりに拳骨(げんこつ)で殴る真似をして、私は神野先生の後を追った。

## 4

神野先生はさして驚いた様子も見せず、肩で息をしながらの、要領を得ない私の話に辛抱強く耳を傾けてくれた。

聞き終えて、彼女は慎重にうなずきながら言った。

「お話はよくわかりました……正直申しまして、立場上、私の口から直接、安藤さんのご両親に本の出版を勧めることはいたしかねます。ですが、野間さんをお二人にご紹介することくらいなら、できると思います。それでよろしければ……」

「もちろんです。よろしくお願いします」

深々と頭を下げた私に、神野先生はごく当たり前のような顔をして言った。

「では、参りましょうか」

ぽかんとする私に、神野先生は続けて説明した。

「実は私、ちょうど安藤さんのお宅に伺うところだったんですよ」

思いがけないことになった。だが、物事が動きだす時とは、概してこんなものなのかもしれない。

慣性の法則というやつだ。止まっているボールはいつまでも止まり続けている。だが、いったんそのボールに力が加えられると、今度は動きだし、そして止まらなくなる。

何かが起こるのではないか……。

ふいにそう思った。神野先生に我々親子に小宮、そして安藤夫妻。二月に起きたあの事件の際、多かれ少なかれ関わりを持った人間が、今ふたたび一点に集まろうとしている。

安藤麻衣子という、すでに死んでしまった少女をコアとして。

私は傍らを歩く神野先生に、気になっていたことを尋ねることにした。

「先生はどうして今日、安藤夫妻の元を訪問されることになったんですか？」

神野先生は少し言いよどんでいるふうだった。

「あの……先方にお伺いする前に申し上げておきますが、安藤さんのご両親は、もうご夫婦じゃないんです。今回お訪ねするのはお母様の方で、今では旧姓の山本（やまもと）さんに戻られています」

「ああ、なるほど」

　葬儀の際、すでに二人が別居中だというようなことをちらりと耳にしたが、その後、正式に別れたというわけなのだろう。

「それでご質問の件ですが……」

　また少し相手が口ごもるのを見て、先回りすることにした。

「いや、別に言いにくいことでしたら、結構ですよ。つまらないことをお聞きしました」

　だが神野先生は小さく首を振った。

「いえ、どのみち後で同席されるわけですから、あらかじめ、大まかなことはお話しておいた方がいいのかもしれません。実は私、先月も山本さんのお宅にお伺いしているんです」

　実名は一切伏せた上で、慎重に言葉を選びながら神野先生はゆっくりと話し始めた。

　卒業生である若い女性の元に、安藤麻衣子を名乗る人間から届いた一通の手紙のこと。その悪意に満ちた内容に激怒した女性の恋人が、神野先生を詰問しにやってきたこと。ひとつの解釈と、暗闇に潜む鴉のような人間の存在について。そして麻衣子のワープロに眠っていた、本当の手紙……。

私は呆気に取られて彼女の話を聞いていた。

「神野先生の推測が当たっているんなら……いや、おそらく当たっているんでしょうが、そのカラス野郎はどうして、そんなことをしたんでしょうね。見ず知らずの人間なわけでしょう？　理解に苦しみますね」

首を傾げていると、なぜか神野先生は小さく微笑んだ。

「ねえ、野間さん。烏飛兎走っていう言葉、ご存じですか？」

「うひとそう？」

私は鸚鵡返しにつぶやいた。

「烏が飛んで、兎が走るって書くんです。月日が早く過ぎていくことを意味するんですって。兎は月を、鴉は太陽を表すから、転じて月日。面白いですよね。同じような意味で、烏兎匆匆っていう言葉もあるそうです」

「兎は、月で餅をついているとかいう、あれですよね？　しかし鴉の方は初耳だな。なんで鴉が太陽なんです？」

神野先生は小首を傾げた。

「さあ、私も詳しくは知りません。たぶん、中国の神話に基づく話なんだと思いますが」

「しかしまた、どうして急に？」

「ごめんなさい、深い意味はないんです。ただ、今ではどちらかと言うと忌み嫌われている鴉も、大昔には太陽の化身だと見られていたこともあったんだなって……」神野先生は私を振り返り、「犯人だって、昔は野間さんのように健全な考え方ができる人間だったのかもしれませんよ。まるで、お日様みたいにあったかくて、分け隔てのない……」

「私の場合は、健全というよりも、ただの単純馬鹿ですけどね」なぜかどぎまぎし、余計なことを口走ってしまった。小宮がいれば、代わりに言いそうなセリフだ。「しかし烏飛兎走ね。確かに月日が経つのは、本当にあっという間だ。あれからもうじき、半年になるんですね」

神野先生は黙ってうなずいた。

あの事件から、早くも半年。

なのに、事件は未だ、解決していない。

もう半年、なのではない。関係者にとっては、まだ半年でしかないのだ。

そのことを痛感したのは、安藤麻衣子の母親の元を訪れてからだった。

彼女の新しい住まいは、こぎれいなタイル張りのマンションだった。葬儀で一度眼にしただけだったし、当然ながらまじまじと見られるような状況でもなかった。だから今回が初対面のようなものだ。

神野先生が山本家を訪れたのは、安藤麻衣子の名を騙った手紙の件の、事後報告をするためだった。ワープロを調べさせてもらうにあたり、母親の出した条件がそれだったのだという。

母親なら気になって当然なのかもしれない。だが私には、亡き娘に対する彼女の強い執着心の証明であるように思えてならなかった。

神野先生が、私をとりあえず直子の父親という形で紹介したとき、やや不審そうな色は見せたものの、特に異議を唱えるでもなく応接間に上げてくれた。女性一人の住まいとはいえ、私と直子が住む団地よりははるかに広そうだ。

サイドボードの上に、何枚もの写真が飾ってあった。高校入学の時に撮影したらしい、取り澄ました麻衣子。ふだん着で、にっこり微笑む麻衣子。小学生くらいだろうか、あどけない顔の麻衣子。白い産着にくるまれた、赤ん坊の麻衣子。

傍らに置かれたクリスタルの鉢には、大粒の葡萄が盛られていた。

「仏壇は夫の……安藤のところにあるんです」私の視線に気づいて、部屋の主はそう言った。

「別にそれでかまわないんです。だってあの子、抹香臭いの、大嫌いでしたもの。あの子は何も……仏様も神様も、信じていませんでした。なのに死んでしまったら戒名をつけられて、お経を上げられて、お線香を供えられて……滑稽ですよね。きっと笑ってますよ、馬鹿みたいだって」

たぶん、彼女の言うとおりなのだろうなと思った。嘲るような眼をして、〈馬っ鹿みたい〉。そう言う声が、聞こえてきそうな気がした。

私はかつて、一度だけ安藤麻衣子を見かけている。ただの通りすがり、道端の知らない女の子として。そして何事も起こらなければ、彼女はそのまま、私にとってただの通りすがりの女の子であり続けただろう。

一人の高慢な美少女について知ることも、彼女が抱えていた脆くアンバランスな世界に触れることもなく。彼女が娘の直子にとって〈特別〉な存在だったことは知るよしもなく。娘を殺された母親に会うことも、神野先生に出会うこともなく。

だが実際、それは起きたのだ。

すべて、物事は起こるべくして起こり、人は出会うべくして出会っているのかもしれない。何かが起きるについては、必ずその原因があり、人が出会うに当たっては、必ずその意味がある。年齢のせいか近頃、とみにそう感じるようになった。

少なくとも私には、安藤麻衣子のためにできることがある。ならば、それはしなくてはならないのだろう。

安藤麻衣子の母親は、物問いたげに神野先生と私とを交互に眺めた。その視線を受けて、まず神野先生が口を開いた。

「実は今日、こちらの野間さんから、山本さんにお願いがあるということをお聞きしまして、失礼は重々承知の上で、ご承諾も得ずにお連れしました」

「それは構いませんが……お願い？」

「ええ。お嬢さんの件で」

元、安藤夫人は心持ち眼を見開いた。

頃合い良しと見て、私は訪問の用件を切り出した。

聞いているうちに相手の眼は、さらに大きく見開かれていった。

最後にバインダーに挟(はさ)んだ絵を広げて見せると、彼女の瞳から大粒の涙がぽろりとこぼれ、頬を伝い落ちていった。

「……あの子が物語を創っていることは、存じていました。いえ、そのキリンのお話は初耳ですけれど、何か他の動物の……」

「動物」

「ええ。ネメゲ……何でしたかしら？　おかしな名前。もしかしたら、あの子が考えた架空の動物なのかもしれません。よろしかったら、ごらんになりますか？」

麻衣子の母親は、すでに半ば腰を浮かせている。

「ええ、さしつかえなければぜひ」

そう応じたのは、何も彼女につきあおうという気持ちばかりではない。実際、死んだ少女が残したもう一つの物語には興味があった。

麻衣子の母親は別室に行き、薄い紙の束を持って戻ってきた。いつぞや目にした応募原稿と同じように、Ａ４の用紙にワープロで印字されている。タイトルは『お終いのネメゲトサウルス』とあった。

＊　＊　＊

昔々、大昔のことです。

今はネメゲト砂漠とよばれているところに、ネメゲトサウルスという一頭の恐竜がすんでいました。ネメゲトサウルスは、すきなようにうごかせるながい首と、おおきな体のかじをとるのにぐあいのいいりっぱなしっぽと、おもい体をささえるのにじゅうぶんながっしりとした４本の足とをもっていました。

ほんとうに、ネメゲトサウルスはなんでももっていました。やわらかくみずみずしい草のおいしげる大地と、すんだ水をたたえた泉と、そこに映る青い空。すべてが、ネメゲトサウルスのものでした。

けれどなぜか、ネメゲトサウルスはしあわせではありませんでした。

「そんなはずはないよ。わたしはいつもおまえのために、あたたかい光をそそいでやっているじゃないか」

太陽はいいました。

「そうだよ、そんなはずはない。わたしはいつもおまえのために、いっしょうけんめいおいしい草をそだててやっているじゃないか」

大地もいいました。

「まったく、そんなはずはない。わたしはいつだってちゅういして、おまえがのむ水やおまえがたべる草のために、雨をふらせてやっているじゃないか」

大空もいいました。

みんなすこしおこっているようでしたので、ネメゲトサウルスはすっかりもうしわけなくなってしまいました。

「ぼくはなんておんしらずなんだろう」

ながい首をうなだれて、ネメゲトサウルスはそうかんがえました。

それからなんねんかたちました。

あいかわらず、ネメゲトサウルスはなんでももっていました。やわらかくみずみずしい草のおいしげる大地と、すんだ水をたたえた泉と、そこに映る青い空。すべてが、いままでとおなじようにネメゲトサウルスのものでした。

そのうえネメゲトサウルスは、いまではりっぱな若者に成長していました。ながい首をもちあげれば大空にとどきそうでしたし、4本のがんじょうな足はいつもどっしりと大地をとらえていました。とがったしっぽをひとふりすれば、太陽だってはたきおとすことができそうでした。

それなのにやっぱり、ネメゲトサウルスはしあわせではありませんでした。

だからネメゲトサウルスのながい首はいつもうなだれていましたし、とがったしっぽはずるずるとひきずられるばかりでした。4本のがんじょうな足だって、大地をけってはしることはほとんどありませんでした。

なぜって、そんなにもネメゲトサウルスはふしあわせだったからです。

あるとき、ネメゲトサウルスはきづきました。自分がふしあわせなのは、ひとりぼっちだからなのだと。おおぜいのなかまのなかにいるのに、ひとりぼっちだからなのだと。

大昔には、ネメゲトサウルスはひとりぼっちではありませんでした。つよくておおきなおとうさんと、やさしくてりこうなおかあさんが、いつもそばにいました。

それがあるとき、おとうさんがいなくなってしまったのです。やがておかあさんもどこかにいってしまいました。それでネメゲトサウルスはひとりぼっちになってしまったのです。

どうして自分はひとりぼっちなんだろう。そうかんがえて、ながい月日がすぎました。ネメゲトサウルスは大昔に、やさしいおかあさんがいっていたことをおもいだしました。

「おまえがうまれた夜のことよ。とつぜんきれいな魔女があらわれて、こういったの。『このこの名前はヒトリボッチだよ』って。だからおまえはもうひとつべつな名前をもっているのよ」と。

＊　＊　＊

ほっというため息が、私を現実に引き戻した。傍らの神野先生が漏らした吐息だった。

「いかがでしょう？」

心持ち大きく目を見開いて、麻衣子の母親は言った。

「まだ途中ですが……切ない、物語ですね」

ネメゲトサウルスはどうして不幸せだったのか？　物語に出てくる一頭の恐竜の姿は、どうしたって今はいない少女の影と重なってしまう。

誰もが羨（うらや）むような美貌と、経済的に恵まれた家庭とを持っていた麻衣子。直子の話によれば彼女は成績も優秀で、他の生徒たちからも慕（した）われていたという……。

麻衣子はたぶん、直子を含む多くの平凡な少女たちが思い描く、理想像そのものだったのだ。

だが——。

安藤麻衣子は恵まれている、だから幸せだ。そんなみんなの思いこみ。いや、彼女こそ幸せであるべきだと、強制するに等しい皆の羨望（せんぼう）や憧れ。

それこそが、麻衣子の不幸だったのではないだろうか？

両親の不和や、彼女自身でも持て余していたらしいアンバランスな感情を、華のような笑顔の下に押し隠し、麻衣子は幸せでなければならなかった。周囲の人間たちのために。そして何よりも、自分自身のプライドのために。

痛ましいことだ。そう思った。

あと十年ばかり、いや、せめてあと五年ほども生き続けていたなら、麻衣子はもう少し図太く、そしてしたたかに生きていく術を身につけていただろう。この世に生まれてきて良かったと、心から思えるような恋にも出会えていたに違いない。

だがそのとき麻衣子の母親は、そうしたセンチメンタルな意味で「いかがでしょう？」と問うてきたわけではなかった。そのことは、やや遠慮がちに発せられた次の質問でわかった。

「それも……本にしていただくことはできますでしょうか？」

つまりそれが、私が持ち込んだ用件に関する、彼女の返事だった。

「いや……」私はためらいながら、曖昧に首を振った。「まだ一冊目に関して走り始めたばかりですからね、今の段階ではなんともご返事のしようがありませんが……しかし、そうおっしゃるということはつまり、ご了解いただけるということですね」

「あの子がそれを望んでいたのでしたら」

相手の大きな瞳には、かすかに光るものが浮かんでいた。

「あの子の父親には、私から話をしておきます。反対なんて、させません」

「そうですか……いや、よろしくお願いします」

しばしの沈黙が流れ、紙を繰る音だけが聞こえていた。熱心に原稿を読み続けていた神野先生は、二人の密やかな注視に気づいてやや顔を赤らめた。

「よろしかったらそれ、お持ちになってください。いくらでもプリントアウトできますから」

麻衣子の母親は言った。私の方を向いていたところを見ると、この二つ目の物語も出版できるかという先刻の問いは、かなり真剣なものだったのだろう。

彼女の思いもまた、私と同じなのだ。いや、同じなどと言っては失礼だろう。血がつながっているぶん、より切実で、そしてより貪欲なのかもしれなかった。

安藤麻衣子という一人の少女がこの世にいたことを、はっきりとした形として残したい――少しでも、多く。

神野先生が読み終えた原稿を私に手渡してくれた。私がそれを持参したイラストと共に紙挟みに挟んだのを機に、話題は本来の用件の方に移行していった。

神野先生の話を、麻衣子の母親は息をひそめるようにして聞いていた。彼女の目はふたたび見開かれ、しかし顔色は目に見えて蒼ざめていった。無理もない、と思った。人間の、理不尽であからさまな悪意の話だ。いかにも育ちの良さそうなこの女性には、いささか刺激が強すぎたのだろう……。

だが、すぐに自分がまるで見当違いなことを考えていたことに気づいた。

彼女は何かがはじけたような勢いで、いきなりこう叫んだのだ。

「その男だわ。その男が麻衣ちゃんを……娘を殺したんです」

## 5

——どこか遠くから、声が聞こえてくる。

「……もしもし？　……さんですか？　ヒトゴロシの？　え、違うんですか？　そんなことありませんよね？」

誰かが受話器に向かってしゃべっているのだ。甘い可愛らしい声と、かすかに語尾を上げるしゃべり方とに特徴があった。

安藤麻衣子だ。

麻衣子はくすくす笑いながら言った。

「だって私、知っているんですよ？　あなたがヒトゴロシだってこと……」

おそらくそこで相手が電話を切ってしまったのだろう。少女は肩をすくめながら受話器を置いた。そしてこちらに気づいた。

「あら、そこにいたの？」

にっこり笑いながらそれだけ言い、そのままくるりと背を向けて行ってしまった……。

それは、野間直子が明け方に見た夢だった。

しかしそれはまた、かつて実際にあった光景でもある。安藤麻衣子が生きていた頃。

彼女の背中で躍（おど）る、つややかな長い髪を見ながら、〈ヒトゴロシ〉という言葉が直子の頭の中でゆっくりと変換されていた。

人殺し、と。

また一つ、安藤麻衣子との間に秘密ができた。そのときは、そう思った。

だからこの話は、誰にもしていない。

＊　＊　＊

小幡康子は呼び出し音を五回まで数えてから、受話器を取った。机を二つ隔てた並びに座った若い男性教師は、ちらりと康子を見たが何も言わなかった。閑散とした職員室に、蟬の声ばかりがにぎやかに聞こえてくる。

「もしもし？」送話器の向こうで、おずおずした声が言った。「あの、私、三年二組の野間ですが……」

「ああ、野間さん？」康子が受け持っているクラスの生徒だった。「小幡よ。どうしたの？」

「小幡先生」野間直子は明らかにほっとしたらしかった。「あの……もしかして、神野先生っていらしていませんか？」

それは質問というよりも、むしろ願望に聞こえた。

「いいえ。彼女、今日はお当番じゃないから……たぶん、ご自宅じゃないかしら」

「さっき、電話してみたんですが……」

「何か急ぎの用事なの」ふと好奇心に駆られた。「もし私で良ければ……」

「いいえ」慌てたように少女は言った。「全然、いいんです。すみません。ありがとうございました」

それきり、電話は切れてしまった。

康子は軽く首を振り、ふたたび仕事に戻った。夏期講習で行った、模擬テストの採点だ。

表では蟬の声が、どうしたわけだか一斉にやんでいた。

＊　＊　＊

携帯電話の呼び出し音が鳴り響き、小宮はスイッチを切り忘れていたことに遅まきながら気づいた。

(ちぇっ、今日はもう仕事をする気がなかったってのにな)

自分の迂闊さをやや悔やみながら、それでも受信ボタンを押し、短く応えた。

「はい」

声のトーンを落とすと、どうしても無愛想な応答になる。

「小宮か？　野間だけど……」

「おまえか」相手に聞こえるように、軽く舌打ちをしてやった。「急ぎか？　じゃなかったら……」

またにしてくれ、と続けようとしたのを察したように、大急ぎで相手は遮った。

「急用なんだよ」

そして小宮が何か応える間もなく、相手は早口に話し始めた。

## 6

「……あの、神野先生」

マンションを出て、麻衣子の母親から十分に離れたと思われた頃、私はそっと傍らの女性に話しかけた。「どう思われますか？　先刻の、その、彼女が言っていたことを」

「どう、とおっしゃいますと？」

まっすぐ前を見つめたまま、神野先生はどこか上の空な口調で応えた。気のせいか、心持ち顔色が悪い。

私たちは突然に取り乱し始めた麻衣子の母親を懸命になだめすかし――とは言ってもそれはもっぱら神野先生の仕事だったのだが――早々に山本邸を辞去してきたのだ。

彼女はひどくヒステリックになっていた。だがよく聞いてみると、言っていることには奇妙に筋が通っているように思えた。

彼女は言った。その男は麻衣子の後をつけていたのだ、と。

麻衣子が会ったこともない卒業生に出した手紙を、悪意に満ちた誰かが手に入れたのは、決して偶然なんかじゃない。

その男は麻衣子をつけ回していたのだ。

そして、麻衣子が投函した手紙が、ポストの投函口に引っかかっていることを発見した——。

ワープロを調べれば、文書がいつ作成されたかがわかる。作成日は今年の一月三十日。そして麻衣子が殺されたのは、二月二十二日。

偶然と片づけるには、あまりにその日付は接近しすぎている。

これが偶然なんかであるはずがない。その男こそが、麻衣子を殺した犯人なのだ——。

麻衣子の母親の主張を要約するとこうなる。

「安藤……いや、山本さんの言っていることは、案外的を射ていると思いませんか？彼女の言うとおり、偶然にしては、あまりに出来過ぎていますよ」

「ですけれど、何の証拠もないんですよ」

「確かに証拠はありませんがね」私は無意識のうちに肩をすくめていた。相手の奇妙にかたくなな態度が気にかかった。「しかし少なくとも、僕は納得できたんですよ。ずっと気にかかっていたことがあったんですが、もし犯人の狙いが最初から麻衣子さんただ一人だったというのならね」

「納得？」

「ええ。つまり、あの時直子が殺されなかった理由です。そして……その後も無事でいる理由です。何せあの子は犯人を直接見た、唯一の目撃者ですからね。言わば生き証人ってわけだ。もちろん僕も直子も充分に気をつけてはいましたが」

だが、もし頭のおかしな犯人がその気になりさえすれば、たかが一個人にできる自衛など、ほとんどなんの意味も持たない。初めのうちこそはあった警察の護衛も、すでに直子の元を去っている。もう危険はないと判断してのことだ。彼らがそう決断するに当たっては、直子が書いた犯人の似顔絵を基に作成されたモンタージュ写真が、すでに相当数出回っているという事実に負うところが大きいと聞く。つまり直子はもはや唯一の目撃者などではないのだからして、犯人もわざわざ直子の口を封じるような無意味かつ危険な行為に走るはずはないということだ。しかも直子に関する事件の方は、マスコミには伏せられているのだ。自分が襲いかけた少女がどこの誰だか犯人には知るよしもなく、したがって直子は安全である、というのが警察の言い分である。

もちろんそれは筋が通ってはいたが、直子のたった一人の保護者としては、いきおい懐疑的にならざるを得ない。あの事件が起きたのは、真冬のことではなかったか？　今はなんと蟬がミンミン鳴く夏である。その間、犯人が捕まらなかったということは、結局そのモンタージュとやらが、まるで似ていなかったせいではあるまいか？　それならば、犯人にとって直子が危険な存在であることはまったく変わっていないはずだ。

だが現実には警察の言うとおり、直子の周辺にはなんら危険が及ぶ気配はない。犯人が敢えてリスクを冒そうとしないのは、それだけの自制心とまっとうな判断力があるためだろうか。それとも、単に犯した罪の重さに震え上がっているせいだろうか。

それとも――。

あの恐ろしい事件の後、直子は言っていた。自分が殺されなかったのは、犯人に本当に殺すつもりがなかったからだと。

裏返すとこうなりはしないだろうか？

つまり、安藤麻衣子が殺されたのは、犯人が最初から麻衣子を狙っていたからなのだと。直子でも他の誰かでもない、安藤麻衣子ただ一人を。

直子が現在も無事でいるという事実は、その推測が正しいことを裏付けているように思えてならなかった。

それに、そう。直子の話を聞いた警官もあのとき言っていた。『妙ですね』と。

いったい犯人はどうして、二日続けて同じ場所で同じ年頃の少女を襲ったりしたのだろう？　常識的に考えて、これは犯人にとって危険きわまりない行動だったはずだ。直子の被害届が遅れたのは奴にはまったくの僥倖（ぎょうこう）で、しかもその事実を知る術などはなかった。第一、奴は車を持っていたのだから、もっと離れた別の人気（ひとけ）のない通りで、獲物を待ちかまえることだってできたわけだ。にもかかわらず、犯人は二日続けて同じ場所で網を張っていた。

『まあ、通り魔殺人をするような頭のおかしな人間を、常識で計ろうとする方が間違っているのかもしれませんがね』

くだんの警官はそうも言っていた。

確かにその通りなのかもしれない。だが……。

やはり、そう……。犯人は……。

私は無意識のうちに、人差し指でこめかみを押さえていた。だんだん、知らない街で道に迷ったドライバーのような気分になってきた。いくつめかのカーヴを曲がると必ず、同じ道路標識が立った袋小路に行き当たる。

その標識には、こう書いてあるのだ。

犯人は安藤麻衣子を知っていた。安藤麻衣子ただ一人を狙って、闇に潜んでいたのだ、と。

まるで暗闇の中の、鴉のように。

大股にどんどん歩きながらそこまで考えたとき、私は自分一人の思いに捕らわれて、連れの存在をすっかり忘れていたことに気づいた。すぐ傍らを歩いていたはずの神野先生の姿が、いつの間にか消えている。私は自分の迂闊(うかつ)さとぼんやりぶりに舌打ちした。彼女は右足が少し不自由なのだ。

あわててもと来た道を戻ったが、神野先生の姿はどこにも見つからなかった。

嘆息しつつ近くの電話ボックスに入り、小宮の携帯電話の番号にかけた。

「——おまえときたら、まったく正真正銘の大間抜けのとんちんかん野郎だね」

小宮に事情を説明した後で、まず返ってきた言葉がそれだった。

「ありがとう。そのののしり言葉が聞きたくて、電話させてもらったんだ」

いまさら神野先生に合わせる顔もなく、自分で自分を罵倒することにも飽きてしまった。

「なんて男だよ、まったく。骨の髄からスットコドッコイのオタンコナスだな」小宮の悪口は、元気良く続く。「その上、思いやりのかけらもない、エゴイストだったとはね。友達を辞めたくなったよ。可哀相にあの人は、足が少し不自由だったんじゃないのか？　それをおまえ、ちょっとばかり足が長いところをひけらかそうとしたんだか、なんにも考えないでスタコラ歩いていったんだろうが」

「考え事をしていたんだよ……だけど、気づいていたのか？　彼女の足のこと」

「そりゃあ、お二人が仲良く立ち去るのを見送っていましたからね、それくらい……。しかしいいのかねえ、後で直子ちゃんに恨まれるぞ。先生がおまえのせいで気を悪くして、直子ちゃんの進路だの成績だのに影響したらどうするんだ」

「馬鹿言え、神野先生はそんな人じゃない。第一、彼女は保健室の先生だ」

ちょっと奇妙な間があってから、ふいに小宮は声を低くした。

「保健の先生で思い出したんだがな、いつだったか、うちの近所の砂場に刃物が埋められていた事件があったんだ」

「刃物？」

「ああ。カッターナイフだの、果物ナイフだの、それに……」小宮は少し言葉を切ってから、付け加えた。「サバイバルナイフが一本。刃渡りは十五センチほどもあったそうだ」

「おい、それは……」

脳裏に閃光のようにひらめくものがあった。安藤麻衣子の生命を奪い、そして私の娘を脅した凶器。警察による推測と、今耳にしたばかりの刃物の形状とは、ぴったり一致してはいなかったか？

唖然とする私をよそに、小宮は低い声でいきさつを説明しだした。刃物によって傷つけられていた猫たち。降り続いていた雨。犯人の真の狙い……。

「ちょうどそのとき直子ちゃんが遊びに来ててな、うちの高志がナオちゃんに事情を説明していたんだよ。聞いていなかったか？」

「いや、初耳だ」

「翌朝、ナオちゃんから電話が入ったらしくてな、すぐに近くの公園の砂場を調べろって話でね、高志が駆けつけたわけだ。なんでも危機一髪ってところだったらしい」

「直子がそれを自分で推測したって言うのか？」

「いや、ナオちゃんの話では、あの子が通っている学校の、保健の先生にその話をしたらしいんだな。高志を公園へ走らせたのは、彼女の指示だそうだ。その保健の先生ってのはつまり……」

「神野先生のことだ」

私はうめくように終いの部分を引き取った。

「二月のあの事件のときと言い、ずいぶんとまあ聡明な女性だな」

感嘆するような、そしてやや案じるような、小宮の口調だった。奴の心配はわかっている。

そんなにも賢くて、一回りも若くてきれいな人と、やもめで子持ちで、その上しがない絵描きのおまえがどうこうなんていう、甘い夢をまさか見ているんじゃあるまいね？

そんなんじゃないさ。

私はそう応えた。小宮と同じく、口には出さないで。

そう、決してそんなんじゃない。第一、彼女と顔を合わせたのは、今回を入れてわずか二回きりだ。

いや、回数じゃないな。

私はふたたび、心の中で自答する。

彼女はとても寒そうだった。二月のあの凍(い)てつくような寒さの日、安藤麻衣子の葬式で出会ったときばかりではなく。七月だというのに、今日喫茶店の窓越しに見かけたときにも、彼女はひどく寒そうだった。

安藤麻衣子がガラスでできたキリンなら、神野先生は氷でこしらえた人形だ。もし誰かが、彼女を暖めて上げようなどと考えてうかうかと近づけば、たちまち溶けて消えてしまいそうな、そんな危うい儚(はかな)さが彼女にはある。

ドンキホーテになるのはごめんだった。私はそれほどのうぬぼれ屋ではなく、そして彼女の心の中には、生きた人間はいない。

交通事故。婚約者の死。医学的には完治しているはずなのに、いつまでも言うことを聞かない彼女の右足……。

二月のあの寒い日、彼女と交わした会話の断片が、粉雪のように舞い落ちる。

冷え切ったベンチ。地面に書いた、難しい漢字。まるで人の心のよう。海にしようか、山にしようか。運命を決めた、残酷な選択。児童公園で遊ぶ、幼い子供たち……。

公園？

ふと、私の思考が停止した。

ここからはたぶん、歩いて十五分程度のところだ。ひょっとしたらあの公園に……。

「おい、悪いけどもう切るぞ」

私は受話器に向かって叫んだ。

「なんだ、勝手な奴だな。そもそも肝心の会見の方はどうなったんだ。遺族の了承は得られたのか？」

「ああ、そっちの方は問題ない。出版の方向で、話を進めてくれないか。後でまた電話するよ」

「おいおい……」

相手はまだ何か言いたそうだったが、その時背後でざらついたアナウンスの声が響いた。

「ご乗車のお客様にお願い申し上げます。車内での携帯電話のご使用は、他のお客様のご迷惑となりますので……」

どうやら電車に乗っているところだったらしい。そう言えばやけに雑音が混じると思っていたが、こちらの話に夢中になっていて気づかなかった。どうも悪いことをした。

「じゃあな」

私が短く別れの言葉を告げると、渋々といった感じで向こうも携帯電話のスイッチを切った。

目指す児童公園は考えていたよりも遠かったが、それでも目算していたよりは早くたどり着くことができた。シャツの背中が汗で濡れているのが自分でもわかる。強い日差しを嫌ったか、公園に人影はまばらだった。

いつかと同じベンチの上に、神野先生は背筋をまっすぐに伸ばして座っていた。私の影が彼女の足下に落ちたとき、神野先生は顔を上げてにこりと微笑んだ。

「ひょっとしたらいらっしゃるかもって、思っていました」

「すみません」とにかく私は頭を下げた。「考え事や何かに没頭していると、とたんに周囲が見えなくなるもので……亡くなった女房にも、よく叱られました。悪い癖です」

神野先生はまた少し微笑んだ。白い歯が、唇の間からかすかにこぼれた。

「謝るのは私の方だわ。正直申しますと、野間さんから遅れたのはわざとなんです」

「わざと？」

「ええ。少し……一人になって考えたかったものですから」

「何をです？」

聞いてしまってから、立ち入ったことをと後悔した。だが相手は別に気を悪くしたふうでもなく、

「野間さんと同じことを」

と謎のように答えた。

「安藤……麻衣子さんのことを、ですね」

二月に起きたあの痛ましい事件。四月の公園での信じがたいような出来事。そして六月の、遅れて配達された手紙を巡る出来事。

もしこれらの事件を一つにくくることができるとしたら、神野先生はそのすべてにあまりにも関わりすぎている。偶然も、度重なればそれはもはや必然だ。

「ひょっとして、神野先生はあの少女を殺した犯人について、何か心当たりがあるんじゃないですか？」

その疑問を口にすると、神野先生はゆっくりと瞬きをしながら私を見返した。消滅する瞬間の炎みたいな、淡い微笑が一瞬、揺らいで消えた。

「……誰かが……ううん、きっと野間さんが、私にその質問をしてくることを、ずっ

と待っていたような気がします。ねえ、野間さん」神野先生は小首を傾げながら言った。「以前にお会いしたとき、そう、ちょうどこの場所でだったわ。野間さんはおっしゃいましたよね。ご自分が、安藤さんを殺したんだって。あの時の野間さんと、同じことを私が申し上げたらどうします？」

「同じことと？」

「ええ」相手は軽くうなずき、そしてむしろ淡々とした口調で言った。

「私が、安藤麻衣子さんを殺したんです」

## 7

「……ちょっと、待ってくださいよ」

私はへたりこむようにして、神野先生が腰掛けているベンチに腰を下ろした。太陽に熱せられ続けたコンクリート材が、恐ろしく熱を持っているのは、ジーンズの布越しにもわかる。私は神野先生が身にまとった涼しげなワンピースと、その薄手の生地(きじ)のことを考えた。熱くはないのだろうか？　ぼんやりとそう思う。だが、きちんと膝をそろえて座った神野先生は、どこか寒そうですらあった。まるで保冷ケースの中の、ひどく蒼ざめた切り花のように。

「……殺した、と言いましたよね」

ようやく、私は言葉を継ぐことができた。

「ええ」

やはり淡々と、神野先生はうなずく。

「しかしあのとき僕が言ったのは、僕のせいであの子は死んでしまったんだ、僕があの子を殺したみたいなものだ……正確な言葉は忘れましたが、確かこんなようなことだったと思いますが」

「ええ、そうでした」

「では、殺した、ではなく殺したも同じだと、そう言いたいわけですね」

「ええ、そう言ってもいいかもしれません。結局は同じことですが」

「同じなものですか」私の内部では、安堵と押し寄せる不安とが、複雑に交錯していた。彼女を殺人事件の真犯人として、警察に通報している自分の姿が、一瞬、ほんの一瞬だけ、脳裏を生々しくよぎったのだ。「それにしても、あの少女の死に関して、どうして先生が責任を感じる必要があるんですか？」

反語の意味を込めての質問だったが、神野先生は長い間黙ったままだった。蜩の声ばかりが、うるさいほどあたりに響いていた。

「言いたくないのでしたら、無理にとは言いません」ほどなく、しびれを切らして私は言った。

「ただしこれだけは言わせてください。いいですか？　犯人は未だに捕まっていないんですよ。大手を振って、その辺の往来を歩き回っているんだ。こうしている今の今だって、ほとぼりが冷めたと思いこんで、次の犠牲者を物色しているところかもしれないんですよ。聡明なあなたのことだ、そんなことに気づいていないはずはない。いったい何のつもりですか。あなたが何を知っているにしても、もしそれが少しでも犯人逮捕につながるものなら……」

私が途中で口をつぐんだのは、神野先生の顔色が傍目（はため）にもはっきりそうとわかるほど蒼ざめたからだ。私を見やった彼女の目には、怯えに似た色が浮かんでいた。

「もしそうなら……」

低い声で、神野先生がつぶやいた。あまり小さな声だったので、聞き返さなければならなかった。

「もしそうだとしたら、犯人は由利枝（ゆりえ）さんを狙うかもしれないわ……」

「ユリエ？」

「安藤さんが手紙を出した、卒業生の名前です」

「なぜその女性が狙われなければならないんです？」

「だって誰も見つけてくれないから。誰も彼を殺人者として裁いてくれないから」

「いったい何をおっしゃっているんですか」

私の質問に、神野先生は長い間黙して答えようとしなかった。

「……私自身の話をしますね」彼女の目は、私とはまるで違う物を見ているようだった。「何も特別な話じゃないの。とてもつまらない話。どこにでもある、平凡な話ですが……十代の頃、とても生きるのが辛かったわ。毎日が息苦しくて、生きているということに何の意味も見いだせなくて……今、思い出しても、あの頃は真っ白なんです。どんな友達がいて、何を夢見て、何を楽しみにして、どんなことを考えて過ごしていたのか、まるで思い出せないの。まるで発泡スチロールみたいに、白くて軽くてカサカサしていたんです、あの頃の私。だから……だから私、いつ死んだっていいと思っていました。でももちろん、自分から死を選ぶなんていう気もなくて、ただ、道ばたを歩いていて暴走車にはねられるとか、乗っている飛行機が落ちるとか、何か不治の病にかかるとか……そんなことばかり考えて、期待していたような気がします」

私はいささかショックを受け、思わず相手の顔をまじまじと見つめた。

私は漠然とだが、想像していたのだ。今、目の前にいる女性が、直子と同じくらいの年齢だった頃のことを。どれほど若者らしい生命力にあふれ、潑剌（はつらつ）とし、光り輝いていたかを。

別に彼女個人に限ったことではなく、それが若さというものの自然なあり方だと思っていた。まして、さぞかし愛らしい少女だったろうと思わせる女性であってみればなおさらだ。

「……どうしてそんなに不幸だったんですか？」

私の問いに、相手は薄く笑って首を振った。

「不幸だったとは思いません。そんなことを思ったら、きっと罰が当たってしまいますよね。何一つ、不自由のない暮らしをしていたんですから。でも……」しばらく言いよどんでから、神野先生はなぜかすまなそうに付け加えた。「自分が幸せだと思えたことも、いっぺんもありませんでした」

「不幸でも幸福でもないとすれば、ではいったい何だったんですか？」

「空っぽだったんです。中身のない、空っぽの箱。空き瓶（びん）とか、空き缶とか、ビーチボールとか……それに、そうですね、紙風船とか」

お終いの比喩（ひゆ）が、一番彼女の気持ちに近かったのだろう。彼女のまなざしは、目に見えない紙風船を追うように、一度だけゆらりと上下した。

　色とりどりの薄い紙を張り合わせて作った、美しい紙の風船。それはどんなに優雅に宙を舞っていても、次の瞬間にはあっさりとぺしゃんこになってしまえる、儚さと不安定な危うさを持っている……。

「私だけが辛いんだと思っていました」神野先生は、どこか遠くを見つめたまま言った。「私があんまり弱くて、そのくせあまりにも高慢だから、だから生きるのが辛いんだって。ずっと、そう思っていました。でも今の仕事について、そうじゃないってことがわかりました」

「そりゃそうですよ。先生は弱くもなければ高慢でもない」

　私の言葉に、相手はあっさりと首を振った。

「違うんです。毎日入れ替わり立ち替わり、保健室に来る女の子たちの相手をするようになって、あの子たちがどれほど自分に似ているかってことに気づいたんです。正確に言えば、昔の私に、ですけれど。生きていくということそのものが、あの子たちには辛くて仕方がないんです」

　まさか、と思った。

　だってそうではないか？　現に街をゆく少女たちの、なんと楽しげなことだろう？

まさにこの世の春といった有様は？　みな、踊るような足取りで、人生という道を軽やかに歩いていく。時に笑い転げたり、鼻歌を歌ったり、道ばたの花を摘んだりしながら。

そんな生き方こそが、彼女たちにはふさわしいと思っていた。

いや、違う。かくあるべきだ、そうでなければならないと、頭から思いこんでいたのだ。

神野先生はそっと言葉を継いだ。

「中でも一番自分に似ていると思ったのが……」

「安藤麻衣子さん、ですね」

「ええ。同じことはあの子の方でも感じ取ったようですが。安藤さんはまさに、当時の私と精神的な意味では双子でした。だから私にはわかっていたんです……あの子が死にたがっているってことが」

「死にたがるということは、つまり生きたがるということなのではありませんか？」

私は思わず強い口調で言葉を挟んでいた。「死を意識するということは、要するにそれだけ生を意識するということだ。少なくとも僕は、あの『ガラスの麒麟（きりん）』という物語から、そんな印象を受けましたね。死だけが、あの子の望んでいたすべてじゃないはずだ。違いますか？」

神野先生は大きく目を見開き、それからうなずいた。

「おそらくおっしゃるとおりです。あの子が私に言ったことがあります。『意味のない生は嫌だ。だけど、無意味な死はもっと嫌だ』って。挑むような目をして、そんなことを言うんですよ」

目に浮かぶような気がした。私があの少女と顔を合わせたのは、ほんのわずかな時間にすぎない。薄暗がりでのことだったし、私自身慌てていて、相手の顔をじっくり見るような状況ではなかった。

にもかかわらず、一体どうしたわけだろう？

『意味のない生は嫌だ。だけど、無意味な死はもっと嫌だ』

そう宣言した時の少女の顔つきが、その高慢な口調が、まるで目の前にいるような生々しさで想像できるのだ。

「こんな話をご存じですか？」ふいに、神野先生が言った。「アメリカのフロリダ州での出来事です。ある若い夫婦が神様から授かった子供は、先天的に脳がないという重度の障害を背負っていました。今は医学がとても進んでいますから、赤ちゃんが胎内にいるときからそのことはわかっていたのだそうです。もちろんお医者様は、中絶を勧めました。たとえ無事生まれても、脳がないまま生きていくことはできないのだからと。けれどその夫婦は、赤ん坊を生むことを決意したんです」

「一体なんのために？」

思わずそう聞いていた。

「赤ん坊の心臓や肺や腎臓を、それを必要としている他の赤ちゃんに臓器移植してもらうためです。それで病気に苦しむ他の子供たちが救われるなら、自分たちの赤ん坊もこの世に生まれてきた甲斐があったと」

「……なんてことだ」

私はうめくようにそう言っていた。そのくせその若夫婦の行為を是とするか非とするか、自分でも判断が付きかねていた。

「ですけれど、ご両親の願いもむなしく終わってしまいました」

「なぜですか？」

「……裁判所が、産まれてきた子供の脳死を宣言しなかったからです。もともと脳がないのだから脳死状態であるという夫婦の主張は受け入れられませんでした。赤ん坊が亡くなったのは、生まれてからわずか十日後のことです」

「なんてことだ」

ふたたび私は繰り返した。

わずか十日でも生涯。そして十七年の生涯。

裁判所の判決がことさらに無情だったとは思わない。こと臓器移植に関しては、日本でも重大な問題となっている。生命とはなんぞや、はたまた倫理とは……。死の基準とは？

無数の人間がいる限り、様々な立場も考え方もあろう。たった一つの明快な答えを得ようというほうが無理なのだ。

だが……。

この世に生を受けた赤ん坊の、たった十日間の生涯を思った瞬間、またしてもあの少女の声が頭の中にこだました。今は亡き、安藤麻衣子の声の幻が。

『意味のない生は嫌だ。だけど無意味な死はもっと嫌だ』

私ははっとして顔を上げた。

「神野先生」そう言った私の声は、ややかすれていた。「つまりあなたが言っているのは、あなたが麻衣子さんに〈意味のある死〉について示唆（しさ）したということなんですね。そうでしょう？」

ごくかすかに、神野先生はうなずいた。

「説明してください。結局、あの子の死はなんだったんですか？　いや、それより何より、あなたは犯人がどこのだれだか知っているんですか？」

神野先生は泣き笑いのような表情を浮かべ、それから曖昧に首を振った。

「……ごめんなさい。その質問にお答えすることはできません」

「しかし」

「時間を、いただけますか？」

彼女は立ち上がり、ひどく素っ気なく言ってから、一言一言区切るみたいにして付け加えた。

「さよなら」

小首を傾げて、にこりと笑った。

やがてぎこちなく揺れる小さな肩が、だんだんに遠ざかって行った。

何かの呪縛（じゅばく）が解けたように私が駆け出したのは、神野先生の姿が見えなくなってからのことだった。彼女の影が溶けるように消えた四つ辻（つじ）を曲がると、そこは大勢の人と車と騒音とが、混沌（こんとん）とうねっていた。私は取り返しのつかない思いに襲われながら、なす術（すべ）もなく立ちつくしていた。

# 8

外線の赤いランプがチラチラと点滅し、電話が鳴った。小幡康子は今度は七回まで数えてから、受話器を取った。同僚の教師は顔も上げない。結局、かかってきた電話はすべて康子が応対している。今度こそ、苦情を言ってやろう。

「はい、花沢高校です」

ごく事務的に応えると、ちょうど深呼吸ひとつ分くらいの間を置いて、相手は名乗った。

「あの……三年二組の野間直子の父親ですが。いつも娘がお世話になっております」

「あら」思わず康子はそんな声を上げた。珍しいこともあるものだ。夏休みの最中に、親子から続けて電話があるとは。「私、直子さんの担任をしております、小幡です。どういうご用件でしょうか？」

学校にやたらと電話をかけてくるのが好きな保護者もいれば、できる限りそれを避けようとする親もいる。康子の知る限り、野間直子の父親は後者に属していた。

「申し訳ありませんが、至急、娘を呼んでいただけないでしょうか」

「はい？」

「いえ、ですから夏期講習の最中だということは重々承知しておりますが、ちょっと急用がありまして、直子を電話口に呼びだしていただきたいのです」

「あの……」当惑して康子は口ごもった。「何かのお間違えじゃありませんか？　今日は午前中に校内の営繕工事が予定されておりまして、夏期講習はお休みだったんですよ」

そう説明しながら、康子は面倒なことになったなと考えていた。野間直子は親に嘘をついて、どこかに出かけてしまったらしい。よくあることだとはいえ、後でトラブルに発展しなければいいが……。

康子以上に直子の父親も当惑したらしかった。しばらく黙りこくった後で、不自然なほどに朗らかな口調で言った。

「いや、これは失礼しました。たぶん、私の勘違いでしょう。直子が友達のところにでも行くと言ったのに、こっちがちゃんと聞いていなくて、いつも通り夏期講習に出かけたものだとばかり思いこんでいたんでしょうね。すみません、余計なご心配をおかけしました」

「それならいいんですが……」

たとえ双方が信じていないことでも、それがもっとも穏当な解決策であるなら、事実と認めてしまうに限るのだ。しかしやはり担任教師としては、少々釘を差しておく必要がある。

「もし何かありましたら、必ず学校側にもご一報くださいね」

「はい、それはもちろん……」

そう応えた後で、またもや逡巡するような間があった。やがて相手は意を決したように言った。

「あの……直子が学校の授業や夏期講習を無断欠席したことは、今までに……」

「それはありません。直子さんは真面目な生徒ですよ」

野間直子の父親はほっとしたふうだったが、別に気になることがあるらしく、電話を切りかねているのがわかる。

「あの、何か他に？」

水を向けてやると、ようやく切り出した。

「あの……妙なことをお尋ねしますが、そちらにお勤めの神野先生の連絡先などを教えていただくわけにはいかないでしょうか」

確かに奇妙な質問だった。電話を受けたのが他の教師であったなら、「養護教諭になんのご用ですか？」とでも聞き返していただろう。

だが、康子には野間直子と神野菜生子（なおこ）との結びつきに、ぴんとくるものがあった。

それは教師としてよりもむしろ、康子個人としての直感である。

「何かあったんでしょうか……安藤麻衣子さんのことで」

相手は仰天したらしかった。

「どうしてそれを……あ、いや……」

「お願いですから隠さないでください。私は直子さんの担任ですし、神野先生とは個人的にも親しくさせてもらっています。その上……あの子の担任でもあったんですよ」傍らで耳をそばだて始めたらしい同僚に、ふたたび安藤麻衣子の名前は聞かれたくなかった。「……知る権利はあると思いませんか？」

つとめて冷静な声でそう言うと、さほどためらう様子もなく相手は同意した。

「おっしゃるとおりですね」

「事情を説明してくださいますか？」

「ただ、今すぐに、というわけにはいきませんが……」

すまなそうに彼は言う。

「急ぎのご用件だとおっしゃってましたね」

「本当言いますと、それもはっきりしないんです。むしろ私の考えすぎで、空騒ぎに終わるだけなんじゃないかと……もちろんその方がいいわけですが。ただ、いずれにしても後で先生には必ずご報告します」

直子の父親は力強く請け合った。

信じていいのだろうと康子は思う。直子の父親のことは、よく覚えていた。母親がやってくることが多い三者懇談会や保護者会では、ひときわ目立つ存在だったからだ。いつだってひどく居心地悪そうにしていたが、飄々とした外見と、誠実そうな人柄に康子は内心好感さえ抱いていた。

康子のわずかな沈黙を誤解したらしく、相手は自分が間違いなく直子の父親で、外部の怪しげな人間ではないことを必死に証明し始めた。直子の生年月日だの出席番号だの、一学期の成績だのの数字を並べ立てるのを、康子は軽く笑って押しとどめた。

「メモのご用意はいいですか？」

そう前置きし、康子は教職員名簿を開いた。

「ですけど、先生がご自宅にいらっしゃらなかったらどうなさるおつもりですか？」

相手が復唱を終えた後で、康子はふと気になって尋ねた。

「いや、それが……」口ごもった後で、直子の父親は言った。「あの、お世話になりついでにもう一つ住所を調べていただきたいのですが。すでに卒業してしまった生徒さんについてなんですが、可能でしょうか」

「卒業アルバムを見ればわかると思いますけれど……もし、転居していなければ、ですが」

「その点は大丈夫です。申し訳ないんですが、名字もはっきりした年齢もわかりません。名前はユリエです」

「……それだけですと、ちょっと……」

途方にくれて康子はつぶやいた。

「お願いします。そんなに昔の卒業生じゃないんです。ここ数年……そうだ、何年か前にぼやがあったそうですね。そのときに在校していた生徒さんのはずです」

相手の言葉に、康子の目は大きく見開かれていた。

*　*　*

誰もいない部屋で、電話が鳴っていた。

閉め切られた部屋の空気は外気の熱に暖められ、わずかによどんでいる。白く清潔なレースのカーテンは、ぴったりと窓に張り付き、そよりとも揺れない。壁に掛けられたオルゴール時計だけが、生真面目に時を刻んでいる。

質素な木目調（もくめちょう）のタンスの上に、やはり木でできた写真立てがあった。仲むつまじそうに寄り添ったカップルの姿がそこにある。

精悍（せいかん）な面立（おもだ）ちをした青年の傍らで、華やかな笑顔を浮かべているのは、部屋の主である神野菜生子だった。

電話の呼び出し音はしばらくの間鳴り響いていたが、やがてコトリとやんだ。

部屋はふたたび、置き捨てられたような静寂に満たされていた。

＊　＊　＊

小宮の携帯電話が鳴った。

今度こそ、スイッチを切っておかなかったことを悔やみながら受信ボタンを押した。

「小宮か？　俺だ」

小宮が応答する隙も与えず、性急な口調で相手は言った。

「またおまえさんかい」小宮は子供のように口をとがらせた。「俺の携帯の番号にかけてくりゃ、俺が出ることくらいわかりきっているだろうが」

「大変なんだ、神野先生がいなくなった」

「それはさっき聞いたよ」

「それが違うんだ。またいなくなったんだよ」

相手は常に似合わぬ早口で、事情を説明しだした。長い間無言で聞いていたが、ついにたまりかねて小宮は叫んだ。

「『サヨナラ』っておまえね、いくらそう言われたからって、そういう状況でだな、はいさようですかとそのまま別れてくる奴があるかよ」

「しかし……」

「しかも案山子(かかし)もない」唾(つば)を飛ばしながら、小宮は言う。「だいたいなんだよ、おまえさんは。どうしてそういつもいつも俺のことを頼ってくるんだ？　おまえと違ってこっちはれっきとした勤め人なんだからな。そこんとこ、ちゃんとわかってんのかよ？」

「なんだよ、やけにとげとげしいな」

相手はやや鼻白(はなじろ)んだらしかった。小宮はふんと鼻から息を吹き出した。

「当たり前だ。俺は今、デート中なんだからな」

「静香さんとか？」

「あほ。女房とデートなんてするかよ。若い女性だぞ。おまえなんか、彼女に会ったら驚くぞ」

「いや、それはまあ、邪魔をして悪かったよ」ほとんど信じていないらしい声で、相手は言った。「とにかくそんなような事情でな、今、神野先生のところにも電話を入れたんだがやっぱり家には帰っていないようだし、まだ十五分しか経っていないから学校にも電話を入れられないし……」

「ちょっと待て。おまえまさか、ナオちゃんの学校に電話を入れる気か？」

「入れる気かって、もう入れたよ。俺が何もしないでぼんやりしていたと思うか？神野先生の連絡先も知りたかったし、ちょうど直子の担任の先生が出てくれて、助かったよ」

「するとおまえはナオちゃんの担任の先生と話を……」

「小幡先生とか？　もちろんしたさ。最初に直子を出してくれって言ったら、今日は夏期講習は休みだなんて言われて冷や汗をかいたけどな。まったく直子のやつ、どこに行っているんだか……まあ、それはともかく、今、先生に例のユリエって子の住所を調べてもらっている。三十分後にもう一度電話をくれって言われた。その間、何だかいても立ってもいられなくてな……いや、悪かったよ。また今度連絡する」

「ちょ、ちょっと待った。切るな。いいか、切るなよ」

慌てて言い置き、小宮は携帯電話の保留ボタンを押した。

それからやおら、目の前の〈若い女性〉に向かい、困り切ったように言った。

「どうする、ナオちゃん。今日は学校に行ってるんじゃないってこと、親父さんにばれちゃったみたいだぞ」

## 9

電話ボックスの中はまるで蒸し風呂だった。手を伸ばしてドアを半開きにし、そのまま足で支えてみる。閉め切っているよりは幾分ましだった。自動車の群が、砂埃(すなぼこり)を上げながら次々と通り過ぎていく。向こう側の歩道を歩く人間の中から、なおも未練たらしく神野先生の姿を捜そうとしている自分に気づき、少し気が滅入った。

小宮に呆れられるまでもない。あの状況で、いくら相手に別れを告げられたとはいえ、彼女を引き留めなかったのは、あまりにも考えなしだった。まったくどうかしていた。夏の暑さに、脳味噌をやられていたとしか思えない。

神野先生はこう言っていたのだ。安藤麻衣子は殺されたがっていたのだ、と。

それからこうも言っていた。自分は安藤麻衣子とよく似ている、精神的な双子だったと。

どうしてあの時にすぐ、気づかなかったのだろう？

殺したがっている人間と、殺されたがっている人間との出会い。それは愛したがっている男と、愛されたがっている女の出会いのように自然ではないか？

神野先生は明らかに犯人について何か心当たりがあるようだった。これは単なる私の直感だが、おそらく間違ってはいないだろう。だが、彼女ほど聡明な女性が、犯人を野放しにしておくことの危険性について思い至らなかったというのは、どう考えても変だ。

ひょっとして彼女は一つのことで頭がいっぱいになっていて、他のことには気が回らなくなっていたのではないか。つまり彼女は……。

犯人に会いに行ったのだ。

自分で出した結論にぎょっとして、自ら反駁してみた。馬鹿な。いったいなんのためにそんなことをする？

対する答えは、すぐに出てきた。

――犯人に、自分を殺してもらうために。

私は一人、大きく首を振った。

自分でも、考えすぎだとは思う。およそ馬鹿げた妄想だと。だが、気になるのだ。今日、私とわざとはぐれたと彼女が言ったのは、たぶん本当だろう。しかしその後でわざわざ公園で待っていたのは、どういうわけだ？　私に言いたいことがあったからとしか、思えないではないか。あるいは、言い忘れていたことがあったかだ。そして今になって思うに、伝えたかったのはただの一言。

さよなら――。

ざわりと総毛立った。もし、全世界の人間を代表して、彼女の別れの言葉を聞いてしまったのだとしたら？

考えすぎなら、それでいい。ただの馬鹿げた妄想なら。

しかし……。

その時電話機が、差し込んだテレホンカードの度数が残り少なくなったことを告げた。そのけたたましい電子音と一緒に、ようやく保留が解除され、小宮の変に甲高い声が聞こえてきた。

「待たせて悪かったな。ちょっと取り込んでいたもんで……」

腕時計を見ると、すでに三十分経っている。

「こっちこそ悪かったよ。そのうちにまた、電話する」

私はそう言い残して電話を切った。フックに受話器を置く寸前、小宮の声が聞こえた気がしたが、気持ちの方が急いていた。

財布から新しいカードを引っぱり出し、ふたたび直子の学校に電話を入れる。今度はコール音を二度数えただけで先方につながった。応答してくれたのは、先ほどと同じ女性の声だった。

「お待ちしておりました。メモのご用意はよろしいですか？」

私は慌てて手帳を取り出した。小幡先生は住所、氏名、電話番号を低い声で伝えた後、さらに声を低めて言った。

「それで、神野先生はご自宅には……」

「いえ、お留守のようでした」

「そうですか」気がかりそうに言ってから、付け加えた。「あの、私、仕事中ですので今はこの場を離れることができませんが、何かわかりましたら必ず教えて下さい。しつこいようですが、お願いします」

「わかりました、そうしましょう」

「あの、それから……」やや言いよどんでから、思い切ったように小幡先生は言った。「先ほどは言いそびれていたんですが、今日、直子さんから学校に電話が入っているんです」

「それはいつ頃の話ですか？」

「そうですね、お父さんからお電話をいただく一時間ほど前かしら。お父さんと同じようなことを聞かれました。神野先生はいるかって」

「そう、ですか……」

どういうことだろう？　皆目(かいもく)見当がつかなかった。小幡先生にはなおのこと訳がわからないだろうが、考えても仕方がない。

「ところでその、窪田由利枝(くぼたゆりえ)さんという卒業生がどんな生徒だったか、ご存じですか？」

「そうですね……覚えている限りでは、優等生だったんじゃないかしら。卒業写真を見て思い出しましたけど、ずいぶんきれいな子だったし、成績も良くて、なんのトラブルも起こさない……その意味では、安藤さんとよく似ていたかもしれませんね」

はっとした。ごく最近、よく似た言い回しを耳にしなかったろうか？

「髪の毛は、どんなふうですか？　もしかして、まっすぐに垂らした長い髪をしているんでは……」

自分でもずいぶんおかしなことを聞くと思ったし、向こうはなおさらそう考えたらしい。やや当惑したような口調で小幡先生は答えた。

「おっしゃるとおり、ストレートのロングヘアです……もっとも、うちはもともとパーマを禁止していますから……」

「すみません。つまらないことを聞いてしまって」私は慌てて相手の言葉を遮った。説明している時間はなかった。「すぐに窪田さんに連絡を取ってみます。それでは……」

「待ってください。もう一つ、お伝えしたいことがあるんです。これは何の関係もないことかもしれませんが……」

「どうぞ、何でもおっしゃって下さい」

「卒業アルバムは学校の資料室に保管してあります。閲覧は自由ですが、生徒が入室する際には学年とクラス、それに氏名をノートに記入する決まりになっています。一昨日、直子さんは資料室に入室していますね」

「つまり直子も同じようにしてこの窪田由利枝さんという卒業生の住所を調べたかも

しれないと？」

「ノートの名前だけじゃ、そう断定する根拠には乏しいですけれどね。単なる調べものだったのかもしれませんし。ただ、問題の卒業アルバムの間に、ちょっと気になる物が挟まっていたものですから」

「それはいったい……」

「栞です。薄紙の間に切り紙細工が挟んである、かなり凝った作りのものです。ちょうど窪田さんの写真のところにあったものですから、偶然とは思えなくて。それに実は私、以前に同じような栞を見たことがあるんですよ」

「直子がそんな栞を？」

私自身は見た覚えがなかったが、栞の一枚や二枚、別に直子が持っていても不思議はない。

だが、小幡先生は言下に否定した。

「いいえ。栞の持ち主は、安藤さんでした」

## 10

「ご乗車のお客様にお願い申しあげます。車内での携帯電話のご使用は、他のお客様のご迷惑となりますのでご遠慮下さい……繰り返します……」

アナウンスを聞くともなしに聞きながら、私はぼんやりと考えていた。

安藤麻衣子が卒業アルバムで窪田由利枝の住所を調べた理由ははっきりしている。見知らぬその女性に手紙を出そうと思い立ったからだが、実際には問題の手紙は窪田由利枝に届くことはなかった。少なくとも、安藤麻衣子が生きている間には。

麻衣子の母親が主張したように、手紙を抜き取ったのが通り魔事件の犯人と同一人物であると仮定してみよう。犯人はなぜ、麻衣子をつけ回していたのだろう？　そしてまた、なぜ最近になって窪田由利枝に脅迫状めいた手紙を出したりしたのだろう……それも、麻衣子の名前を騙（かた）った上で。

何か、犯人なりの理由があるのだろうか？　それとも単に頭のおかしな人間の、当人にも訳のわからぬ支離滅裂な行動に過ぎなかったのか。

安藤麻衣子。窪田由利枝。そして犯人……。このいびつに歪（ゆが）んだトライアングルに、もう一人加えられる人物がいるとすれば、それは他ならぬ直子だ。

安藤麻衣子はどうしてアルバムに栞を挟んでおいたのか？　それはもちろん、後から調べる誰かに見せるために他ならない。自分が通った道を示す、一種のサインとして。

小幡先生は、窪田由利枝は少し安藤麻衣子に似ているかもしれないと言っていた。もちろんそれは成績や生活態度など、総合的な意味でなのだが、中でも重要な要素として、由利枝の容姿も含まれていたのではないか。

〈ずいぶんきれいな子〉という表現を小幡先生は用いていた。同じ形容は、もちろん安藤麻衣子にも当てはまる。

人は飛び抜けて整った容姿というものには、時により、そして案外に、没個性な印象を受けるものだ。同じ〈きれい〉という言葉でくくられ、それ以上も以下もない。

小幡先生に窪田由利枝の髪型のことを聞いたのは、単なる思いつきだったが、どうやら正確に的を射抜いていたらしい。

長いまっすぐな髪をした、きれいな女性。

それは安藤麻衣子と窪田由利枝とをくくる、ごくわずかな共通項だ。

犯人はごく最近になってようやく、その事実に気づいたのではないだろうか。例えば、先月六月頃に。だから今さらのように手紙を書いたのだ。理由としては薄弱なようだが、といって他の動機も見付からない。

そもそも窪田由利枝を選んだのは安藤麻衣子であって、犯人ではない。犯人が由利枝の存在を知ったのは、まったくの偶然によるものだ。

だが、神野先生は窪田由利枝が危ないという。

神野先生の考えが正しいとすれば、犯人は窪田由利枝を次の犠牲者に選ぼうとしていることになる。そしてもし、私の考えも正しいのだとすれば、その理由は由利枝が安藤麻衣子に似ているから。ただそれだけなのだ。

もちろん、そんな馬鹿なとは思う。だが世の中には、チューリップとタンポポの区別ならついても、バラとシャクヤクの見分けはつかないという朴念仁（ぼくねんじん）は大勢いる。恥ずかしながら私自身もそのうちの一人だ。

直子が実際に卒業アルバムの写真を目にしているのなら、私のこの思いつきについて意見を聞くこともできるのだが……。

まったく直子ときたら、いったいどこに行ってしまったのだろう？

そう考えて、今さらながらはっとした。

安藤麻衣子はわざわざ卒業アルバムに自分の栞を挟んでおいた。後からそれを調べる、誰かに見せるために。

そしてその誰かとは……直子だったのではないか？　二人は不思議な友情で結ばれていた。だからこそ、麻衣子が殺されたとき、直子はただならぬ反応を示したのだ。

直子はおそらく、矢印が示しているのは窪田由利枝という卒業生なのだと、正しく理解したに違いない。麻衣子から何かヒントめいた言葉を残されていた可能性もある。だがそれだけでなく、卒業写真を見て、何かぴんとくるものがあったのではないか？

だが、もし直子が安藤麻衣子の生前の行動をそっくりなぞろうと考えたとしても、窪田由利枝に手紙を出しはしないだろう。といって、いきなり電話をかけるとも思えない。

曲がりなりにも十七年以上、直子の父親をやってきたのだ。あの子の性格はある程度把握しているつもりだった。慎重なようでいて、変に大胆で向こう見ずなところがある。直子は直接、窪田由利枝の自宅を訪ねようとするに違いなかった。

だが、当の由利枝は確か会社勤めをしているはずだ。平日の日中に押し掛けたところで、目指す相手にばったり出会える可能性は、限りなくゼロに近いだろう。

私自身、公園近くの電話ボックスと、駅前からの二度、窪田家に電話を入れてみたが、あいにくと留守らしかった。

直子が学校の資料室に入ったのは、一昨日のことだと小幡先生は言っていた。夏期講習にはきちんと通い、いつも通りの時間に帰ってきた。だが今朝に限っては私に嘘をついてまで、どこか他のところに出かけていった。もし、直子が私に内緒で今日どこかに行っているのだとしたら、それはやはり窪田由利枝宅なのではないだろうか。

しかし——。

恐ろしい事実に気づいて、ぎょっとした。窪田由利枝に会いたがっているのは、直子だけではないのだ。

神野先生と、それにひょっとしたら……犯人も。

もし直子が犯人とばったり出くわしたらどうなるか？　もしくは神野先生と犯人が？

その邂逅（かいこう）がいったいどんな結末をもたらすか……。想像してみるのもごめんだった。

考えれば考えるほど、こいつは私一人の手には余る事態に思えてきた。私がうろうろしている間に、何か取り返しのつかないことが起きてしまいそうな気がする。

だが、今の私にいったい何ができる？　警察に駆け込んで訴えるには、あまりにも漠然とした話だ。

——ええ、ですからその窪田由利枝という女性を、安藤麻衣子を殺した犯人と同じ人物が、狙っているかもしれないんですよ。え？　そう考えた理由ですか？　二人の女性がよく似ているからですよ。客観的にはどうだか知らないが、少なくとも犯人は同じタイプだと思いこんでいる可能性がある……。ああ、そうそう。手紙の件がありました。一ヵ月ほど前、その女性は悪質な嫌がらせの手紙を受け取っているんですよ。え？　もちろん、まったく別人の悪戯(いたずら)という可能性もありますが……ええ、そうですね。殺人犯が書いたという証拠はまるでありません――。

私は大きく首を振った。

頭の中でわざわざシミュレートしてみるまでもない。こんな頼りない情報で、警察が迅速に動いてくれるだろうか？　残念ながら、はなはだ心許(こころもと)ないと言わざるを得ない。

ではどうする？

考えすぎてずきずき痛み出したこめかみを、拳(こぶし)で押さえているうちに、電車はホームに滑り込んでいた。閉まろうとしていたドアから、慌てて外に飛び出す。窪田由利枝の自宅に、そこがもっとも近い駅だった。

改札を出て階段を下りると、右手に喫茶店があった。入り口の脇に緑色のカード式電話がある。吸い寄せられるように受話器を上げ、窪田家に電話を入れた。相変わらず、留守のようだ。カードをもう一度入れ直し、ついでのように小宮の携帯電話の番号を押した。

「俺だよ。たびたびすまないな」そう詫びておいてから聞いた。「おまえさ、今どこにいる？」

緊急の際に手を貸してくれそうな友人として、真っ先に思い浮かぶのはやはり小宮だった。

「おまえか。やっと連絡を寄越したな」小宮はまるで長年の無沙汰を責めるような口調で言った。「今どこにいるかだって？　教えてやる。おまえさんの目の前だよ」

そんな馬鹿なと顔を上げたまさに目と鼻の先、喫茶店のガラス越しに、アカンベーをした小宮の間抜け面があった。

11

「……おまえ、どうしてこんなとこに。それに直子まで」

いらっしゃいませ、お一人様ですかとにこやかに声をかけてくるウェイトレスを無視し、決まり悪げに笑っている直子の隣に腰を下ろした。

「二人して、何をやっていたんだよ」

俺を除け者にして……という言葉は、かろうじて飲み込んだ。小宮にひがんでいると思われるのもしゃくだ。

「ごめんね。お父さんを騙すつもりはなかったの。小幡先生、怒ってた？」

おずおずと、直子が尋ねた。

「いや、小幡先生の方は俺がうまくごまかしといたよ。だけど……今日、ここへ来たのは安藤さんのためなんだろう？」

直子はこくりとうなずく。

「だったらどうして俺にも一言言ってくれなかったんだい？」

こんなやつに頼るくらいなら……とはまたしても、ごくりと飲み込んだ言葉だ。

直子はやや拗ねたような目をして私を見ていたが、やがて口を開いた。

「だってお父さんは麻衣ちゃんのためにできることが他にあるでしょ？」直子がまっすぐに見つめていたのは、私の紙挟みだった——『ガラスの麒麟』につけるためのイラストを挟んだ。「私には何もできないもの……麻衣ちゃんを殺した犯人を、突き止めることくらいしか」

子供が何を馬鹿なことを、とは言えなかった。むろん、保護者としてはそう言うべきなのだろう。そんな危ないことは警察に任せて、おまえは勉強だけしていればいいんだよ、と。

だが、私にはとても言えなかった。直子の、麻衣子への思いを知っていたから。二人の少女が共有していた、心の痛みを知ってしまっていたから。

「そうか……」

私がそうつぶやくと、頃合い良しと見たのか小宮がようやく口を開いた。

「俺がここにいるのは、単なる付き添いというかオブザーバーとしてなんだよ」

「オブザーバー？」

「ああ。直ちゃんはここで、ある人間と会うことになっている。約束は取り付けたものの、一人で会うのはちょっと気後れするって言うんだな」

「ある人間ってのは、男か」

ぴんとくるものがあった。もし相手が窪田由利枝や、それにこれはほとんどあり得ないことだが神野先生だったなら、小宮に付き添いを頼むまでもないだろう。

だが、返ってきた答えは意表をついていた。

「それがさ、探偵だってよ」

「探偵？」

「麻衣ちゃんの知り合いだったの。前に名刺を見せてもらったことがあって……」

「高校生が探偵を雇っていたって言うのか？」

直子は首を振った。

「て言うか、個人的な知り合いだったみたい。その人が麻衣ちゃんのことナンパして、普通は麻衣ちゃんそういうの全部無視してたんだけど、今度はちょっと面白そうだからって……」

「ナンパ、ねえ……」

呆れながらもふと、麻衣子から由利枝に宛てた手紙の内容を思い出した。由利枝が自分のせいで死んでしまったと思いこんでいた少年について、あれこれ調べたのだとか……。

なるほど、そういうことか。

麻衣子はちょっと毛色の変わったボーイフレンドに依頼して、時間外勤務をしてもらったのだろう。

「……その人と話ができれば、何か犯人に関するヒントがつかめるんじゃないかと思って」

「しかし直子、あんまり期待するのも考えものだぞ。もし警察の言うとおり、まったくの通りすがりの犯行だったら……」

「そんなことはないわ。麻衣ちゃんは犯人のことを知っていた。だって私、聞いたんだもの……麻衣ちゃんが犯人に電話しているの」

「なん……だって？」

「もしもし、人殺しですかって。放課後の学校で、誰かに向かってそうしゃべってた。相手の名前も言ってたわ……ちゃんと聞き取れなかったけど」

「それはいつ頃の話なんだい、ナオちゃん」

この話は小宮も初耳だったらしく、大きく身を乗り出していた。

「よく覚えてないけど……冬だった」

「どうしてそれを警察に言わなかったんだ」

我知らず、叱りつけるような口調になっていた。直子の話が事件に関係があるとすれば、安藤麻衣子は自ら犯人を挑発していたことになる。

直子は幼い子供のようにうつむいてしまった。

「忘れていたの……どうして忘れていられたのか、自分でもわかんないけど。だけどこないだ夢で見て、それで思い出して……」

直子に言わせれば、そのときには麻衣子一流のゲームなのだと思ったそうだ。生真面目な顔をして刺（とげ）のある冗談を言う、ふざけたふりをしてぽつりと本音をつぶやく

——麻衣子はそんな少女だったのだ。

麻衣子の話になると、とたんに直子は饒舌になった。

「二人でよく、いろんな話をしたわ。地球上からいなくなってしまった生き物の話とか。真面目なことを、ふざけたみたいに話し合うの」

「恐竜の話なんて、してたかい」

ふと思いついて尋ねると、直子は不思議そうにうなずいた。

「どうせ滅びちゃうんなら、いったいなんのために生まれてきたんだろうねってよく言ってた」

もしかしたら安藤麻衣子は、神野先生から聞いていたのかもしれない。わずか十日間で生涯を終えた赤ん坊の話を。

地球が誕生したそのときから、ホモ・サピエンスが幅を利かせる現代に至るまで、それこそ無数の生物が誕生し、そして滅んでいった。あるものは環境の変化に適応できず、あるものは台頭してきた外敵との争いに敗れ、そしてあるものは種としての限界から。

進化のトライ・アンド・エラー。

どうせ滅びるんなら、いったいなんのために生まれてきたんだろう……。

この言葉を、本当に何度反芻(はんすう)したことだろう？　すでにこの世に亡い少女のそのつぶやきは、辛く重い問いかけだ。

生まれてきたことが無意味だった……失敗だったと思いながら、果たして人は生きていけるものなのだろうか？

「……他にはどんな話をしたんだい？」

たまらなくなって、直子に尋ねた。もう少し直子のおしゃべりを聞いていたかった。

「他には……神野先生のこととか」

私が少しびくりとしたのが、小宮にだけはわかったらしかった。私はわざと何でもないふうに、先を促した。

「へえ。神野先生の噂話？　二人とも、あの先生のことが好きだったんだろう。どんなことを言っていたんだい？」

「好きだけど、悪口も言ってたわ。私じゃなくて、麻衣ちゃんがだけど。あの先生は魔女だって言ってた」

「魔女？」

どきりとした。思わず膝の上のバインダーを見つめてしまう。そこに挟んである安藤麻衣子の物語には、確か魔女が登場していた。

「もちろん、ふざけてそう言ったのよ」私の反応を誤解したのだろう、直子は慌てて弁護した。「ほら、あの先生は人の心を読みとっちゃうようなところがあるでしょう？　だから」

「ああ、そういうことか」

ほとんど上の空で相づちを打ちながら、私の頭は忙しく動き出していた。

もし〈魔女〉が、ある特定の人物を——神野先生を示しているのだとしたら、〈ネメゲトサウルス〉はどうなのだろう？　〈ガラスの麒麟〉が、他ならぬ麻衣子自身なのだとしか思えないように、〈ネメゲトサウルス〉もまた、やはり麻衣子本人なのだろうか？

最初にその物語を読んだときには、確かにそう思った。だが、神野先生が麻衣子に呪いをかけるとなると……。

どうも釈然としない。

安藤麻衣子が殺された事件に関して、警察が通り魔の犯行であるという見方を強めたのは、もちろん故（ゆえ）のないことではない。いくつか理由はあろうが、その最も大きなものは、被害者の周辺にそうした凶行を呼び寄せるほどの蔭を、みじんも見つけることができなかったという事実ではないだろうか。

だが、殺されたのが仮に神野先生だったとしたらどうだろう？　やはり結果は同じだったろうか？

自分の思考がとんでもないところに着地しかかっていることに気づき、ぶるりと身を震わせた。あの神野先生が、誰かから殺してしまいたいほどに憎まれている？　まさか。

「お父さんたら、どうしたの？」

私の顔をのぞき込んで、直子が笑った。その笑顔が妙子に……直子の死んだ母親にあまりよく似ていたから、どきりとした。

邪気(じゃき)のない、直子の笑い顔に、さらに別な面差(おもざ)しが重なった。写真で見た、安藤麻衣子の笑顔。どこか人を不安にさせる、アンバランスな笑み……。そしてさらにそこに、神野先生の微笑みがすっと浮かんで、消えた。

あの寂しげな、哀しそうな笑顔。

神野先生は……彼女は心から笑ったことが、一度でもあるのだろうか？　あの、不幸きわまりない事故以来……。

ふいに、何かひやりとした感触が首筋を伝い落ちていった。

あの神野先生を憎む人間がいるなんて、想像すらできないことだ。だが、彼女が憎んでいるかもしれない人間なら、一人だけ、存在するではないか？

もしかしたら、殺してしまいたいほどに憎んでいる人物が。

そうして……。光は鏡に当たって反射する。憎悪は人にぶつかり、そして跳ね返る。

その黒いしぶきを、安藤麻衣子がまともに浴びてしまったのだとしたら……？

「あ……」直子が唐突に声を上げた。「来たみたい。確か、あの人よ」

ガラスのドアを開けて入ってきたのは、どう見ても駆け出しのサラリーマンといった雰囲気の青年だった。薄いグレイのスーツをきちんと着こなし、髪型もいたってまともだ。〈探偵〉という怪しげな職業から想像される人物とはおよそ正反対の外見である。と言って、〈ナンパ〉という軽佻浮薄（けいちょうふはく）な言葉から連想するような人間とも違っている。私たちはしばらくの間、まじまじと相手を見物していた。

直子が片手を上げて合図すると、青年はやや不思議そうに中年の保護者二人を見やったが、すぐにこちらにやってきた。

「遅くなりまして申し訳ありません。仕事が思ったより長引いてしまいまして……」

銀行の窓口に座らせても違和感がないと思われるその青年は、丁寧にそう言ってお辞儀をした。

## 12

〈犯人〉の携帯電話が鳴った。

〈犯人〉はポケットから電話を取り出し、受信スイッチを押した。その流れるような動作が、自分でおかしかった。

（俺ときたら、こんなときにもちゃんと電話に出るんだもんな）

傍らの女性ににっと笑いかけてから、〈犯人〉は応えた。

「もしもし？」

相手はすぐには名乗らず、まず〈犯人〉の氏名を確認した。

「そうだけど、あんた誰？」

聞き覚えのない男の声だった。男はやはり〈犯人〉の問いには応えず、質問を続けた。

「神野先生はいるかって？　センセイかどうかは知らないけど、そういう名前の女ならいるよ、ここに」

男はそれに対してまた何か言っている。今度はずいぶん長かった。

「そうかい。ご親切にありがとよ……俺たちが今どこにいるかって？」

〈犯人〉は顔を上げ、ふたたび傍らの女性に向かって笑いかけた。今度のは泣き笑いに近かった。

やがて〈犯人〉は今いる場所を相手に告げた。飼い慣らされたペットのように従順に。それから携帯電話をしまい、傍らのベンチに腰を下ろした。ペンキがはげちょろけ、半ば朽ちかけたそのベンチには、真っ白いスラックスをはいた〈犯人〉はとても座る気になれないでいた。だが、今は別にどうでもよかった。ふいに体中の力が抜け、ひどくだるかった。

――蟬がわんわん鳴いてやがる。相変わらず気に障る鳴き声だ。あいつらが七日間しか生きねえってわかってなけりゃ、片っ端から捕まえて、踏みつぶしてやるところだが……。相変わらずこの公園はじめじめしてて、陰気なところだ。だから痴漢や何かが出てくるんだよ……たまには人殺しもな。ちぇっ、人っ子一人いやしない――。

そう考えていた〈犯人〉の前に、小柄な影が落ちた。

「ああ、あんた。まだいたの？」

太陽がまぶしくて、手で顔を覆いながら〈犯人〉は言う。

「神野先生だっけ。もう帰んなよ。今から警察が来るってさ……」

言いながら、〈犯人〉は不思議そうに相手を見上げていた。

「なんで泣いてんだよ……あんたは勝ったんだぜ？　野間って野郎があんたによろしく伝えてくれってさ」

## 13

待ち合わせの喫茶店に着くと、小幡先生は先に来て待っていた。私を見てすっと立ち上がり、軽く会釈をした。

「すみません、お呼び立てしてしまって」小幡先生は言った。「お電話で少し伺いましたけれど、どうしてもよくわからなかったものですから」

「いや……横着（おうちゃく）に電話でご説明しようとした私がいけないんですよ」

ハンカチで汗を拭（ぬぐ）いながら、私は小幡先生の正面に腰掛けた。彼女を目の前にすると、どうしても保護者面談という感じがして緊張してしまう。だが、今目の前にしている小幡先生は、学校での堅苦しく知的なイメージとはまるで雰囲気が違っていた。

黄色い花模様がプリントされた華やかなワンピースのせいかもしれないし、涼しげにまとめた髪型のせいかもしれない。

「……もしかして、普段とあまり違うから、呆れてらっしゃいます？」小幡先生は悪戯っぽく微笑んだ。「実はこの後、人と会う約束なので。私だって、デートするときにはこういう格好をするんですよ」

それはいいですねとか何とか、いかにも間抜けな相槌（あいづち）を打った。

私の飲み物が来たところで、そろそろ私たちは本題に入ることにした。

「あの後新聞にも目を通しましたが、私にわかったのは犯人が捕まったってことだけでした」

「新聞というものは、結果しか伝えませんからね」

「動機については未だに何も言っていないんでしょう？」

「というより、たまたまナイフを持ち歩いているところに、偶然手頃な女の子が通りかかったから殺した……そんなふうに言っているみたいですね」

小幡先生はため息をついた。

「犯人はまだ二十三歳ですってね。そういう若い世代による理不尽な暴力が、近頃あまりにも多くなってきましたよね。最近、よく思うんですよ。それはいったいどうしてなんだろうって。理解できるとは思えないし、理解したいとも思わない。だけど、決してそっぽを向いていい問題じゃありませんよね」

「……世代的なことや、現代の社会構造の何が悪いのかなんていうことは、正直言ってよくわかりません。ただ、今回のことに関しては、私なりにいろいろと思うところはありました。ただ、うまく説明できる自信はありませんが……」

あの日以来、私の頭のなかはまるで壊れたレコードみたいだった。同じひとつの光景が、何度も何度も浮かんでは消えていくのだ。

実際に目にしたわけではない。ある人から聞いただけの、五年前の出来事。

「……きっかけは、ひとつの交通事故だったのです」

交差点で信号待ちをしていた、一台の乗用車。乗っているのは、一組の幸福なカップルだ。目的地は海だったが、別に山でもかまわなかった。ただ、一緒にどこかに行くということだけが、二人には大切だった。

信号が青に変わり、男がアクセルを踏む。車がゆっくりと動き出したそのとき、信じられないことが起こった。

センターラインを超えて、猛スピードで一台の車が正面から突っ込んできたのである。

事故は一瞬の出来事だったに違いない。

男の方は即死だったという。おそらく誰の目にも、その生存は絶望的な状態だったのだろう。そうでなくとも〈彼女〉は、看護婦の資格を持っていた。恋人が二度と目を覚まさないことを、即座に悟ってしまったのだろう。

自失する〈彼女〉の前に、〈加害者〉がよろめき出てくる。一見して未成年であり、その上酒に酔った眼をしていた。そして男とは対照的に、〈加害者〉は無傷だった。

ことの重大さに気づき、青ざめる〈加害者〉を、〈彼女〉は最大の憎しみを込めて睨み据えたに違いない。

そして叫んだのだ。大きな目に涙をためて、『――人殺し！』と。

目に見えるようだった。事故に混乱する後続車や、クラクションの音や、集まってくる野次馬や、やがて駆けつけた救急車やパトカーや……そうしたすべての光景が、まるで己の悪夢の再現のように頭に浮かんできてしまうのだ。

〈彼女〉は……神野先生は今でもその悪夢のなかにいるのだろう。そのときに負った右足の怪我は、医学的にはすっかり癒えているはずなのに、未だに彼女の足はうまく動かない。

『――私の心があの事故を引きずっているから。それは自分でもわかっているんです』

　そう神野先生は言っていた。

　自分でもちゃんとわかっているのだと。でもどうしようもないのだと。

「……知らなかったわ」痛ましそうに、小幡先生は顔をしかめた。「私、神野先生の足が悪い理由を、一度も聞いたことがなかったから。聞けば……きっと教えてくれたんでしょうけれど」

　私はうなずいた。それが、大人の思いやりと言うものだ。だが……。

「安藤麻衣子さんは面と向かって神野先生に尋ねたんでしょうね」

　あの少女にふさわしいストレートさで。

　ね、先生の足、どうして悪いの？　怪我、病気、それとも……？

　好奇心とは残酷だ。しかも麻衣子はボーイフレンドの探偵に、調査を依頼までしていたのだ。一度、窪田由利枝にまつわる事実関係を探らせたように。

　五年前の、事故について。そして、その加害者について。

　結局、人一人の命を奪ったという事実に比して、加害者の受けた罰はいたって軽いものだった。加害者が未成年であったこと、そして彼の父親がいわゆる名士であったことが、彼を守る見えないバリヤーとなって働いた。ちょうど、現実の事故から左ハンドルの車とその頑丈さとが、彼自身の生命を救ったように。

だが、名士の父親も高級外車も、彼の魂を救うことはできなかったのだ。

五年前の事故現場で、神野先生が加害者にぶつけた言葉は、明らかに呪いの言葉だった。その瞬間、加害者は呪われた。無知で愚かで情け知らずだった少年は。もしかしたら彼はそのときまで、自分の前途は洋々と開け、行く手には愉快なこと、面白おかしいことばかりが待ち受けているのだと、心から信じていたかもしれない。若さとはそういうものだ。時に信じられないほどに楽天的で、途方もなく傍若無人で……。

しかし、神野先生が投げつけた言葉によって、すべては一変してしまった。少年はその瞬間から、〈人殺し〉というプレートを胸に掲げて人生を歩んでいくことになったのだ。

この出来事が彼の人格形成にどれほどの影響を与えたかは、想像するより他はない。彼が当然受け取るはずだった、愉快なこと、面白おかしいことはことごとく取り上げられ、後にはすさんだ心だけが残った。

——人殺しだって？　冗談じゃない、あれは事故だ。仕方がなかったんだ。親父の車を黙って拝借した高揚感や、酒の酔いや、学校でのむしゃくしゃや……運が悪かったんだ。俺のせいじゃない……。

言い訳や自己正当化や責任転嫁の数々……。やがて彼の心は、出口のない袋小路に迷い込む。

——人殺しだって？　冗談じゃねえや。ほんとの人殺しってのはなあ……。

これはあくまでも、私の勝手な想像に過ぎない。だが、ときに人の心の中にどれほどの混沌が生じるか、四十年以上も生きてくれば嫌でもわかるようになる。

だが、わずか十七の少女だった安藤麻衣子が、加害者のそうした心の内をどうして理解し得たのか……。

彼女は確かに恐ろしいほど早熟だったし、驚くほど聡明でもあった。とはいえそれだけが理由ではないだろう。

「——蔑みか。哀れみか。もしくは同情か。でなければ共感か。麻衣子さんは犯人に対してそんな感情を持っていたのではないかと、私は思っています」

「あるいは、そのすべてか……」

同意の代わりに小幡先生は付け加えて見せた。

小幡先生の言うとおりだった。

麻衣子の内側にあったのは、きちんとラベルを貼って分類できるような感情などではなく、すさまじいまでの混沌だった。彼女自身、立っていられないほどの嵐が、麻衣子の心の中では常に荒れ狂っていたのだ。

「――麻衣子さんがいったいどうしてその加害者……犯人を挑発するような電話をしたり、接触を図ろうとしたりしたのか、結局のところ理由はよくわかりません。推測に過ぎないことをお話ししていいものか……」

「推測でかまいません。どうぞおっしゃってください」

私はややためらってから、口を開いた。

「小幡先生なら、あの年頃の女の子の打ち明け話がどんなものかは、ある程度ご存じですよね」

「恋の話、かしら？」

私はうなずいた。

「好きな人ができた、と麻衣子さんは打ち明けていたそうです。うちの直子から聞き出した話ですが。例の探偵の名刺を見せられた後のことだったから、直子はてっきりその好きな人というのは探偵を指しているのだと思い込んでいたそうですが……」

生まれて初めてお目にかかった〈探偵〉の風貌は、しごく平凡だった。あらゆる余計な知識だの予想だのを見事に裏切って。彼はごく常識的な、生真面目な青年だった。

あのとき。遅れてきた〈探偵〉を交えて、奇妙な会合をしていたとき。直子はどこか上の空で、私や小宮が代わる代わる投げかける質問や、対する〈探偵〉の答えを聞いていた。やがて、おかしなことを口走り始めたのである。

『違う、あなたじゃない、あなたじゃない……好きな人ができたって言ってたわ、麻衣ちゃん。私、あなたのことだと思っていた。だけど違う、あなたじゃない』

中年男二人の驚きをよそに、〈探偵〉の反応は落ち着いていた。

『……麻衣子さんが僕とつきあってくれていたのは、僕が探偵だったからですよ。彼女が必要としていたノウハウを、たまたま僕が持っていた。それだけのことだっていうのは、自分でもよくわかっていました』

彼の口調は淡々としていたが、その瞳は雄弁に物語っていた。それでも自分はあの少女に、心から恋をしていたのだと。

それがわかりすぎるほどわかったから、その場では誰一人口にできなかった。

ならば、麻衣子が好きだったのはいったい誰なのか、とは。

まさにその質問を小幡先生は口にし、それから一人顔を赤らめた。

「ごめんなさい。関係、ありませんよね、こんなこと」

教師にあるまじき下世話（げせわ）な好奇心だったと、内心恥じたものらしい。そのごく真っ当で健全な精神には好感が持てたが、私はゆっくりと首を振った。

「実は関係あるんです。と言いますか、今回のことで一番重要なのがそのことなんです」

安藤麻衣子は高慢で気まぐれな少女だった。そして他人への好意の示し方も、相当に屈折していたと言っていいだろう。

まるでお気に入りの犬に骨でも投げ与えるように、無造作に自らの秘密や本音を漏らす——直子によくそうしていたように。あるいはわけもなくからみ、突っ張り、そして甘える——神野先生にそうしていたように。そしてときには、聖母のごとき慈愛の心で相手に接することだってある——窪田由利枝に対してがそうだった。

それではいったい、麻衣子の好意とはどうした種類の人たちに向けられていただろう？

そのことをずっと考えていた——ようやく犯人が捕らえられたあの日以来ずっと。

神野先生はやはり犯人と共にいた。あの時の光景を、きっと私はこの先ずっと忘れることはできないだろう。

神野先生は泣いていた。大きな目にいっぱいに涙をためて、悲痛な声で叫んでいた。

『人殺し、人殺し、人殺し……どうして私のことは殺してくれないのよ』と。

私たちが現場に駆けつけたとき、長身の若者である〈犯人〉は、小柄な女性一人を持て余しているように見えた。実際、持て余していたのだろう。真っ先に駆け寄った私に、〈犯人〉は妙になれなれしい口調で言った。

『よお。電話くれたのあんた？』

私がうなずくと、〈犯人〉はへらへら笑いながら言った。

『この人、なんとかしてくれないかな。いくらあんたの勝ちだっつっても、離れてくれないんだよ』

後から追いついた小宮が携帯電話で一一〇番したのはその直後のことだ。

〈犯人〉は今に至るまで、安藤麻衣子を殺した動機については何一つまともなことを語らないという。別に深い意味はない、ただなんとなく……というようなことばかり、言っているらしい。とっさの判断で直子に命じ、神野先生を現場から遠ざけさせた我々としては、ほっとしていいような悪いような、複雑な心境だった。

〈探偵〉とは、最初に待ち合わせた喫茶店で別れたきりだ。彼の調査報告書が完璧で、〈犯人〉の連絡先まで調べ上げていなければ、今頃どうなっていたかわからない。〈探偵〉は現れたときと同様に、礼儀正しく挨拶をして帰っていった。帰り際、麻衣子を殺した犯人を必ず捕まえてくれと言い残して。

ともあれ神野先生と〈探偵〉とを意図的に省いたおかげで、警察への説明はいたってシンプルなものになった。

ええ、そうなんですよ。たまたま仕事仲間と二人で歩いていましたらね、犯人の似顔絵に似ている男を見つけまして……念のために本人に問いただしましたら、なんとあっさり犯行を認めるじゃないですか。それで慌てて通報したようなわけで……ええ、もちろん今から思えばずいぶんと無謀なことをしましたが、たぶん本人も、罪の重さに耐えかねて、自首したいと思っていたところなんじゃないでしょうか……。

とんだ猿芝居だが、小宮との息の合った連係プレイが功を奏したのだろう。特に疑念を差し挟まれるようなこともなく、まるでジェットコースターに乗っているみたいだったあの一日は終わったのである。

神野先生は結局、さして多くのことは語ってくれなかった。

彼女は我々に窪田由利枝という餌を投げておき、自身は犯人に連絡をしていたことになる。もちろん、ごく早い時期に、犯人の正体に関しては見当がついていたはずだ。たぶん、直子が描いたあの似顔絵を見た瞬間から。

神野先生が〈犯人〉と安藤麻衣子との関係について、どこまで察していたのかはわからない。彼女のことだから、あっさりと真相にたどり着いていたのかもしれない。

それに彼女はネメゲトサウルスの物語にだって目を通している……。

だが、麻衣子から〈犯人〉に向けられていたかもしれない感情については、想像さえしていないのではないだろうか……？

「まさか……！」

ふいにそう叫んでから、小幡先生は自分の声に驚いたように口元を押さえた。私の長すぎる沈黙の間、彼女は彼女でずっとひとつのことを考え続けていたらしい。

「まさか、安藤さんが好きだった人っていうのは……犯人？」

それは、私が出した結論と同じだった。

神野先生に直子、それに窪田由利枝。安藤麻衣子が好意を寄せたすべての人間に共通していたもの。

それは他ならぬ麻衣子自身と同じ、危ういまでの不安定さだった。

麻衣子は人の本質を見抜く、独特の嗅覚（きゅうかく）を持っていたのだろう。自分と同じアンバランスな魂に、麻衣子は街灯に集まる夜蛾（やが）のように惹（ひ）きつけられていった。やがて麻衣子は彼女なりの方法で、それぞれを救おうという試みを開始したのだ。

自分に憧れ崇拝する直子には、二人が特別な友人だと信じさせることで。窪田由利枝にはあの手紙を書くことで。神野先生の場合は少々やっかいだった。麻衣子は神野先生の傷を容赦なく探り、過去を調べ……そして一人の人物に出会ってしまった。

暗い混沌に満ちた、ひときわ不安定な魂に。

「結局麻衣子さんは、一度に二人の人間を救う方法を思いついて……実行したんじゃないかと思います」

『お終いのネメゲトサウルス』は、ネメゲトサウルスの周囲から次々と仲間が消えていき、本当に独りぼっちになるところで終わる。そのときこそ、ネメゲトサウルスが不幸せでなくなる瞬間でもあった。

呪いの言葉というものは、それが発せられた瞬間、二人の人間を同時に縛る力を持っている。呪いをかけた者と、かけられた者と。ならばいっそ、呪いを成就させてしまえばいい。そうすれば、二人とも解放される……。

「でも……なぜそうまでして、人を救おうなんて考えたのかしら……こう言っては不謹慎かもしれませんが、私、あの子がそれほどまでに隣人愛に溢れていたとは、どうしても思えないんです」

率直で、しかも正しい意見だった。確かにそのとおりだ。いまどき自己犠牲なんてはやらないし、安藤麻衣子に滅私奉公は似合わない。

結局は自分自身のためだったのかもしれないと、私も思う。

「そうすることで、彼女自身が救われたがっていたのかもしれませんね」

自分に似た人たちを——自らの分身を救うことで。麻衣子自身も少しずつ、救われていった……そう考えるのは、あまりにもうがちすぎだろうか？

救われるために、命をも投げ出す。好きだから、殺人犯にしてしまう。

確かに矛盾している。だがその矛盾や混沌や不安定さこそが、安藤麻衣子という少女を形作っていたのではないだろうか？

十七年間だけ私たちの世界に留まり、そして消えてしまった奇跡のような少女。麻衣子の立場から世界を反転してみれば、消えてしまったのはむしろ我々の方なのかもしれない。

小幡先生は、長い長いため息をついた。それからふと気づいたように言った。

「その後、神野先生とはお会いになりました？」

「いや、まさか。どうしてですか？」

「なぜまさかなのかわかりませんけど」小幡先生は悪戯っぽい表情になった。「お二人ってお似合いなような気がしたものですから。私のその手のカンって、意外と当たるんですよ。自分に関してはからきし駄目ですけど」

それから腕時計を見て、慌てたように腰を浮かせた。

「待ち合わせに遅れてしまったんじゃありませんか？」

内心の動揺を押し隠して尋ねると、相手は軽く肩をすくめた。

「そうですね……かなりイライラさせてるかも……」

「すみません、思ったよりもお時間をとらせてしまって……大丈夫ですか？」

「あら、お呼び立てしたのは私の方ですよ。それに……」言葉を切って、小幡先生はにっと笑った。「それで駄目になるようなら、しょせんそれだけの関係だったたってことですよね。そうじゃありません？」

## エピローグ

それから季節は、二度ばかり衣替えをした。安藤麻衣子が亡くなってから、ほぼ一年が過ぎてしまったことになる。

直子は無事、志望大学に合格した。自宅から通学できる距離だったことで、内心ほっとしている。当人の当面の悩みは、演劇部に入るべきか否かという、いたって呑気なものに変わっていた。なんでも下見がてら行った大学祭で見てきた芝居が、やけに面白かったという。一年前の私の軽口については、どうやらきれいさっぱり忘れているらしい。

小宮も一人息子が志望高校に受かり、大喜びの毎日だ。ガールフレンドもそろって同じ高校に合格したとかで、まずはめでたいことである。

私はといえば、あまり代わり映えのしない毎日を送っている。私自身に関する限り、どうやら禁煙に成功したというのが、ここ数年での最大のニュースだ。

いや、もう一つあった。私はこの冬、一冊の絵本を出版した。死んでしまった少女との共著で、版元はもちろん小宮のところである。その評判が上々だったこともあって、周囲から個展を開くように勧められた。仲間内での絵本画展なら何度かやったが、完全な個展は初めてだ。ここのところはずっと、その準備で忙殺されていた。最終日の今日、まずまず盛況だったなと小宮と肩をたたき合った。奴が帰っていったのは、ついさっきのことである。

期間中、たくさんの友人知人が訪れてくれた。小宮は一家総出で現れ、一気に会場をにぎやかにしてくれた。静香(しずか)さんはこちらが赤面するほど一枚一枚に大仰に(しかしたぶん心から)感心してくれたし、高志(たかし)君はといえばなんと彼女連れだった。いかにも賢そうな、可愛らしいお嬢さんだ。

学校の友達を引き連れてやってきた直子には、『おい、おまえもボーイフレンドくらい連れてきたらどうだ？　中学生に負けてどうする』などと余計なことを言ってしまい、すっかりむくれられてしまった。

思いがけないことに、小幡先生も来てくれた。楽しそうに会場を一周してから、帰り際、そっと私にこうささやいた。

『私ね、今度お見合いすることにしたんです。娘さんには内緒ですよ』

そのまま風のように帰ってしまったので、いつぞやのデートの相手とはどうなってしまったのか、とうとう聞くことはできなかった。

『しょせん、それだけの関係だったんですよ』と彼女なら答えたかもしれない。

会場に使わせてもらっている画廊からは、片づけは明日でかまわないとの好意的な言葉をもらっていた。外はもう、すっかり暗くなっている。さっきから帰ろう帰ろうと思いながら、まだなんとなくぐずぐずしている。まるで帰宅拒否症のサラリーマンみたいだ。

ふと、入り口の前を誰かが横切ったような気がした。外気との温度差で、ガラス戸はすっかり曇ってしまい、人の姿はおぼろな輪郭としてしか映らない。だが、私には同じひとつの影が、行きつ戻りつしているみたいに見えた。

まるでこの会場に入ろうかどうしようか、ためらい続けているように。

私は入り口に駆け寄り、そっとドアを開けた。まず眼に飛び込んできたのは、鮮やかな青いコートの後ろ姿だった。数歩歩いてからぴたりと立ち止まり、ゆっくりと振り返った。そのとき、まとめていない長い真っ直ぐな髪がふわりと揺れた。

「……神野先生」

そう呼びかけると、相手はなぜか困ったような顔をした。それからまるでメモでも読み上げるように、ぎこちなく言った。

「案内状をいただいて……どうしようかずっと迷っていたんですが……」

「来ていただけて、良かった。絵を見ていってもらえますか？」

暖かい室内に招き入れると、神野先生はコートを脱いで腕にかけた。

彼女はそれからしばらく無言で、一枚一枚のイラストを丁寧に見てくれた。ガラスの森の、ガラスのキリン。ガラスの蛇に誘われるキリン。ガラスの草原を疾走するキリン……。

神野先生がふたたび口を開いたのは、独りぼっちになってしまった首長竜の絵の前だった。

「お終いのネメゲトサウルスですね」

神野先生が振り返り、私は無言でうなずいた。

「私、ずっと考えていたんです。安藤さんの、あの事件が起きる前からずっと。どんどんいびつになっていく世界のなかで、子供たちもやっぱりどこかいびつになってしまうのは、仕方のないことなんだって。そんな子供たちが成長して、まだほんの若者のうちに恐ろしい事件を起こしてしまったりしますよね。でもその場合、どれほど彼らに責任があるんだろう、本当に責められるべき者は他にいるんじゃないかしらって、ずっと思っていました」

「しかし、安藤さんの考えは違っていたわけですね」

「ええ」神野先生はうなずいた。「あの童話を読んで、はっきりそれがわかりました」

たとえ一人の人間の破滅が、彼に連なる多くの人間の間違いの集積の結果だとしても。それでも彼は、その責を負わねばならない。世界はとうの昔に、修復不可能なほどに歪んでしまっている。理不尽な死も不条理な生も、甘んじて受け入れなければならない。

なぜなら、彼らこそはお終いのネメゲトサウルスなのだから。

「……それでも」言葉を続ける神野先生の頰を、一筋の涙が伝っていった。「それでも私には、どうしてあの子が死ななければならなかったのか、わからないんです。死にたがっていたのは私なのに。殺したがっていたのも私なのに」

「……いつだったか、言いましたよね」私は相手の涙を見ないようにして言った。「死にたがりってのは、生きたがりでもあるって。麻衣子さんの事件の後、神野先生がすぐには犯人と連絡を取ろうとしなかったのも、そのせいじゃないんですか?」

殺されるのは嫌だ、死んでしまうのは嫌だと、心のどこかが叫び続けていたから……。


「そうかもしれません。でも私……どうしていいかわからないんです」神野先生が顔を上げたのが、なんとなくわかった。「教えて下さい……一生をかけて愛し続けようと決めた人に死なれてしまったら、いったいどうすればいいんですか?」

私はようやく相手の顔を見つめる勇気をかき集めた。

「それでも人は生きていけるし、別な誰かを好きになることだってできるはずですよ。現に私だって妻を亡くしましたが、それでもちゃんと生きて生活することはできました」

「それは野間さんには直子さんがいらしたからだわ。私には何一つ残っていない……私、空っぽなんです」

まるで駄々をこねる童女のように、神野先生は言った。その様子はひどく幼く、頼りなく見えた。

「じゃ、今からいろんなものを詰め込めるってことだ」

私はそっと神野先生の腕を取り、奥のコーナーに案内した。そこには『少女』と題する連作があった。

絵を眼にして、神野先生の腕の力がふとゆるんだのがわかった。

タイトルのとおり、何人もの少女たちがそこにいた。年齢も容姿も着ている服も様々だが、たったひとつ共通するのは彼女たちのその表情である。

みんな、笑っていた。無邪気に、幸せそうに、心からの笑顔を浮かべていた。

「いったいどうすればいいのかって、さっきおっしゃいましたよね。これが私の返事ですよ。生きている人間は、笑わなくっちゃ駄目なんです……死んでしまったたくさんの人たちのためにも」

神野先生は、ずいぶん長い間黙って絵を見つめていたが、やがて振り返って言った。

「私にも、いつかこんなふうに笑える日がくるでしょうか？」

「そりゃもう、絶対に」

「いつ？」

たたみかけるように、彼女は言う。

「そうですね、春になったら」

「春になれば私……」

「何ですか？」

「いいえ、なんでもありません」

内緒話を聞かれそうになった子供みたいに首をすくめ、神野先生は小さく声を立てて笑った。

まだ春には遠いけれど、小春日和のように暖かい——そんな笑顔だった。

「先日、卒業生から手紙をもらいました」ふと思い出したように、神野先生は言った。「窪田由利枝さん……いつかお話しした子ですが、覚えてらっしゃいますか？」

「ええ、もちろん。その後、どうですか、彼女は」

「この春に結婚するそうですよ。とても幸せだということです」

「それは良かった」心から、そう思った。そして思ったついでに、自分でも思いがけない言葉がぽろりと飛び出していた。「どうです？　春になったら我々も……」

「え？」

彼女は小さく叫び、それからうっすらと赤くなった。

「いや、何でもありません」

私の慌てぶりがおかしかったのか、神野先生はまた声を立てて笑った。鈴を転がすような、きれいな声で笑った。つられて私も笑った。

傍らでは絵の中の少女たちが、無邪気に我々を見つめていた。ずっと消えることのない、永遠の笑いを浮かべながら。

# 解説　《ガラスの動物園》の方へ

山口雅也

子供たちの心は、まるでガラス細工のように壊れやすいということなのでしょうか――『ガラスの麒麟』の著者加納朋子さんがいみじくも描いているように……。

＊

青少年が被害者となり加害者となる犯罪事件が増えています。やり切れない事件が起こるたびに、マスコミに《少年の心の闇》だとか《背景にいじめの事実》だとか《学級崩壊》などの見出しが躍(おど)ることになります。しかし、事件の本質――取り分け当事者となった十代の少年少女たちの心の裡(うち)（動機）は、なかなか見えてきません。

この解説を書こうとしていた時期にも、凶悪な少年犯罪が続発して、またぞろ《少年の心の闇》という言葉が世間の口端にのぼりました。事件を報じるテレビ・ニュースを観ながら、筆者もさすがに暗澹(あんたん)たる気分になり、少年犯罪の対策について柄にもなくあれこれと考えました。そして、そばで一緒にテレビを観ていた家人に向かって、

「もうこれは教師の手には負えないのかもしれないね。学校にも、子供たちの心の裡を探る、心理カウンセラーのような専門家が常駐しているのでなければ――」

――と、そう言い掛けたその時に、ふと、解説のために再読したばかりの『ガラスの麒麟』の中心人物である神野菜生子先生のことを思い出しました。この神野先生が本書の中で、まさにそうした役割を担っていたのです。

＊

神野先生は、日本中どこにでもあるような女子校――花沢高校の養護教諭。つまり保健室の先生です。この保健室が、高校生たちにとっては心理カウンセラーのクリニックの役目を果たしていて、様々な問題や孤独感を抱えた生徒たち（時には同僚教師も）が神野先生の許(もと)を訪れます。著者は、その中の一人である安藤麻衣子のことを、彼女の書いた童話の中の《ガラスの麒麟》のイメージと重ね合わせていますが、確かに、青春真っ只中(ただなか)で「生」を謳歌しているはずの女子校生たちも、そのいっぽうで

は、ガラス細工の動物のように危うく不安定な心を抱えているのです。

ガラス細工の動物を外から眺めるだけなら、透明で、無垢で、きらきら輝いて、とても美しく見えることでしょう。しかし、ガラス細工とは脆(もろ)いものなのです。仔細(しさい)に観察すれば、小さなヒビが入っているかもしれません。亀裂はなくとも気泡を含んでいたり、微妙な密度の違いで、歪みが生じている部分もあるでしょう。あるいは、中がまったくの空洞であるということも……。それから、ガラス細工の表面は硬質で、冷たく、決して他と交わることはありません。きらびやかに見えるガラス細工の動物たちも、その実は身体を硬直させ、孤立しているようなのです。

神野先生は、そうしたガラス細工の動物たちを頭ごなしに叱り付けるようなことはしません。時には煙草の一本くらいいいでしょう——というような柔軟な姿勢で彼女たちに接します。そして、彼女たちの抱えた問題や事件を知った神野先生は、きめ細かな心理洞察や些細(ささい)な事実を起点にして、ガラス細工でない血の通った鳥のように軽やかに飛び立ち、思いがけない地点に着地します。この連作短編集に収められた各エピソードの最後では必ず、ガラス細工の動物の脆さと孤独を熟知している神野先生ならではの見事な解決が示されるのです。

本書をお読みになった方なら、筆者ならずとも、現実の世界の学校にも神野先生のような人がいてくれたら……と、思われるのではないでしょうか。

＊

本書は表題作の『ガラスの麒麟』から幕を開けます。すでに『ななつのこ』や『魔法飛行』などの先行する加納作品に親しまれている読者は、この作品の冒頭で、いきなり女子校生安藤麻衣子が惨殺されるという事件が語られるのに戸惑われることでしょう。なぜなら、それまでの加納作品は主にメルヘンと日常の謎の組み合わせで構成され、血腥（ちなまぐさ）い殺人事件が扱われることなどついぞなかったからです。加納さんはこの短編で、初めて殺人という熾烈（しれつ）な現実に立ち向かい新境地に挑もうとしている――この短編を初めて読んだ時、筆者はそんなふうに感じたものでした。

通り魔に殺された安藤麻衣子は『ガラスの麒麟』という童話を書いていました。その童話に挿絵を描く予定になっていたイラストレイターの野間には、たまたま麻衣子と同級で友人でもある娘の直子がいたのですが、麻衣子の事件を契機に、その直子が奇妙な言動をしだします。まるで麻衣子の霊が乗り移ったかのように、殺される場面の詳細を（警察が発表していない事実まで）語り始めたのです。超自然現象を信じたくなるような、なんとも不可解な事件ではありませんか。しかし、この事件を知った養護教諭の神野先生は、ガラス細工のような脆く不安定な少女の心の裡をしっかりと見据え、不可解極まりない謎を見事に説き明かします。

　繊細な少女の心理を浮き彫りにする著者の筆も鮮やかですが、叙述の仕掛けなどミステリとしても巧妙な作品です。また、それ以上に、運命の岐路に立つ人間の意思という、重いテーマを扱っているところも、この作品をより深みのあるものにしています。本作が第48回日本推理作家協会賞を受賞したのも、むべなるかなといったところでしょうか。

　こんなふうに始まった連作は、登場人物や視点を変えながら、折々の女子校風景をカンバスに、まるで歳時記のように進んでいきます。そして、その都度、各エピソード独自の小さな謎が現れ、ガラス細工の動物たちに対する洞察に基づいた神野先生の鮮やかな解決が示されます。

　どれも興味深い話ばかりなのですが、筆者は特に『鏡の国のペンギン』で語られる神野先生の落書きに関する逆説的な心理洞察が気に入っています。ミステリ学（？）の観点から言えば、作家加納朋子は逆説の名手チェスタトンの血を引いていると言えるでしょう。ちょっとした逆説から目の前の風景（事件）ががらりと様相を変える面白さは、先行する加納作品でも何度か経験していますが、ここでもまた著者の中に流れる《チェスタトンの血》を垣間見たように思います。そして、それに続く飛び切り意外な展開にも驚かされました。――技巧的にも見事な一編です。

ミステリとしては、続く『暗闇の鴉』も面白い効果を上げています。本連作の各エピソードは、それぞれ独立しているのですが、直接間接なんらかのかたちで、最初に殺された安藤麻衣子と関係している人物たちが事件に絡んできます。そして、麻衣子のイメージは、交響曲の示導動機のように各編を彩ることになります。ところが、『暗闇の鴉』では、その麻衣子が、まるで死から蘇ったとしか思えないような、はっきりしたかたちで事件の中に立ち現れてくるのです。――独特の不気味なムードが印象的な一編。

こうして語り進められてきた、ガラス細工の動物たちと神野先生をめぐるエピソードは最終話の『お終いのネメゲトサウルス』で遂に大団円を迎えます。

著者は、連作短編集の名前として定評があります。先に引き合いに出した『ななつのこ』や『魔法飛行』などの連作でも、独立した各エピソードの最終話で、それまで見えなかった全編を貫く隠れた物語が浮かび上がるという、構成の妙技を見せてくれました。有栖川有栖氏は、これを「きれいなガラス玉に糸を通して首飾りができ上がるよう」と美しい言葉で評しましたが、今回もまた、連作の魔術師は見事なガラス玉の首飾りを作りあげています。有栖川有栖氏以上のうまい表現はなかなか思い浮かびませんが、敢えて筆者なりの表現をするなら、本書のフィニッシュの見事さを、ガラス製のジグソー・パズルに譬（たと）えてみたいところです。

――ほら、動物の形をした一片一片のピースを四角い枠に収めていく幼児向けのジグソー・パズルがあるでしょう。本作の最終話では、先行する各エピソードに登場するガラス細工の動物たち（そして見過ごしていたガラスの小さな破片までも）が丹念に集められ、それぞれがまるでパズルのようにぴたりぴたりと枠の中に嵌まっていき、遂には麻衣子の事件の謎も解き明かされます。最終話の中で野間は述懐します――「すべて、物事は起こるべくして起こり、人は出会うべくして出会っているのかもしれない。何かが起きるについては、必ずその原因があり、人が出会うに当たっては、必ずその意味がある」と。これこそが優れたミステリが常に目指している終着点なのです。

そうして浮かび上がる一幅の大きな絵――そこに標題を付けるなら、テネシー・ウィリアムズの顰（ひそ）みに倣（なら）って『ガラスの動物園』とする誘惑に筆者は抗し切れません。その最終話に立ち現れた《ガラスの動物園》の風景の中で特筆すべきことがあります。――それは、そこに神野先生というパズル片も含まれているという意外な事実です。

物語の最初のほうで、神野先生は片足がやや不自由だと紹介されます。それは、以前に遭遇した交通事故によるものなのですが、肉体的な傷はすでに癒えていて、言わば精神的な後遺症であるようなのです。その交通事故の際に車に同乗していた彼女の恋人は死んでいて、以来、神野先生は恋人の死に呵責(かしゃく)の念を持ち続けています。彼女もまた、心にひび割れを抱えていたのです。血の通った鳥のように軽やかに飛び、ガラスの動物たちを見下ろしているかに見えた神野先生も、実は硬直したガラス細工の動物だったのです。

最終話に登場する神野先生は、もはや空を飛ぶ鳥でも、神のごとき名探偵でもありません。自分も事件の当事者――脆いガラス細工の動物として、苦悩し、自らの生命さえ賭して事件に関わろうとします。

この最終話での神野先生の感動的な姿に接した時、本作が凡百(ぼんびゃく)の連作名探偵物のレヴェルを越えた境地で書かれたものであるということを、筆者は悟りました。

＊

《ガラスの動物園》の中で、ガラス細工の動物たちは身を硬くし、それぞれの柵の中で孤立しているようです。高みにいるように見えた神野先生とて、その例外ではありませんでした。――われわれは皆、ガラス細工の動物だったということなのでしょうか。

いや、われわれはやはり、本来は温かい血が通った人間のはずでした。そして、そのことは、ほかならぬ本書の著者自身が、エピローグで暗示しています。――硬く冷たいガラスを溶かすものがあるとしたら、それは何なのか……。

本書を読み終えて、加納さんの作品が優れたミステリとメルヘンの融合であると同時に、いや、それ以前に、温かい《愛の物語》でもあったことを思い出しました。

本作品は二〇〇〇年六月に講談社文庫で刊行されたものを、本文組み、装幀を変えて、新装版として刊行したものです。当時の時代背景に鑑み、原文を尊重しました。

|著者| 加納朋子　1966年福岡県生まれ。'92年『ななつのこ』で第3回鮎川哲也賞を受賞して作家デビュー。'95年『ガラスの麒麟』（本書）で第48回日本推理作家協会賞（短編および連作短編集部門）、2008年『レインレイン・ボウ』で第1回京都水無月大賞を受賞。著書に『掌の中の小鳥』『ささら さや』『モノレールねこ』『ぐるぐる猿と歌う鳥』『少年少女飛行倶楽部』『七人の敵がいる』『トオリヌケ キンシ』『カーテンコール！』『いつかの岸辺に跳ねていく』『二百十番館にようこそ』などがある。

ガラスの麒麟　新装版

加納朋子



2021年9月15日第1刷発行

発行者――鈴木章一
発行所――株式会社　講談社
東京都文京区音羽2-12-21　〒112-8001
電話　出版（03）5395-3510
　　　販売（03）5395-5817
　　　業務（03）5395-3615

Printed in Japan

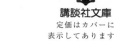

講談社文庫
定価はカバーに
表示してあります

KODANSHA

デザイン―菊地信義
本文データ制作―講談社デジタル製作
印刷―――豊国印刷株式会社
製本―――株式会社国宝社



ISBN978-4-06-524972-7

# 講談社文庫刊行の辞

二十一世紀の到来を目睫に望みながら、われわれはいま、人類史上かつて例を見ない巨大な転換期をむかえようとしている。

世界も、日本も、激動の予兆に対する期待とおののきを内に蔵して、未知の時代に歩み入ろうとしている。このときにあたり、創業の人野間清治の「ナショナル・エデュケイター」への志を現代に甦らせようと意図して、われわれはここに古今の文芸作品はいうまでもなく、ひろく人文・社会・自然の諸科学から東西の名著を網羅する、新しい綜合文庫の発刊を決意した。

激動の転換期はまた断絶の時代である。われわれは戦後二十五年間の出版文化のありかたへの深い反省をこめて、この断絶の時代にあえて人間的な持続を求めようとする。いたずらに浮薄な商業主義のあだ花を追い求めることなく、長期にわたって良書に生命をあたえようとつとめるところにしか、今後の出版文化の真の繁栄はあり得ないと信じるからである。

同時にわれわれはこの綜合文庫の刊行を通じて、人文・社会・自然の諸科学が、結局人間の学にほかならないことを立証しようと願っている。かつて知識とは、「汝自身を知る」ことにつきていた。現代社会の瑣末な情報の氾濫のなかから、力強い知識の源泉を掘り起し、技術文明のただなかに、生きた人間の姿を復活させること。それこそわれわれの切なる希求である。

われわれは権威に盲従せず、俗流に媚びることなく、渾然一体となって日本の「草の根」をかたちづくる若く新しい世代の人々に、心をこめてこの新しい綜合文庫をおくり届けたい。それは知識の泉であるとともに感受性のふるさとであり、もっとも有機的に組織され、社会に開かれた万人のための大学をめざしている。大方の支援と協力を衷心より切望してやまない。

一九七一年七月

野間省一

講談社文芸文庫

松岡正剛
# 外は、良寛。
良寛の書の「リズム」に共振し、「フラジャイル」な翁童性のうちに「近代への抵抗」を読み取る果てに見えてくる広大な風景。独自のアプローチで迫る日本文化論。

解説=水原紫苑　年譜=太田香保
まL1
978-4-06-524185-1

柳 宗悦
# 木喰上人
江戸後期の知られざる行者の刻んだ数多の仏。その表情に魅入られた著者の情熱によって、驚くべき生涯が明らかになる。民藝運動の礎となった記念碑的研究の書。

解説=岡本勝人　年譜=水尾比呂志、前田正明
やP1
978-4-06-290373-8

## 講談社文庫　目録

勝目　梓　小説家
桂　米朝　米朝ばなし〈上方落語地図〉
笠井　潔　梟の巨なる黄昏
笠井　潔　青銅の悲劇（上）（下）〈瀕死の王〉
川田弥一郎　白く長い廊下
神崎京介　女薫の旅　激情たぎる
神崎京介　女薫の旅　奔流あふれ
神崎京介　女薫の旅　陶酔めぐる
神崎京介　女薫の旅　衝動はぜて
神崎京介　女薫の旅　放心とろり
神崎京介　女薫の旅　感涙はてる
神崎京介　女薫の旅　耽溺まみれ
神崎京介　女薫の旅　誘惑おって
神崎京介　女薫の旅　秘に触れ
神崎京介　女薫の旅　禁の園へ
神崎京介　女薫の旅　欲の極み
神崎京介　女薫の旅　青い乱れ
神崎京介　女薫の旅　奥に裏に
神崎京介　I　LOVE

加納朋子　ガラスの麒麟
角田光代　まどろむ夜のUFO
角田光代　恋するように旅をして
角田光代　庭の桜、隣の犬
角田光代　人生ベストテン
角田光代　ロック母
角田光代　彼女のこんだて帖
角田光代　ひそやかな花園
川端裕人　せちやん〈星を聴く人〉
川端裕人　星と半月の海
片川優子　ジョナさん
片川優子　ただいまラボ
神山裕右　カタコンベ
神山裕右　炎の放浪者
加賀まりこ　純情ババアになりました。
門田隆将　甲子園への遺言〈伝説の打撃コーチ高畠導宏の生涯〉
門田隆将　甲子園の奇跡〈斎藤佑樹と早実百年物語〉
門田隆将　神宮の奇跡
鏑木　蓮　東京ダモイ

鏑木　蓮　屈折光
鏑木　蓮　時限
鏑木　蓮　真友
鏑木　蓮　甘い罠
鏑木　蓮　京都西陣シェアハウス〈憎まれ天使・有村志穂〉
鏑木　蓮　炎罪
鏑木　蓮　疑薬
川上未映子　そら頭はでかいです、世界がすこんと入ります
川上未映子　わたくし率 イン 歯ー、または世界
川上未映子　ヘヴン
川上未映子　すべて真夜中の恋人たち
川上未映子　愛の夢とか
川上弘美　ハヅキさんのこと
川上弘美　晴れたり曇ったり
川上弘美　大きな鳥にさらわれないよう
海堂　尊　外科医　須磨久善
海堂　尊　新装版　ブラックペアン1988
海堂　尊　ブレイズメス1990
海堂　尊　スリジエセンター1991

# 講談社文庫　目録



2021年6月15日現在